KB113857

연기의 신

GOD OF ACTING

PRODUCTION

DIRECTOR

CAMERA

DATE | SCENE | TAKE

연기의 신 3

서산화 장편소설

초판 1쇄 찍은 날 § 2016년 3월 17일
초판 1쇄 펴낸 날 § 2016년 3월 24일

지은이 § 서산화
펴낸이 § 서경석

편집책임 § 조현우
편집 § 박가연

펴낸곳 § 도서출판 청어람
등록번호 § 제387-1999-000006호
등록일자 § 1999. 5. 31
어람번호 § 제1-2385호

주소 § 경기도 부천시 원미구 부일로 483번길 40 서경B/D 3F (우) 14640
전화 § 032-656-4452 팩스 § 032-656-4453
http://www.chungeoram.com
E-mail § chungeorambook@daum.net

연기의 신

FUSION FANTASTIC STORY

서산화 장편소설

3

GOD OF ACTING

PRODUCTION

DIRECTOR

CAMERA

DATE | SCENE | TAKE

연기의 신

FUSION FANTASTIC STORY

GOD OF ACTING

PRODUCTION
DIRECTOR
CAMERA
DATE   SCENE   TAKE

목차

1장
유명세, 양날의 칼

이도원은 하루가 멀다 하고 드라마 촬영에 매달렸다. 많은 분량을 차지하는 주연이었기 때문에 좀처럼 쉴 수가 없었다. 그러다 보니 유태일 감독의 〈악마의 재능〉 크랭크인이 다가올수록 슬슬 시간적인 부담이 커져갔다.

한편 드라마 제작진은 신년 행사로 돼지 머리를 앞에 두고 제를 올렸다. 그렇게 새해가 됐고, 드라마 〈시간아! 돌아와〉는 시기적인 악조건에도 불구하고 시청률 고공 행진을 이어나가고 있었다.

1월 25일 토요일 〈악마의 재능〉 대본 리딩 당일.

20부작 〈시간아! 돌아와〉는 현재 10회분이 방송으로 나간 상태였다. 이도원은 리딩 장소로 가는 밴 안에서 〈시간아! 돌아와〉에 대한 기사를 훑고 있었다.

—전 세대를 아우르는 마음 따뜻한 '시돌'… 자체 최고 시청률 경신의 비밀

(서울 = 시네마 24) 김흥수 기자 = 지금 방송가는 시돌(시간아! 돌아와) 열풍이다. TBT 수목드라마 <시간아! 돌아와>는 매회 최고 시청률을 경신하며 시청자의 사랑을 한 몸에 받고 있다.

23일 방송된 '시돌' 10회는 평균 시청률을 9.3%를 기록하며 동시간대 시청률 1위를 차지했다. 이는 지난달 종영한 '꿈의 비상'이 20회에서 기록한 평균 8.7%를 단 10회 만에 뛰어넘은 수치다. 초반부터 연말, 신년 시즌이라는 악조건을 이겨내며 대박조짐이 보이던 '시돌'은 지금까지 승승장구 중이다. 이에 독보적인 시청률의 비밀은 무엇일지 파헤쳐 봤다.

◆ 김미정 작가의 대본, '신의 한수'로 불리는 섭외, 배우의 열연이 만든 환상적인 삼박자.

TBT의 히트작 <시간아! 돌아와>는 예상치 못했던 인물 여럿을 스타 반열에 올리며 영향력을 과시하고 있다. 한겨울 안방을 뜨겁게 달구는 대본의 호소력과 알려지지 않은 인물이나 성장 가능성을 점치기 힘들었던 배우를 섭외해 스타로 만든 섭외 능력이 얻어낸 결과는 놀라웠다.

드라마 초반, 배우 이도원의 캐스팅은 외부에서 봤을 때 납득하기 힘든 결정이었다. <우리의 심장>에서 '연기력'을 인정받은 직후이긴 하다. 하지만 달랑 한 번의 독립 장편 경험으로 주연을 맡았으니 '스타 캐스팅이 힘들어 이런 선택을 한 게 아니냐!'는 말

을 듣는 게 당연했다. 그러나 이도원은 그 의심을 비웃듯이 훌륭하게 역할을 소화함으로써 시청자의 사랑을 받고 있다. 오랜만에 재기한 김수려 역시 그동안의 공백이 무색하게 이도원과 환상적인 케미를 보여준다. 또한 유석연, 정인아, 김진구, 정상준 등 조연도 방영 전의 우려를 뒤집으며 호연을 이어가고 있는 상황.

과연 <시간아! 돌아와> 일명 '시돌'이 케이블 드라마의 한계인 10%의 장벽을 허물 수 있을지 기대된다.

okok@cinema24.co.kr

'뒤로 가기'를 누르자 인터넷에 등록된 기사가 주르륵 나열됐다.

<시간아! 돌아와>10회, 마침내 시작된 '도원앓이'

<시간아! 돌아와>10회, 이도원, 김수려 머리 쓰다듬으며 '여심 저격'

<시간아! 돌아와> 이도원, 살인 미소로 심장 어택

이도원의 입가에 웃음기가 맺혔다. 근래 인터뷰를 한 적이 없었기 때문에 기사에는 대부분 최근 모습인 교복 광고 사진이 실렸다. 화제가 되는 자신의 사진을 보는 경험은 묘한 기분을 선사했다.

백미러를 통해 그를 본 오준식이 물었다.

"뭐 봐? 기사?"

"응. 조만간 김홍수 기자를 만나서 인터뷰하기로 약속했다고?"

"아직 영화 스케줄이 안 나와서 날짜는 못 정했지만 그런 걸로 알고 있어."

이도원이 고개를 끄덕였다. 이제 슬슬 여러 각도에서 얼굴을 비춰야 할 때였다.

"무리를 해서라도 빠른 시일 내로 잡아줘."

"알았어."

밴은 배급사 CM엔터테인먼트 건물을 향했다.

한 시간 후 CM엔터테인먼트 주차장에 도착한 이도원과 오준식은 차에서 내려 엘리베이터를 탔다.

'오랜만에 반가운 얼굴을 보겠군.'

이도원은 차갑게 웃었다.

호랑이도 제 말 하면 온다고 엘리베이터 문이 닫히려는데 멀리서 두 사람이 걸어오는 게 보였다. 김진우와 그의 매니저였다.

"잠깐."

이도원이 말했고 오준식이 엘리베이터 문을 열었다.

가까이 온 김진우의 매니저가 고개를 꾸벅 숙였다.

"감사합니다."

김진우는 말없이 엘리베이터에 탔다.

김진우와 이도원, 두 사람의 눈이 마주쳤다.

'어디서 본 얼굴인데.'

김진우는 쉽사리 이도원을 기억하지 못했다. 전날 클럽에서 만난 적이 있었지만 워낙 찰나지간이라 떠오르지 않는 것이다.

반면 이도원은 살짝 고개를 숙이며 말했다.

"김진우 씨?"

"네, 그런데요."

"반갑습니다."

이도원이 악수를 청했다.

"처음 뵙겠습니다. 전 〈악마의 재능〉에서 '윤도강' 역할을 맡은 이도원입니다."

'이도원.'

김진우는 속으로 낯익은 이름을 되새기며 말했다.

"김진우입니다."

그는 건성으로 악수를 받았다.

두 사람이 인사를 나누는 동안 엘리베이터가 3층 대회의실에 도착했다. 엘리베이터에서 내리며 오준식이 말했다.

"A룸으로 가면 돼."

네 사람은 대회의실로 들어갔다.

유태일 감독의 종이 명패가 중앙 상석에 있고, 양쪽으로 배우의 이름이 나열되어 있었다. 김진우와 이도원은 양쪽 중앙의 마주 보게 되는 자리에 가서 앉았다. 적대관계의 두 주인공이 시선 교환을 편하게 하도록 신경 쓴 자리 배치였다.

연이어 다른 배우가 입장했다.

김진우의 아내 역할을 맡은 박아현은 그의 옆에 앉아 이도원에게 눈인사를 했다. 이도원 역시 고개를 끄덕이며 인사를 받았다.

그 외의 조연 배우는 모두 나이대가 높았다. 따라서 이도원과 김진우, 박아현은 조연이 들어올 때마다 일어나서 인사를 했다.

배우가 모두 착석하자 〈악마의 재능〉 연출인 유태일 감독이 들어왔다. 사진기를 든 조연출을 비롯해 몇 명의 스태프가 뒤따라 들어와 벽 쪽에 배치된 철제 의자에 앉았다.

유태일이 상석에 앉으며 말했다.

"반갑습니다. 〈악마의 재능〉 유태일 감독입니다."

배우가 하나 되어 박수갈채를 보냈다.

박수 소리가 잦아들자 유태일 감독은 운을 뗐다.

"바쁜 스케줄에도 모두 참석해 주셔서 감사합니다. 즐거운 리딩이 되길 바랍니다. 왼쪽에서 오른쪽 순으로 돌아가며 소개부터 하시죠."

배우는 한 사람씩 소개를 했고 자리배치도에 따라 이도원의 차례가 왔다.

"신인 배우 이도원입니다. 〈우리의 심장〉에서 '상태'를 연기했고, 현재 방영 중인 드라마 〈시간아! 돌아와〉에서 '최정우' 역할을 맡고 있습니다."

돌아가며 자기소개를 하는 시간이었기에 따로 대화를 청하진 않았지만 몇몇 배우가 아는 체를 했다. 영화나 드라마를 봤거나, 요즘 뜨는 기사를 본 적이 있는 배우였다. 한편 이도원의 이름을 들었을 땐 알아보지 못했던 김진우는 드라마 제목을 듣고서야 고개를 끄덕였다.

'지나가다 봤나 보군.'

그는 평소 드라마를 보는 편이 아니었지만 대수롭지 않게 넘겼다.

잠깐 주목받았던 이도원의 차례가 지나자 또 순탄하게 순서가 흘러갔다. 대부분 얼굴을 알고 있는 조연 배우였으므로 자세한 소개가 필요치 않았다.

마침내 김진우의 차례가 오자 그가 말했다.

"김진우입니다. 이번 영화가 첫 작품입니다. 잘 부탁드립니다."

특유의 냉기 어린 목소리였다. 그러나 태도만은 정중했다.

다들 고개를 끄덕이고 박아현 역시 자기소개를 했다. 이인조 걸 그룹 〈레드오션〉이란 말이 떨어지자 많은 배우가 반갑게 인사했다. 그녀는 걸 그룹에 들기 전 배우로서도 잠깐 활동을 해왔던 것이다. 연예계 경력은 이도원과 김진우보다 선배였다.

모든 배우의 차례가 돌아가자 유태일이 말했다.

"일부러 섭외할 때부터 친분이 없는 분끼리 합을 맞출 수 있도록 신경을 썼습니다. 자세히 조사한 건 아니라서 확실하진 않지만 아마도 처음 보는 얼굴이 많을 겁니다. 모쪼록 촬영이 끝날 때까지 화기애애하게 지내게 되기를 바랍니다."

그가 말을 이었다.

"그럼 리딩을 시작하죠."

이도원은 진즉 받아둔 시나리오를 꺼냈다.

다른 배우도 시나리오를 앞에 두고 펼쳤다.

시나리오의 초반부는 김진우를 비롯한 조연이 채우고 있었다. 130씬으로 이루어진 영화에서 이도원은 30씬부터 등장한다. 따라서 리딩이 진행되는 동안 이도원은 다른 배우의 연기를 먼저 보게 됐다.

수정된 시나리오는 정서적으로 불안정한 경찰대 출신의 형사를 다루고 있었다. 따라서 영화는 김진우가 안정제를 한 움큼 집어먹고 독한 술을 벌컥벌컥 마시는 장면 속에서 시작된다. 시나리오를 보고 있던 김진우가 입을 열어 영화의 첫 독백을 뱉었다.

"여보, 여보!! 어디 있어?"

두려움으로 떨리는 음성.

주변을 두리번거리며 죽은 아내를 찾는다.

"하, 씨발⋯⋯."

한숨을 뱉은 김진우가 피식피식 웃으며 말했다.

"속이 썩어 뭉그러질 것 같네. 뭉그러질 것 같아⋯⋯."

리딩 땐 대사만 나눴기 때문에 그는 아무런 움직임 없이 다음 대사를 쳤다. 감시 카메라에 찍힌 사진이 벽에 한가득 붙어 있고 하나같이 얼굴이 보이지 않는 사진 속 인물에게 복수를 다짐하는 장면이었다.

"반드시 죽여주마. 하하하! 반드시 죽여주겠어⋯ 고통에 몸부림치다가 비참한 죽음을 맞게 해주겠어, 하하⋯⋯."

허탈하게 눈물을 쏟는다.

물론 리딩이었기에 김진우는 진짜 울지 않았다.

'별로 발전하지 않았군.'

이도원이 김진우의 연기를 본 소감이었다.

두림고등학교 독백 대회에서 당시 삼 학년이었던 김진우의 연기를 보고 충격을 받았던 것을 떠올렸다. 그러나 그 이후 김진우는 큰 변화가 없었다. 물론 김진우가 서자이고, 당시 서자인 에드먼드의 연기를 함으로써 기존보다 뛰어난 연기력을 발휘한 것뿐이었지만, 이도원이 그런 속사정까지 알 리 없었다.

그는 책장을 따라 넘기며 다른 조연 배우에게 주목했다. 오히려 큰 분량을 차지하는 조연, 중견 배우가 더 눈에 들어왔다.

'첨예한 연기력이야. 역시 연륜과 경험은 무시할 수 없다. 마치 원래 자기 것인 것마냥 자연스러워. 전혀 힘이 들어가 있지 않다.'

물 흐르듯 자연스러운 연기는 관객의 눈과 귀를 편하게 만든다. 마치 사진의 배경이 되는 풍경처럼 피사체를 돋보이게 만들어줄 뿐이었다.

'연기를 잘한다는 생각조차 들지 않을 만큼, 연기인 줄도 잊어먹을 만큼 작품에 몰입하게 하는 연기.'

이도원은 그런 연기를 저처럼 능숙하게 해본 기억이 없었다. 그건 타임 슬립 전 조단역 시절에도 마찬가지였다. 중견 배우와 대본 리딩을 할 때도 이런 고민을 해본 적이 없었기 때문이다.

'저 사람들은 작품에 완벽히 흡수되고 있다. 그럼에도 굳이 자기 자신을 캐릭터에 맞추려 하지 않아. 그동안 연기했던 가락이 본연의 모습을 잃지 않고 캐릭터를 자기 것으로 만들고 있어.'

이도원은 감탄했다.

영화, 연극이나 드라마를 보는 재미는 크게 두 가지로 나뉜다. 매체 자체를 즐기는 것, 배우의 연기를 동시에 즐기는 것이다.

'작품에 흡수돼 자연스러운 연기를 펼치는 것과 강렬한 연기로 관객을 감탄하게 만드는 것. 두 가지가 다른 스타일의 연기일까?'

그는 고민했다. 그리고 이내 결론을 내릴 수 있었다.

'주연은 인상적인 연기를 한다. 조연은 주연을 잘 살려주는 연기를 한다.'

절로 고개가 끄덕여졌다. 이도원이 중견 배우와 처음 작업하며 이런저런 생각을 하는 동안 30씬이 모두 흘러갔다.

유태일은 중간중간 서슴없이 원하는 바를 말하며 배우가 표현하는 완성도를 높여줬다. 그가 시선을 돌려 이도원을 보았다.

이윽고, 그 눈길을 받은 이도원이 입을 열었다.

                    *   *   *

"경대 출신 신입이요?

이도원이 대수롭지 않게 물었다.

그가 연기하는 '윤도강'은 정체를 숨긴 채 청부를 받고 불특정 다수를 대상으로 살인을 저질러온 사이코패스였다. 한편 낮에는 살인범을 여럿 검거한 실력파 형사로 활동했다. 그의 정체를 전혀 모르는 '오 반장' 역할의 사십 대 조연 유승구가 마주 대사를 쳤다.

"그래, 너무 기죽이지 말고. 알지?"

"하하…… 제가 왜 기를 죽여요?"

되물은 이도원은 대본을 멀리 떨어뜨려 읽었다.

"얘예요? 국립경찰대학교 28기, 2012년 수석 졸업… 엘리트네요?"

"그래, 우리 팀에 자원해서 들어왔다."

"내근직을 마다하고 현장으로 온 이유가 뭐랍니까?"

"놈을 잡는 게 목표란다. 지난 십 년간 꼬리도 붙잡지 못했잖아? 심지어 우리 서 최고의 실력파인 너조차도 놓쳤었고."

'오 반장' 역의 유승구가 말하는 놈이란, 이도원이 연기하는 '윤도강'이었다. 그럼에도 이도원은 태연하게 고개를 끄덕였다.

"아시잖아요? 공을 세우고 싶다는 의욕만으로 될 일이 아니란 걸."

"소 뒷걸음치다 쥐 잡을지 누가 알아?"

그 말에 이도원의 눈살이 찌푸려졌다.

일순 얼굴에 냉기가 돌며 소름 끼치는 표정이 나타났다가 사라졌다. 원래의 모습으로 돌아온 이도원은 유승구를 설득했다.

"제 옆에 붙이시려고요? 놈에 대한 건 제가 잘 알아요. 저는 지금껏 놈에게 모든 파트너를 잃었습니다. 그런데 먹물 출신 풋내기가 놈을 잡겠다고 설치다가 일을 망치는 꼴을 보란 말입니까? 이제 거의 다 왔습니다. 곧 놈을 잡을 거란 말입니다. 제 단독 수사로 돌려주신다고 약속했지 않았습니까?"

이도원은 한 점 흐트러지지 않고 대사를 했다. 막바지로 갈수록 점차 호흡이 떨리며 언성이 올라갔다.

잘 정제된 대사를 들은 상대 배우 유승구는 내심 감탄하며 대답했다.

"그럼 나보고 어떡하라고? 상부의 지시인데."

"알겠습니다."

이도원은 고개를 끄덕였다. 그러나 순순히 받아들이는 태도는 아니었다.

"그놈, 죽어도 제 책임 아닙니다. 파트너를 잃은 제 마음도 헤아려 주셔야죠. 저한테 이러면 안 되는 겁니다. 제가 왜 놈을 잡으려고 이렇게 혈안인데요?"

유승구의 얼굴이 빨갛게 달아올랐다. 그는 다혈질답게 언성을 높이며 이도원을 나무랐다.

"왜 그렇게 말귀를 못 알아 처먹어? 수사에 사적인 감정이 개입될까 봐 다른 동네 보내려던 걸 막아준 게 누구야? 도를 넘는 행동을 참아주는 것도 한계가 있다. 내가 너한테 허락 맡아가며 일할 짬밥이야, 새끼야?"

이도원은 다음 대사를 봤다.

(오 반장, 종이컵을 구겨서 버리며 등 돌려 걸어간다)는 움직임 설

명이 있고, 그 밑에 좀처럼 소화하기 어려운 주문이 있었다.

(살인예고를 하는 표정으로 바라본다)

이게 뭐야 싶은 설명문이었다.

이도원은 살얼음판 같이 차갑고 위협적인 얼굴 표정을 드러내며 유승구를 쏘아봤다. 그 눈길을 받은 유승구는 감탄하지 않을 수 없었다.

'표정과 눈빛, 모두 좋군.'

불현듯 씨익 웃은 이도원이 중얼거렸다.

"개새끼."

무미건조하고 나직한 목소리.

밤길에 들었다면 심장이 철렁 내려앉았을 것이다.

유태일 감독은 미묘한 미소를 그리고 있었다.

'상태나 최정우랑 완전히 상극의 배역이라 걱정했는데… 확실히 늘었군. 빈틈이 없어.'

해당 씬이 끝나자 유태일 감독이 말했다.

"다음 씬으로 넘어갑니다."

김진우는 이도원의 연기를 보며 적잖이 놀랐다. 지금까진 적수가 될 만한 또래 배우를 만난 적이 없었기 때문이다. 더구나 그는 자신보다 경력이 풍부한 배우더라도 쉽게 인정하지 않아왔다.

'저 새낀 뭐야?'

김진우는 이도원의 연기 실력에 감탄했다. 그럼에도 순수하게 인정하기보단 조금 비뚤게 받아들였다. 자신보다 두 살이나 어린 이도원이 탄탄대로를 걷고 있다는 사실이 마음에 들지 않았다. 아무리 연기력이 뒷받침된다지만, 그의 시선에서 이도원은 쉽게 유명세를 얻은 케이스였다.

한편 이도원은 자신의 차례를 기다리고 있었다. 다음 나올 씬은 마침내 이도원과 김진우가 조우하는 장면이었다. 조연 분량이 지나가고 곧 두 사람의 차례가 오자 유태일 감독이 주문했다.

"두 주인공이 만나는 장면이다. 자, 팽팽한 긴장감을 만들어 주세요."

김진우의 대사가 먼저였다.

"이 자료를 보시면 놈에게 살해된 것으로 추정되는 피해자 간에 공통점이 있습니다. 놈과 아무 접점이 없다는 것과 같은 수법으로 살해당했다는 점이 바로 그것입니다. 개인으로 움직이지만 목적을 갖고 움직인다고 봐야 할 겁니다."

김진우는 확신이 깃든 목소리로 침착하게 말했다.

그때 말을 자르며 이도원이 끼어들었다.

"뭡니까, 이건? 언제부터 신입이 사건 브리핑을 하죠?"

'오 반장'역의 유승구가 대신 대답했다.

"내가 시켰다. 이 사건에 대해 오래 연구해 왔다고 자신 있게 말하기에 얼마나 야무진 놈인지 한번 보려고."

"하하."

황당하다는 듯 웃음을 터뜨린 이도원이 고개를 절레절레 저으며 말했다.

"좋습니다."

그는 김진우에게로 시선을 돌리며 물었다.

"그럼 하나만 묻지. 신입, 네 말처럼 놈이 표적 살인을 한다고

치자. 그렇다면 왜 놈은 자신의 범행을 알리기라도 하듯이 같은 수법으로 살해를 자행했지? 또 어째서 표적이 아닌 경찰을 살해한 걸까?"

김진우의 의견을 노골적으로 무시하는 말투.

긴 대사였음에도 이도원은 자연스럽게 소화했다. 대사가 입에 완전히 붙어 처음부터 끝까지 조금도 떨어지지 않았다.

극적인 효과를 위한 연기인지, 이도원에게 느끼는 경쟁심인지, 구분이 애매하게 표정이 굳은 김진우가 대답했다.

"즐기는 겁니다. 우리를 따돌리는 데 재미를 붙인 거죠."

그 말에 이도원은 조소를 띠고 물었다.

"그래? 그러니까 놈이 내 파트너를 재미 삼아 죽였고, 우린 놈의 장난에 놀아났다고? 표적 살인을 하는 놈이 재미로 경찰을 죽인다? 표적 살인의 뜻이나 알고 하는 말인지 모르겠군."

그는 물 만난 물고기처럼 대사를 쳤다.

거칠지만 노련하면서 영리한 베테랑 형사의 모습이 그대로 묻어났다. 이도원은 오늘을 위해 국내외의 형사 관련 매체를 섭렵한 상태였다. 동시에 자신의 것으로 만들기 위해 말을 할 때도, 밥을 먹을 때도, 심지어 걸음걸이조차도 형사처럼 바꾸었다.

그 노력이 빛을 발했다.

"이봐, 신입. 표적 살인은 대부분 배후가 있다. 아니면 거래라도 오가게 마련이지. 관계가 없는 누군가를 살해 표적으로 정했다는 건 연결다리가 있다는 뜻 아닌가? 제삼자가 개입된 상태로 조사가 시작되면 정체가 드러나는 것도 시간문제일 텐데 똑같은 수법으로 표적을 살해한다고? 왜? 단순히 재미를 위해서 자신을 비롯해 표적 연결책까지 위험에 빠뜨린다?"

이도원을 보는 조연의 눈빛에 이채가 감돌았다.

연기가 미숙하면 대사를 읽는다. 반면 완숙한 연기력을 가진 배우는 대사를 말한다. 그런 의미에서 이도원은 대사를 완전히 자신의 것으로 만들어 말하고 있었다.

주변의 반응을 보며 경쟁심이 오른 김진우는 한층 더 진지해 진 표정이었다. 그는 감정을 더 끌어 올렸다. 돌처럼 굳어진 표정 과 딱딱한 말투에서 불쾌감과 모멸감이 고스란히 드러났다.

"그렇습니다. 충분히 있을 수 있는 일이라고 생각합니다. 놈을 정상적인 범주에서 바라보면 안 되죠. 그러면 비상식적인 놈의 행동을 예측할 수 없게 됩니다. 놈보다 한발 앞서려면 모든 가능 성을 열어둬야 한다고 생각합니다."

첫 대사와 비교했을 때 그사이 호소력이 달라졌다.

김진우를 빤히 쳐다보던 이도원이 비웃는 태도로 일관했다. 마치 일부러 자극하듯 노골적으로 비웃었다. 연기인지 현실인지 선뜻 구분하기 힘들만큼 자연스럽고 교묘한 연기였다.

"그래, 셜록 홈즈. 네 마음대로 해봐. 내가 살다 살다 신입한 테 교육을 다 받아보네."

그가 유승구에게 고개를 돌리며 말했다.

"전 이런 꼴통새끼랑은 같이 일 못 합니다. 그러니까 알아서 하십쇼."

이도원이 다시 김진우를 바라봤다.

"너 경대 27기라고? 나 24기다."

"죄송합니다, 선배님. 하지만 뭐가 문제인지……."

김진우가 반박하려 했으나 이도원은 단칼에 잘랐다.

"내가 칠 년 동안 놈을 쫓아다녀서 알아낸 사실은, 놈이 경찰에 반하는 심리를 가진 사이코패스라는 거다. 그 증거로 놈은 내 파트너 둘을 죽였고."

아무렇지 않다는 듯 말하지만 두 눈에는 지독한 한이, 원한이 담겨 있었다. 그는 정말 살인범 하나를 오래 쫓아왔던 형사처럼 그동안 알아낸 사실을 줄줄이 읊었다.

"놈이 관계가 없는 먼 거리의 불특정 다수를 상대로 범행을 저지른 이유는 수사에 혼선을 주기 위해서다. 그 결과, 오늘 첫 출근인 네가 놈의 수작에 걸려든 거고. 이는 결국 의도된 계획 살인은 맞지만 표적 살인은 아니라는 결론이 된다. 놈은 그저 철두철미한 면모가 있는, 완전히 맛이 간 사이코패스라는 거야."

첨예한 신경전이었다.

움직임 없이 대사만을 주고받는 리딩이었기에 폭발적인 긴장감을 조성하진 못했지만 이만하면 꽤나 팽팽한 분위기를 만든 것이다.

그럼에도 유태일 감독은 만족하지 못했다.

"처음 봐서 그런가? 두 사람이 서로 불편한 것 같은데? 둘 모두 오디션 때의 실력이 안 나오는 것 같아."

이도원은 고개를 끄덕였다.

그는 형사의 '윤도강'만을 연기했다. 연쇄살인범으로서의 '윤도강'은 일절 드러내지 않았다. 형사가 되어 자기 자신을 쫓으며 증거를 인멸하는 살인범치고는 너무나 평이한 연기인 것이다.

'조연의 연기를 보고 너무 자연스럽게 인물을 표현하려 했어.

현실이라면 윤도강은 감정까지 완벽하게 형사로 위장하겠지만, 영화일 땐 관객에게 심리를 드러내야 한다. 새로운 방해 요소인 김진우를 거슬려 하고, 제거하는 것도 불사할 정도의 섬뜩함을 보여줘야 해.'

이도원이 입을 열었다.

"다시 한 번 해보겠습니다."

유태일 감독은 시계를 보며 고개를 저었다.

"일단 바쁘니까 넘어가겠습니다. 뒷부분에선 제가 말했던 점을 보완한 연기를 보여주십시오."

이도원과 김진우가 고개를 끄덕였다.

김진우는 다른 배우가 연기하는 동안 자신의 분량을 읽어보며 집중하는 태도를 보였다. 그 전까지 지루한 표정으로 타인의 연기를 봤던 것과는 사뭇 달라진 모습이었다.

그는 지금껏 마땅한 적수를 만나지 못했고, 연기력도 제자리걸음이었다. 그런데 이제야 자신을 자극하는 상대를 만난 것이다.

'재밌어지겠어.'

이도원은 묘한 흥분감이 들었다.

기대감이나 승부욕이라고 불러도 좋을 감정이었다. 그는 김진우가 노력만 한다면 무서운 발전을 거듭할 거라는 사실을 알고 있었다. 이도원이 꾸준하게 성장하는 배우라면, 김진우는 자극을 받으면 괴물 같은 재능으로 폭발적인 성장을 보여주는 배우였다.

'김진우의 연기는 내게도 좋은 자극이 될 거야.'

이도원은 확신했다.

차례가 돌고, 유태일 감독이 씬 넘버를 말했다.

"42씬, 윤도강을 의심하게 되는 씬. 이번에는 뭔가를 보여주기 바랍니다."

그 지시에 따라 대본을 보던 이도원이 고개를 들었다.

                    *   *   *

"내부자 소행이라고?"

이도원은 눈을 짧게 빛내며 차갑게 웃었다.

"경찰이 범인이라. 왜 그렇게 생각하지?"

김진우가 침착한 목소리로 대답했다.

"완벽해도 너무 완벽합니다. 노스트라다무스도 아니고, 우리의 동선을 정확히 예측하고 있어요."

"여러 번 잡힐 뻔했던 적이 있는데?"

"그래서 더 이상한 겁니다. 결론적으로 완벽히 빠져나갔어요. 뒤쫓던 선배님 파트너를 살해하고 선배님은 부상만 입힌 채 사라졌죠. 마치 '나 잡아봐라' 하는 것처럼. 내부자 소행이란 걸 숨기기 위해 일부러 아슬아슬하게 빠져나간 겁니다."

"뭐든 확신은 금물이다."

감정 변화 없이 충고한 이도원이 화제를 돌렸다.

"다시 말하지만 난 네가 마음에 들지 않아. 그렇다고 널 놈의 제물로 삼고 싶진 않다. 나서지 말고 가만히 있도록 해."

"선배님도 형사고, 저도 형사입니다. 범인을 잡다가 위험해지는 건 우리의 숙명이라고요."

"말을 안 듣는군."

이도원은 나직하게 중얼거렸다.

그가 새까만 눈동자로 김진우를 마주 봤다. 창백한 얼굴과 맞물리는 표정 없는 얼굴이 보는 이의 기분을 서늘하게 만들었다.

"경고하지. 놈은 내 파트너를 둘이나 죽였어. 너뿐만 아니라, 네 가족까지 해칠 거야. 그런 위험을 감수할 가치가 있을까?"

눈빛을 받고 심장이 두근거린 김진우가 속으로 생각했다.

'저 새끼, 진짜 사람 죽여본 적 있는 것 아니야?'

그에게서 시선을 뗀 이도원이 덧붙였다.

"놈은 내가 잡는다. 그러니까 나서지 마. 만약 네가 나선다면 놈은 너뿐 아니라 네 가족까지 노릴 거다. 난 그걸 막아줄 수 없어."

김진우가 물었다.

"선배님은요?"

이도원은 한결같은 표정으로 대답했다.

"난 가족이 없다. 놈이나, 나나 철저한 고아지. 불우한 유년기를 보냈어. 오직 나만이 놈을 이해할 수 있다."

가만히 지켜보던 유태일 감독이 말했다.

"도원 씨는 좋았고, 진우 씨는 좀 더 표면적인 연기를 부탁합니다. 역할이 뒤바뀐 느낌이 들 정도로 냉랭해요. 극 중 엘리트 형사 '홍상민'은 정의감이 넘치는 불같은 성격입니다."

지적을 들은 김진우는 입술을 깨물었다. 자존심이 구겨진 것이다. 하지만 그는 고개를 살짝 숙여 표정을 숨기며 말했다.

"죄송합니다."

"십 분만 쉬었다 하죠."

유태일 감독은 눈치가 빨랐다. 그는 김진우의 반응을 읽고 휴식을 주었다.

이미 서로 안면이 있는 조연은 와자지껄 리딩장을 빠져나갔다. 진지한 표정으로 리딩을 하던 것과는 다른 모습이었다. 유태일 감독 역시 자리를 비우자 장내에는 이도원과 김진우, 박아현만 남아 있었다.

이도원은 연기할 대본을 보고 있었다.

그때 김진우가 말을 걸었다.

"잘하던데. 혹시 우리 구면입니까?"

"구면이죠. 클럽 안에서 봤습니다. 그때……."

이도원이 씨익 웃으며 물었다.

"KAS 방송국 국장 따님과 함께 계시던데요."

김진우의 표정이 와락 일그러졌다.

옆에서 보고 있던 박아현이 눈치 없이 물었다.

"와, 두 분 사귀는 사이세요?"

그녀는 KAS 방송국 국장 자녀의 나이를 몰랐다. 더구나 이도원이 초면부터 불미스러운 관계를 캐물을 거라고는 짐작조차 못했다. 도둑이 제 발 저린다고, 이곳에서 기분이 상한 사람은 김진우뿐이었다. 그는 박아현의 질문에 대답하는 대신 이도원에게 무어라 말을 하려 했다.

그때 이도원이 선수를 쳤다.

"보기 좋았습니다. 요새는 연상연하 커플이 대세더라고요."

"친굽니다."

김진우가 칼같이 대답하자 이도원이 눈 꼬리를 휘며 웃었다.

"그렇군요."

그는 당시 박서진에게 김진우가 KAS 방송국 딸과 키스를 하는 장면을 목격했다는 제보를 받았었다. 하지만 거기까지 가진 않고, 이쯤에서 자극하는 걸 멈췄다.

"제가 오지랖을 부렸다면 죄송합니다. 그나저나 진우 씨를 보고 굉장히 놀랍고 반가웠습니다. 고1 때 두림예고 공연을 봤었거든요. 진우 씨가 주연이었죠. 그 당시 여기 있는 아현 씨가 초청했고요. 그러고 보니 두 분이 동창이시군요."

"전 알고 있었죠. 고등학교 때 완전 스타셨거든요."

박아현이 민망한 듯 대답했다.

"괜히 실례될까 봐 말 안 했어요. 나중에 친해지면 말하려고."

김진우는 이 자리가 영 불편했다.

마음 같아선 한바탕 엎고 자리를 뜨고 싶었다. 그러나 그럴 수도 없는 노릇이었기에 까칠하게 말할 뿐이었다.

"나한테 감정 있나?"

그는 이도원을 노려보더니 자리에서 일어났다.

김진우가 나가자 박아현이 물었다.

"왜 그래?"

"뭐가?"

이도원이 되묻자 박아현은 고개를 절레절레 저었다.

"평소보다 말이 많은 것도 그렇고, 엄청 공격적이던데? 저 사람은 널 모르는 것 같은데 말이야."

"내가 원래 물불 안 가리는 성격을 안 좋아하거든. 연기력도 출중하면서 스폰서를 두겠다?"

"누가?"

박아현의 질문에 이도원이 문 쪽을 눈짓했다.

그녀가 물었다.

"김진우가?"

"KAS 방송국 국장 따님."

박아현은 그제야 상황 파악이 된 표정을 지었다. 그러나 그녀의 의견은 이도원과는 달랐다.

"굳이 티를 낼 필요 없잖아? 양아치도 아니고."

"굳이 티를 낼 필요가 없다……."

이도원은 따라 중얼거리며 피식 웃었다.

박아현의 말이 옳았다. 그 역시 알고 있었다. 하지만 이도원의 입장에선 아무 이유 없이 자신을 죽였던 김진우를 본 것이다. 볼 때마다 피가 거꾸로 솟았다. 그러지 않으려 해도 혀끝에는 날카로운 칼날이 맺혔다.

"네 말이 맞다. 앞으로 자중할게."

이도원은 구구절절 변명하지 않고 깔끔하게 인정했다.

머지않아 김진우가 안으로 들어와 담배 냄새를 물씬 풍겼다.

그를 보며 박아현이 사과했다.

"아깐 죄송해요."

"아니."

고개를 저은 김진우가 이도원을 보았다.

"대립관계라 다행이야."

"영화 잘 나오겠군요."

이도원이 지지 않고 대답했다.

그때 유태일 감독 이하 조연이 돌아왔다.

그들이 모두 착석하자 유태일 감독이 재개 신호를 보내려다 미간을 찌푸렸다. 이도원과 김진우 사이 감도는 냉랭한 기운을 감지한 것이다.

'일단 시켜보고 판단한다.'

연기를 보기 전까진 호재일지 악재일지 알 수 없었다. 드물게 배역과 비슷한 관계의 배우를 일부러 캐스팅하는 경우가 있었다. 물론 그런 경우, 남몰래 교제하는 사이의 남녀 주인공을 서로의 추천으로 쓴다든지 하는 경우였지만.

조금 더 두고 보기로 한 유태일 감독이 입을 열었다.

"다시 리딩 시작하겠습니다."

많은 분량이 지나가고, 이도원에게 박아현이 살해당하는 장면이 나왔다. 이도원은 대사가 없었고 박아현은 두려움에 떠는 모습을 연기했다. 배역에 대한 표정과 눈빛, 호흡이 신랄했다. 신들린 것처럼 연기를 소화하는 모습에 이도원이 나직이 감탄했다.

'역시 훌륭한 재능이야.'

그다음, 아내를 잃은 김진우가 반쯤 미쳐서 심증을 갖고 있는 이도원에게 덤비는 씬을 연기할 차례가 왔다. 이도원은 김진우를 암살하려다 그의 아내 박아현을 죽이는 실수를 범한다. 자신이 범인을 총으로 쏴 죽인 것으로 위장하고 시체에 누명을 씌운다. 깔끔하게 사건을 처리한 뒤, 이제 쉬고 싶다며 사표를 내고 해외로 도주하려 한다.

김진우가 대사를 시작했다.

"네가 죽였지?"

그가 중얼거렸다.

"이대로 널 영웅으로 떠나보낼 것 같아?"

조용히 말하던 김진우는 총을 꺼내는 장면을 생략하고 바득 바득 외쳤다.

"이 개새끼!"

얼굴은 붉어졌고 입술이 덜덜 떨렸다.

"내 손으로 죽인다."

이도원은 주위를 두리번거리며 말했다.

"괜찮습니다. 저 친구도 마음이 아플 만하죠. 저 같아도 제정신이 아닐 겁니다. 둘이 해결하죠."

그는 다가가서 김진우를 포옹하는 과정을 생략하고 섬뜩하게 속삭였다.

"내가 그래서 그만하라고 했지? 씨발, 원래 여자는 안 죽였었는데… 네가 설치는 바람에 원칙을 깼잖아."

이도원이 정반대로 표정을 바꾸더니 피식 웃으며 말을 이었다.

"날 한국에서 추방했잖아. 그러면 잘한 거다… 내가 말했잖아? 네 목표를 이뤄도, 다치는 건 너라고."

김진우는 대답하지 못하고 덜덜 떨었다. 눈물이 주륵 흘렸다. 분노로 혼백이 나간 사람의 모습이 고스란히 담겨 있었다. 훌륭한 연기를 선보인 두 사람을 본 유태일 감독은 고개를 끄덕였다.

"자, 넘어갑시다."

리딩을 마친 이도원은 밴에 올랐다.

그러자 오준식이 물었다.

"둘이 싸웠어? 김진우 표정 똥 씹었던데."

"싸우긴 무슨. 감독 앞에서 어떻게 싸워?"

"근데 네 표정은 또 왜그래?"

오준식은 걱정스러운 표정이었다.

이도원이 지금처럼 인상을 굳히고 있는 걸 본 적이 없었기 때문이다.

이도원은 그 이유를 숨기지 않았다.

"〈시간아! 돌아와〉 대본만 보다 보니 감을 잃었어. 표면적인 연기밖에 안 나와. 〈악마의 재능〉에서 '윤도강'의 심리를 전혀 이해하지 못하고 있다."

"유태일 감독님이 그러셔?"

이도원은 고개를 저었다.

"아니, 내 생각."

"넌 너무 완벽주의야. 감독이 오케이면 오케이인 거지. 너무 욕심 부리다 네 페이스를 잃고 슬럼프를 겪는 수가 있다? 지금도 충분히 잘하고 있잖아."

"너무 찝찝해. 흉내를 내는 기분이랄까."

이도원은 시계를 봤다.

새벽 한 시였다.

"연습실 키 받은 거 있지?"

그 질문에 오준식이 고개를 끄덕였다.

"있긴 있는데, 오늘은 들어가서 쉬어. 내일 또 드라마 촬영 있는데, 괜히 밤새도록 크랭크인도 안 들어간 살인범연기 하다가 내일 '최정우'가 될 수 있겠어?"

"걱정 말고, 신용운 아카데미로 가자."

이도원은 고집을 꺾지 않았다.

오준식이 고개를 휘휘 저으며 시동을 걸었다. 더 이상 말려도 소용없음을 잘 알고 있는 것이다.

주차장을 빠져나가는 밴 안에서 이도원은 생각에 잠겼다.

'어차피 지금 윤도강 배역을 해봐야 답이 안 나와. 괜히 내일 연기에 지장을 받지 않도록 최정우 역할 연습을 한다.'

이도원은 늘 하던 최정우 역할을 연습함으로써 본연의 페이스와 자신감을 되찾으려는 심산이었다.

그는 시간을 다시 한 번 확인했다.

'세 시간 연습한다고 해도 네 시간은 잘 수 있어. 몸 관리가 돼야 컨디션을 유지할 수 있다.'

판단을 내린 이도원은 〈악마의 재능〉 시나리오를 가방에 넣어두고 〈시간아! 돌아와〉 대본을 꺼냈다.

한 장, 한 장, 책장 넘기는 소리가 들렸다.

라디오를 끄는 오준식의 표정은 걱정이 한가득이었다.

'내가 도움이 될 방법이 없을까?'

오준식은 운전하는 내내 생각했다. 그가 되고자 하는 매니저는 단순히 운전대를 잡고 배우의 스케줄을 확인해 주는 역할이 아니었다. 더구나 그 역시 지금도 연기를 하고 있는 입장으로서 도움이 되고 싶었다.

마침내 오준식이 말했다.

"내일 중요한 일정 없으니까 밤 촬영 빼고 전부 취소하자. 오랜만에 신용운 선생님 만나 뵙고, 트레이닝 받고, 쉴 시간 가지는 게 어때?"

백미러로 오준식의 눈매를 본 이도원은 피식 웃었다. 그의 마음이 고스란히 느껴졌기 때문이다.

고개를 끄덕이던 이도원은 한 사람을 떠올렸다.

"한 곳, 더 들를 곳이 있다. 우리 동네 〈미래정신과의원〉 좀 가자."

오준식의 표정이 딱딱하게 굳었다. 그는 지나치게 걱정스러운 얼굴을 하며 물었다.

"무슨 문제 있어? 정말 어디가 아픈 거냐? 우울증에 시달리고 있다거나, 내가 모르는……."

"아니야, 아니야."

이도원이 고개를 저었다.

"네가 내 마누라냐? 남자끼리 징그럽게."

그가 말을 이었다.

"그 병원 원장님이 내 첫사랑이야. 엄마 품이 가장 편하듯 오랜만에 얼굴 보며 추억이나 되새기려고. 겸사겸사 미친 살인범을 본격적으로 이해하려면 정신적으로 타격을 받을 수 있으니까 예방 차원에서 가려는 거야. 대본을 읽고 '윤도강'이라는 캐릭터를 받아들이려고 할 때마다 스스로 방어기제가 생기는 것 같아서."

이도원은 말을 마치고 생각에 잠겼다. 연기와 실제, 배우와 캐릭터 간의 경계를 둬야 한다. 남들에게는 보이지 않지만 스스로는 느낄 수 있도록 만들어야 한다. 완전한 몰입은 위험했다. 그러려면 마음을 안정시켜 줄 전문가의 도움이 필요했다.

*　　　　*　　　　*

이도원은 밤을 새워 연습을 했다. 원래는 조금 자두려 했는데 연습을 하다 보니 시간이 휙 가버렸다.

다음 날, 이동 시간 동안 밴 안에서 눈을 붙인 이도원은 현장에 도착했다.

"오, 도원이!"

정용주가 밝게 웃으며 손을 흔들었다.

그사이 많이 친해진 배우나 스태프는 서로 말을 놓기도 한 상태였다. 무거운 주제를 토대로 하는 〈악마의 재능〉보다 〈시간아! 돌아와〉의 촬영 분위기가 상대적으로 밝을 수밖에 없었다.

물론 정용주 PD의 자유분방한 스타일도 한몫했다.

이도원은 정용주와 스태프에게 꾸벅 고개를 숙였다.

"안녕하세요, 안녕하세요."

다들 친근하게 반겨주었다.

숲 속을 헤집듯 이도원이 다가가자 정용주가 말했다.

"오늘 새로운 배우가 투입된다."

"그래요?"

이도원이 겉옷을 벗으며 물었다.

그는 익숙해진 태도로 난롯가에서 스타일링을 받았다.

"도원이 안녕?"

밴에서 내린 김수려가 하품을 하며 인사했다. 그녀는 전날 새벽 라디오 프로에 출연해 잠이 부족한 상태였다.

"네, 새로운 배우가 들어왔다던데?"

"아! 아이돌이야. 윤상욱이라고, 요즘 뜨는 그룹 보컬."

"윤상욱?"

이도원은 되물으며 고개를 끄덕였다.

그때 밴 하나가 도착했다. 밴에서는 예쁘장하게 생긴 이십 대 초반의 남자가 내렸다. 이도원과 비슷한 또래로 보였다.

'어디서 본 얼굴인데.'

이도원은 쉽게 떠올리지 못했다.

윤상욱은 김진우를 본 날 클럽에서 함께 있던 아이돌이었다. 윤상욱이 그들에게 다가와서 고개를 숙였다.

"안녕하세요. 오늘부터 함께 촬영하게 된 윤상욱! 입니다."

윤상욱이 장난스럽게 웃었다.

그는 이도원을 발견하더니 손으로 가리켰다.

"아하. 이분이 〈악마의 재능〉에서 진우 형이랑 같이 촬영하신 다는 그분?"

말투가 교묘하게 무례했다.

이도원은 피식 웃으며 대답했다.

"맞습니다. 제가 그분이고요, 이도원입니다."

그는 악수를 청했다.

윤상욱이 묘한 표정으로 고개를 갸웃하며 손을 맞잡았다.

'진우 형이 꽤 신경을 쓰던데… 좋은 감정은 아닌 것 같고… 사람 괜찮아 보이는데… 둘 사이에 무슨 일이 있었던 거지?'

내심 떠올린 윤상욱은 궁금해 미칠 지경이었다.

그들이 인사를 나누는 사이 스태프가 모든 장비 세팅을 끝냈다.

이를 확인한 정용주가 말했다.

"자, 다들 위치해 주시고, 촬영 들어갑니다."

"촬영 들어갑니다! 배우 위치해 주세요."

민영기가 따라 외쳤다.

금일 촬영할 장면은 이도원이 가족의 소중함을 깨닫는 장면이었다. 지난 삶을 버리고 가족에게 충실해지는 시점이기도 했다. 그는 아이들과 시간을 보내고 아내와 저녁을 먹으며 십오 년간 묻어뒀던 감정을 고백한다.

윤상욱이 나오는 부분은 아이들과 시간을 보낼 때다. 그는 오전 시간 아이들을 맡아두는 어린이집의 교사다. 촬영 순서는 거꾸로, 아내와 저녁을 먹는 장면부터였다.

모든 준비가 끝나자 정용주가 말했다.

"레디."

이도원과 김수려가 식탁에 마주 앉았다.

이도원은 반지가 들어 있는 케이스를 마이 안주머니에 넣어두었다. 정장을 곱게 차려입은 이도원을 본 김수려는 아주 잠깐, 심장이 두근거렸다.

'진짜 멋있네.'

원래도 잘생긴 동생이라는 생각은 했었지만, 매일 편한 복장만 보다가 처음 정장을 입은 모습을 보게 되자 느낌이 새로웠다.

그녀의 생각을 알 수 없는 이도원은 아무렇지 않게 카메라를 보고 윙크를 날리며 장난을 쳤다.

정용주가 피식 웃으며 신호를 보냈다.

"액션!"

이도원의 표정이 언제 그랬냐는 듯 돌변했다.

그는 진지한 얼굴로 식탁을 비추는 촛불을 멍하니 바라보았다. 그리고 이내 냅킨으로 입가를 닦으며 눈동자의 초점을 김수려에게 맞췄다.

침묵 속에 고조되는 감정.

보고 있던 윤상욱은 팔에 우수수 소름이 돋았다.

'저 집중력은 뭐야? 바로 사람이 바뀌네?'

윤상욱은 이도원이 촬영 전 장난을 치는 모습을 보고 비웃으며, 거만한 태도로 그의 연기를 평가할 준비를 하려던 참이었다. 그런데 초장부터 충격을 받았다.

그때 이도원이 첫 대사를 읊조렸다.

"난 그동안 현실을 회피했어."

저음의 부드러운 목소리가 듣기 좋았다. 마주 앉은 김수려의 마음이 '진짜' 흔들릴 만큼.

당연히 몰입하기도 쉬워졌다. 그녀는 눈을 들어 이도원을 마주 봤다. 어두운 공간, 촛불의 불빛을 받은 이도원의 얼굴은 보는 이의 심장을 저격했다.

'왜 심장 테러라고 하는지 알겠어.'

김수려는 그녀가 며칠 전 보았던 인터넷 뉴스를 떠올리며 내심 고개를 저었다. 가슴을 진정시키려 애쓰지 않고 그대로 두었다.

저절로 얼굴 위로 표정이 떠올랐다. 달콤한 사랑을 받는 여자의 행복한 얼굴. 그녀가 배역의 감정을 이입시키자 눈물이 다 맺혔다.

이도원이 품속에서 반지 케이스를 꺼내 뚜껑을 열고, 다이아 반지를 들고 그녀의 손을 잡았다. 살며시 감싸고 부드럽게 쓰다듬었다.

대본에는 없는 장면이었다.

모니터를 통해 보던 정용주가 씨익 웃었다.

'저놈 봐라? 원래부터 걱정은 쥐뿔도 안 됐지만, 볼 때마다 사람을 놀라게 하네.'

이도원이 말했다.

"만약 십오 년 전 그날, 당신과 뱃속의 아이를 등지고 떠났다면 난 끔찍한 후회를 간직하고 살아갔을 거야."

그는 원래 했던 자신의 선택을, 그동안 자의식 깊이 묻어뒀던 후회를 말하고 있었다. 이제는 깨달았다고 고백하고 있었다. 그 눈빛은 흔들림 없이 차분하고 애잔했다.

"내게 가장 소중한 건 당신과 아이들이었어. 난 그 사실을 외면해 왔지만……."

말끝을 흐리며 감정을 조절한 이도원이 덧붙였다.

"이제는 내 삶에 충실할 거야. 당신이나 아이들과 함께할 미래, 앞으로의 시간을 뜻깊게 보내겠어."

이도원이 반지를 끼워주는 동안 김수려는 고개를 떨궜다. 눈물이 뚝뚝 식탁보를 적셨다.

이도원은 손을 뻗어 그녀의 턱을 들었다.

"날 봐, 여보."

그는 씨익 웃으며 말했다.

"사랑해."

정용주가 외쳤다.

"컷, 오케이! 우으으으!"

그는 양 주먹을 쥐며 앓는 소리를 했다.

"완벽해! 이도원, 요 예쁜 새끼."

"제가 알아봤었다니까요?"

민영기가 옆에서 피식 웃으며 말했다.

"오빠 울어요!"

다섯 살배기 아역 이수현이 깔깔거리며 외쳤다.

그 말대로 윤상욱은 눈물을 흘리고 있었다.

"나 이 드라마 보는데 졸라 슬퍼……."

스태프가 여기저기서 웃음을 터뜨렸다.

이도원은 나직이 한숨을 뱉었다.

'다행이야.'

그는 전날 〈악마의 재능〉 리딩 때문에 자칫 지장을 받을까 걱정하던 참이었다. 연습할 땐 불안감을 잊고 몰입했지만 막상 현장에 도착하자 절로 긴장이 됐었다. 그런데 결과적으로 오히려 더 좋은 연기를 선보이게 된 것이다.

곁에 다가온 오준식이 고개를 내저으며 속삭였다.

"진짜 못 말린다, 연습벌레."

촬영을 무사히 마친 이도원은 스태프와 배우에게 인사를 하고 현장을 떠날 채비를 했다.

한편 윤상욱은 그의 연기에 매료돼 밴까지 마중을 나왔다. 처음의 가벼운 적대감은 어디론가 날아가 버린 뒤였다.

"들어가십시오, 형님!"

윤상욱이 구십 도로 인사를 했다.

이도원은 민망한 표정으로 밴에 올라탔다.

시동을 건 오준식이 물었다.

"쟤 왜 저렇게 오버하냐?"

이도원이 피식 웃으며 대답했다.

"저런 성격이니까 김진우랑 친하게 지내지."

오준식은 김진우의 성격을 몰랐기에 그러려니 하며 운전을 했다.

"그나저나 네 첫사랑 얼굴이 궁금하다. 네가 사랑을 다 해봤다니… 우리 도원이, 다 컸네."

"너 자꾸 그렇게 까불다 한 대 맞는다."

이도원이 날카롭게 쏘아붙이자 오준식이 깨갱했다.

"잘못했습니다, 이 배우님. 그나저나 저도 같이 가서 얼굴만 보면 안 됩니까? 아니면 둘이 함께 셀카를 한 방 찍어주셔도 됩니다만."

"됐거든?"

피식 웃으며 말한 이도원은 가슴이 가볍게 뛰고 있었다. 차수희를 보는 건 그야말로 오랜만이었다.

거리를 생각했을 때 병원이 마치기 한 시간 전쯤 도착할 예정이었다. 그럼 상담을 마치고, 그녀가 약속이 없다면 저녁이라도 한 끼 먹을 수 있지 않을까?

'먹어야 뭘해?'

이미 마음을 접었던 이도원이다. 그래도 은근히 기대감이 드는 것은 어쩔 도리가 없었다. 이제는 그 역시 차수희와 같은 성인인 것이다.

'설마 그새 결혼을 하진 않았겠지?'

가끔 들어가 보는 차수희의 SNS에도 결혼을 했다는 소식은 없었다.

이도원은 밴을 타고 동네에 있는 〈미래정신과의원〉에 도착했다.

그에게 오준식이 물었다.

"대성했다는 걸 어필해 봐. 일부러 밴을 보이는 곳에 둘게."

"허세 부리라고?"

"그게 왜 허세야? 네 건데."

오준식이 능청스럽게 대답하자 이도원은 고개를 가로저었다.

"어디 안 보이는 곳에 차 두고 PC방 같은 데 가서 놀다 와. 전화할 테니까."

저녁 열 시, 신용운과 연기 트레이닝 약속이 잡혀 있었기 때문에 먼저 집으로 돌려보내기가 애매했다. 오준식 역시 수업을 참관하고 있었기 때문이다.

고개를 끄덕인 오준식이 답했다.

"만약 저녁 스케줄 취소해야 되면 연락주세요."

신용운과의 약속을 어기는 건 현실적으로 불가능했다. 그럼에도 능청을 떠는 오준식을 보며 웃어버린 이도원이 차에서 내렸다.

엘리베이터를 타고 이 층 미래정신과의원 문 앞에 도착했을 때, 이도원은 방금까지 품었던 기대감에 비례하는 실망감을 느껴야만 했다.

〈원장님의 경조사로 인해 이번 주는 진료를 쉽니다.〉

문에 위와 같은 알림판이 붙어 있었다.

'전화라도 해볼 걸 그랬나?'

그보다 경조사라니, 걱정이 됐다.

'장례식? 결혼식?'

경사스러운 일과 불행한 일 모두 이도원에게는 그다지 반갑지 않았다. 그는 입맛을 다시며 엘리베이터를 타고 다시 내려갔다. 그리고 오준식을 부르는 대신 병원 주변을 산책했다.

'동네 돌아다녀 본 지도 꽤 됐네.'

고등학생 시절 연습하던, 공사가 중단된 부지의 컨테이너 박스로 갔다.

추억이 새록새록 떠올랐다.

"공사가 재개되면 여기도 없어지겠지."

이도원은 씁쓸하게 웃으며 컨테이너 박스 안으로 들어갔다. 그곳에는 이도원이 갖다 두었던 전신 거울이 있었다. 길가에 버려진 걸 주워 연습용 거울로 삼았던 것이다.

"먼지 봐라."

이도원은 거울을 발로 톡톡 차고 입으로 불어서 먼지를 떼어낸 뒤 앞에 섰다. 그는 입을 열어 그 당시 연습했던 독백 대사를 생각나는 대로 뱉었다. 독백 대회 우승을 거머쥐었던 〈리처드 3세〉의 '리처드 3세' 독백이었다.

철저한 악인을 연기했던 당시가 떠올랐다.

'〈악마의 재능〉의 '윤도강'도 비슷한 인물이잖아?'

외려 잔인하다면 '리처드 3세'가 더 잔인하다. 차이가 있다면 〈리처드 3세〉는 연극이고 〈악마의 재능〉은 영화라는 것. 비유적인 표현이 가득한 희곡과 적나라한 표현이 가득한 시나리오의 차이.

'결국 인물을 이해하는 법은 다르지 않다.'

이도원은 뜻밖의 곳에서 '리처드 3세'를 연기하던 시절의 자신을 떠올리고 어느 정도 자신감을 찾았다. 그는 벌써 오래전에 악마적인 인물을 연기해 봤고, 자아를 잃지 않았던 것이다. 다만 〈악마의 재능〉에서 '윤도강'은 '리처드 3세'에 비해 적나라한 표현과 행위를 동반하기 때문에 지레 겁을 먹었던 것뿐.

이도원은 지그시 감고 있던 눈을 떴다.

"사람, 장소, 추억조차 스승이군."

이도원은 피식 웃으며 전화를 꺼냈다.

때마침 오준식에게 전화가 오고 있었다.

"호랑이도 제 말 하면 온다더니."

이도원은 전화를 받았다.

"이제 간다."

—오늘 일정 하나 더 추가됐다.

"뭔데?"

—백 프로덕션 설립 당시 최고 투자자인 차광열 회장님의 장례가 있대.

"차광열 회장님?"

—얼마 전부터 대표님이 제집 드나들 듯 병문안을 가셨잖아, 그분.

"아아."

이제야 누군지 떠올린 이도원이 대답했다.

"장례식을 가야 한다는 거지?"

—응, 지금 어디야?

"내가 갈게. 병원 앞으로 와."

이도원은 전화를 끊고 걸음을 뗐다. 그때 느닷없이 그의 뇌리에서 하나의 퍼즐이 맞춰졌다.

이도원은 벼락이라도 맞은 사람처럼 걸음을 멈췄다.

경조사로 일을 쉬는 차수희, 아버지가 위독하신 차지은, 그리고 차광열 회장의 장례식.

'혹시……'

번개처럼 스치는 생각이 있었다.

고개를 저은 이도원은 걸음을 서둘렀다.

*　　　　*　　　　*

이도원은 〈신용운 아카데미〉로 가는 길에 장례식장에 입고 갈 정장을 빌렸다. 오준식이 대충 사이즈를 골라 왔는데도 몸에 착 감겼다.

그를 보며 오준식이 감탄했다.

"축복받았네, 축복받았어. 넌 부모님께 감사해야겠다."

이도원은 피식 웃으며 고개를 끄덕였다.

곧바로 출발한 밴은 이십 분 정도 소요돼 〈신용운 아카데미〉에 도착했다. 평일인데다 저녁 열 시가 다 된 시간이었기에 도로에는 차가 많지 않았다.

이도원은 오준식과 건물 안으로 들어갔다.

오늘은 권명섭이 보이지 않았다.

대신 신용운이 두 사람을 반겼다.

"오랜만이구나."

"예, 선생님."

이도원이 고개를 꾸벅 숙이고 물었다.

"명섭이 형은 안 계시네요?"

"오늘 연극 공연이 있어서."

신용운은 연습실 문을 열고 두 사람을 초대했다.

한 공간에 세 명의 남자가 조촐하게 앉았다.

신용운이 먼저 입을 열었다.

"곧 영화 촬영도 들어가지?"

"예."

"하필이면 살인범 역할을 맡았다고?"

"예, 사이코패스죠."

이도원이 부연하자 신용운은 고개를 끄덕였다.

"쉽지 않겠구나, 그 역할을 한번 해볼까?"

"알겠습니다."

대답한 그는 망설이지 않고 일어났다.

잠시 눈을 감고 있던 이도원이 눈을 떴다.

점차 호흡이 가빠졌다.

"하… 하아… 그러게 왜 설치고 지랄이야? 사람은 누구나 죽어."

이도원이 집중하자 그의 눈에만 보이는 상대역의 형상이 흐릿하게 나타났다. 상대의 대사를 받는 사이를 두고 이도원이 대답했다.

"모두 빌어먹을 욕심 때문이지. 네 여자도 날 잡겠다는 네 욕심 때문에 죽은 거고… 내가 경고했지? 너나 너의 가족 모두가 위험해질 수 있다고 말이야."

그는 머리를 뒤로 쓸며 쪼그려 앉았다. 그리고 꽁꽁 묶인 상태로 무릎 꿇고 있는 상대의 형상을 빤히 바라봤다.

"인간을 사냥할 때의 맛을 아나? 날 두려워하는 모습을 봤을 때, 신이 된 것 같은 짜릿한 쾌감을 말이야. 특히 사냥감의 목을 따는 순간 그 맛은 장난이 아니지."

이도원은 입맛을 다시며 음미하듯 물었다.

"결국 너나 나나, 우리 모두가 남이 날 볼 때의 공포나 경외를 즐기는 변태일 뿐이야. 방법이 다를 뿐이지."

그는 손목시계의 용두(조절 나사)를 풀어 길게 뺐다. 그사이로 얇고 날카로운 줄이 빛에 반사돼 보였다.

이도원의 표정에서 점점 웃음기가 가셨다.

"넌 날 너무 쉽게 봤어……. 그 결과가 이거다."

독백은 여기까지였다.

신용운은 고개를 살짝 끄덕였다.

"느낌은 좋은데 조금 미흡해. 화술이 움직임을 못 따라간다."

곰곰이 생각하던 그는 말을 이었다.

"호흡과 화술, 움직임은 부족한 감정을 커버해 주기도 한다. 이런 기술적인 부분을 충족시키면 감정은 저절로 따라가기 때문인데, 네가 연기할 사이코패스는 경우가 좀 다르다. 배우가 감정을 공감할 수 없기 때문에 연기 자체가 표면적으로 표현될 수밖에 없다는 뜻이지. 관객 입장에서 '뻔하고 통속적인' 살인범이 되는 거야."

여기까진 이도원도 알고 있는 사실이었다.

신용운은 그에 대한 해답을 덧붙였다.

"직접 경험을 할 수는 없는 노릇이니 간접 경험을 해야겠지. 보는 것만으로는 부족하다."

그는 휴대폰으로 소품 구매 사이트를 보여주었다. 그곳에는 사람과 흡사한 크기와 형태를 가진 인형이 있었다.

신용운이 말했다.

"이 인형 중에는 실제 사람의 피처럼 붉은 색소가 뿜어지는 것도 있지. 정신적으로 굉장히 피폐해질 수도, 문제가 생길 수도 있다. 선택과 책임은 모두 네게 달렸어."

이도원은 미간을 찌푸리고 고민에 잠겼다.

그를 보며 오준식은 가슴이 답답해졌다.

'꼭 그렇게까지 해야겠냐?'

그렇게 묻고 싶었다.

주변에선 박수를 보내는데 정작 연기를 하는 이도원은 전혀 만족하지 못하고 있었다.

배우는 관객에게 전달되는 것이 가장 중요하다. 스스로 아무리 연기를 잘한다고 느껴도 관객이 몰라주면 소용없다. 별개로 배우에게는 연기에 대해본인 스스로 느끼는 갈증이 있었다. 그 갈증은 누구도 대신 풀어주지 못한다.

곰곰이 생각하던 이도원은 어떤 결정을 내렸는지, 고개를 끄덕이며 대답했다.

"감사합니다."

수업을 마친 이도원은 밴을 타고 한 대학병원의 장례식장으로 갔다. 차 안에서 정장으로 갈아입고 장례식장에 들어갔을 땐 많은 취재진과 인파가 몰려 있었다.

곁에서 오준식이 말했다.

"돌아서 들어가자."

고개를 끄덕인 이도원은 눈에 띄지 않는 곳으로 입장했다. 회사에서 조의금을 냈기 때문에 이도원은 따로 돈을 내지 않았다.

입구에는 고급 화환이 늘어서 있었다.

이도원이 문상을 하기 위해 외투와 신발을 벗고 상청 안으로 들어갔다. 상주인 장남 차기열은 영좌의 동쪽에서 서쪽을 향해 위치해 있고 차녀, 삼녀가 반대쪽에서 상주를 마주 본 채 문상객을 맞고 있었다. 상복을 입은 차녀, 삼녀의 얼굴을 확인한 이도원은 심장이 덜컥 내려앉았다.

'내 예상이 맞다니……'

두 사람은 바로 차수희와 차지은이었다.

물론 반갑게 인사할 상황은 아니었다.

차수희는 눈을 동그랗게 떴고, 차지은은 고개를 떨군 채로 이도원을 마주 볼 생각도 못하고 펑펑 울었다.

이도원은 마음을 가라앉히며 상주인 차기열에게 가볍게 목례를 했다. 장남이라 그런지 차기열은 담담한 표정을 짓고 있었다.

상주의 얼굴을 살핀 이도원은 영정 앞에 무릎을 꿇고 앉았다. 선향을 집어 촛불에 불을 붙이고 가볍게 흔들어 불을 껐다. 그 뒤 오른손으로 향을 집고 왼손으로 손목을 받친 뒤 공손히 향로에 꽂았다.

이도원은 묵념한 뒤 영좌 앞에 일어나 절을 두 번 올리고 다시금 상주에게 목례를 올렸다. 상주와는 안면이 없었기에 따로 인사말을 건네진 않았다. 그는 차수희에게도 목례를 하고 뒤로 세 걸음 물러난 뒤 몸을 돌려 상청을 나왔다.

상청 밖에는 이상백이 기다리고 있었다.

그는 핼쑥한 얼굴로 이도원에게 말했다.

"차광열 회장님은 우리 회사 설립 당시 전폭적인 지지를 해 주셨던 분이다. 거금의 당신 사비로 우리 회사에 필요한 초기 비용을 모두 부담하셨었지."

"그렇군요."

이도원은 살짝 고개를 끄덕였다.

이내 두 사람은 자리를 잡고 앉았다.

손수건으로 손을 닦는 이도원에게 이상백이 말했다.

"사회적으로 지위가 있던 인물의 죽음은 슬픔보다 많은 의미를 가진다. 직접적인 안면이 없는데도 불구하고, 조의금을 내서라도 장례식에 오는 사람이 많지."

"왜죠?"

"안면을 트면 덕 볼 상대가 있으니까."

"거물의 경조사는 비즈니스의 장이라 이거군요."

이도원은 고개를 끄덕였다.

"그래, 씁쓸하지만 그런 경우를 많이 보게 되는구나."

말을 마친 이상백이 이도원의 등 뒤를 보며 말했다.

"잠시 화장실 좀 다녀오너라."

이도원의 뒤에는 레드 엔터테인먼트 이로빈 대표가 서 있었다.

이상백의 말뜻을 알아차린 이도원은 일어나 이로빈에게 고개를 가볍게 숙였다.

"자네가 이도원인가? 몇 년 만에 이런 곳에서 만나게 되다니… 사람 인연이란 알다가도 모를 일이야."

"저도 TV에서만 보던 분을 직접 뵈니 신기하네요."

이도원이 화장실로 가자 이로빈은 피식 웃었다.

'건방진 놈.'

그는 이도원에 대한 이미지가 좋지 않았다. 이도원이 군입대하기 전부터 군 생활을 하는 도중에도 끊임없이 러브콜을 보냈었다. 그 대답은 거절로 돌아왔고, 백 프로덕션으로 갔다는 결과만 덩그러니 들어야 했다.

자리에 앉은 이로빈이 이상백에게 물었다.

"요새 회사 사정이 어렵다고 들었습니다."

"이 대표께서 신경 써주지 않으셔도 됩니다."

이상백이 술잔을 채우며 대답했다.

그 앞에 앉은 이로빈은 빙그레 웃으며 고개를 저었다.

"아니지요. 동종업계 종사자끼리 챙기지 않으면 누가 챙긴답니까? 제가 대표님께 대화를 청하는 건 깊은 수렁에서 빠져나오실 수 있도록 손을 내밀기 위해서입니다."

이상백은 묵묵부답 술잔을 비웠다.

이로빈의 말은 정확했다.

이도원이 군대에 있을 때까지만 해도 승승장구하던 백 프로덕션은 서서히 침몰하고 있었다. 진행하던 투자 사업의 성과가 부진해지기 시작했고, 새로운 배우도 섭외가 안 됐다. 이도원이 열심히 활동을 하고 있었지만, 한 손으로 내리는 비를 막을 수는 없었다.

곰곰이 생각하던 이상백이 물었다.

"하고 싶은 말이 뭡니까?"

"우리 회사에서 백 프로덕션을 인수하게 해주십시오. 대표님은 이사직으로 지금과 크게 다름없는 영향력을 행세하실 수 있을 겁니다. 당연히 백 프로덕션에서 진행하는 사업에 대해서도 웬만하면 관여하지 않겠습니다. 그저 투자 자문을 구한다, 이 정도로만 생각하시면 됩니다. 이 바닥도 정보가 생명인데 백 프로덕션보다야 이쪽 계통에서 오래한 레드 엔터테인먼트가 유리하지 않겠습니까?"

이상백은 굳은 표정으로 대답했다.

"자리에 어울리는 주제는 아닌 것 같습니다. 다시 시일을 잡도록 하지요."

이로빈은 별수 없다는 듯 고개를 끄덕였다.

"알겠습니다. 원래 레드 엔터테인먼트는 계열사로 프로덕션을 병행하려는 생각이었습니다. 다만 제가 제안을 드리는 이유는 이도원이란 배우의 스타성과 백 프로덕션의 자본이 아직까진 탐나기 때문입니다. 상황이 더 악화된다면 저 역시 제안을 철회할 수밖에 없습니다. 부디 신중하게 생각해 주십시오."

그는 자신의 명함을 지갑에서 꺼내 식탁 위에 올려놓고 자리에서 일어났다.

"그럼."

이로빈이 떠나자 근처 아무 자리에나 앉아 있던 이도원이 일어나 제자리로 돌아왔다.

"우연히 들었습니다."

이도원은 덧붙여 물었다.

"어떡하실 거예요?"

"교수직에 있을 때와는 달리 보람보단 부담을 느끼고 있는 내 자신을 발견하지. 실제로 성과도 따라주지 않고 있고."

이도원은 이상백이 취기가 조금 올랐다는 걸 느낄 수 있었다.

따라서 이도원은 말없이 잔을 다시 채우며 들어주었다.

이상백이 말했다.

"하지만 날 보고, 날 믿고 투자한 차 회장님을 생각하면 그런 제안을 받아들일 수는 없다."

"그럼 받아들이지 마세요."

이도원이 아무렇지 않게 대답했다.

"대표님 말씀처럼 끝까지 해본 것도 아닌데 회사를 통째로 넘길 수는 없죠."

이상백은 고개를 끄덕이면서도 나직이 한숨을 쉬었다.

창업 초기 때와 달리 십 년은 더 늙은 듯한 모습이었다.

이도원은 문득 마음이 아파왔다.

'내게 아버지가 계셨다면, 정정하던 아버지가 나이를 드셨다는 걸 느꼈을 때 심정이 이렇겠지.'

그는 몸을 일으켰다.

"돌아올게요. 기다리고 계세요."

워낙 많은 문상객이 몰렸기에 이로빈을 찾기가 쉽지 않았다.

한참을 헤매던 이도원은 잠시 화장실을 들르기로 했다.

화장실 바로 앞, 그나마 조용한 통로.

애타게 찾던 이로빈과 두 사람이 더 있었다.

이로빈이 공공연하게 말했다.

"…그래서 아무래도 인수가 힘들 것 같습니다. 좀 도와주셔야겠어요."

백 프로덕션 인수 건에 대한 대화인 듯했다.

이도원은 통로로 꺾어 나가지 않고 모서리에 기대서 내용을 엿들었다.

이로빈의 맞은편에 있는 남자가 잠시 시간을 두고 대답했다.

"물론 우리 키스톤월드도 요즘 주가가 하락세라 사유재산을 처분하고는 있습니다만… 아버지를 생각하면 백 프로덕션에 있는 지분은 건드리고 싶지 않습니다."

"남도 아니고 제게 매수하시는 건데요. 게다가 회장님께서도 평생 동안 이루신 키스톤월드가 중요하지, 백 프로덕션 이상백 대표와 의리가 더 중하셨을까요?"

이도원은 속으로 깜짝 놀랐다.

'차기열?'

차광열 회장의 장남이 백 프로덕션의 지분을 처분하려 하고 있는 것이다. 그 지분이 이로빈의 손에 들어가면 백 프로덕션 인수는 그야말로 초읽기가 될 터였다.

두 사람의 대화를 듣던 나머지 한 사람이 말했다.

"누구의 손을 들어줄지 이 문제에 대해 좀 더 심각하게 생각해 보겠소. 내 목표는 오직 하나, 내 아들의 활동 중지요. 유태일 감독이 내 제안을 승낙한다면 굳이 이렇게까지 할 필요가 없다는 뜻이지."

"유태일 감독이 의원님의 제안을 거절한다면 제안을 받아들이시는 겁니까?"

이로빈이 묻자 중년인 목소리가 대답했다.

"그렇소. 대신 이 대표도 약속은 반드시 지켜야 할 겁니다. 언제고 내칠 수 있도록 하려고 당신에게 내 아들을 맡아두라고 했던 거니까."

중년인이 말했다. 그 어조에는 은근한 압력이 실려 있었다.

이로빈은 애써 태연한 척 대답했다.

"심려 마십시오. 김진우가 좋은 재원이긴 하지만 의원님과의 연을 끊을 정도는 아니니까요. 의원님이 이번에 도와주신다면

진우는 아예 해외로 나가서 활동하게 될 겁니다. 중국 쪽 협력사에 이미 언질을 해두었습니다."

엿듣던 이도원은 헛바람이 나왔다.

정말이지 기가 막혔다.

'결국 백 프로덕션을 인수하겠다는 소린데.'

그는 눈살을 찌푸렸다.

가슴속에서 커다란 불덩이가 솟구쳤다.

결국 이상백이 사업을 실패하고 소극장을 운영하게 된 데에는 그의 능력 외적인 원인이 적용했던 것이다.

더군다나 세 사람은 공공장소에서 대수롭지 않게 대화를 나눌 정도로 대담했다. 아무리 초대받지 않은 문상객의 통제가 있다지만 그 외에도 자신들의 권한을 믿는 것이다.

'내가 있는 이상, 이번에는 좀 다를 거다.'

이도원은 입술을 깨물었다.

그가 이상백에게로 갔을 때, 이상백은 이미 식탁에 엎어져 있었다. 원래 망가지는 사람이 아니었기에 그동안의 정신적 스트레스가 얼마나 컸는지 짐작조차 할 수 없었다.

왁자지껄한 작례식장 안.

이도원은 맞은편에 서서 이상백을 내려 보며 말했다.

"다신 그런 꼴 안 보게 해드릴게요."

*　　　　*　　　　*

이도원은 차 자매와 인사를 나누었다.

그는 이상백을 오준식과 함께 먼저 보내고 장례식장에 남았다. 밤새 끝까지 자리를 지킨 뒤 새벽녘에 택시를 타고 집으로 왔다.

촬영 현장으로 출발하기까지 두 시간 남짓 남은 시간.

'어차피 내가 가진 무기는 연기뿐이야.'

상황이 어떻게 흘러가든 이도원이 할 수 있는 일은 한계가 있었다. 더 고민한다고 해서 답이 나올 문제도 아니었다. 그럼에도 이도원은 좀처럼 잠을 이루지 못했다.

이도원은 퀭한 얼굴로 밴에 올랐다.

오준식이 태평하게 물었다.

"어제 대표님 술 좀 드셨던데… 무슨 일 있었어? 넌 또 얼굴이 왜 그래?"

이도원이 장례식장에서 늦게 귀가했다는 사실을 알고 있는 그가 에너지 음료를 건넸다.

이도원은 캔을 따지 않고 볼에 대고 굴리며 답했다.

"일은 무슨 일."

이도원은 피식 웃으며 목 베개를 하고 대본을 꺼냈다.

고개를 저은 오준식이 차를 출발시켰다.

이도원의 집에서 출발한 밴은 내부순환도로와 강변북로를 거쳐 이십 분 만에 상암동 TBT방송국에 도착했다.

오늘은 〈시간아! 돌아와〉 드라마 세트 촬영이 있는 날.

이도원과 오준식은 밴에서 내려 세트장으로 갔다.

두 사람을 본 스태프가 손을 흔들었다.

그때 민영기가 물었다.

"상태가 왜 그래? 괜찮겠어?"

"어제 장례식에 다녀와서요."

오준식이 대신 대답했다.

앉아서 대본을 확인하던 정용주가 말했다.

"차에 가서 쉬고 있어. 촬영 시작하기 전에 FD 통해서 알려줄 테니까. 틈날 때마다 눈 좀 붙이라고."

그는 이도원은 전폭적으로 배려하며 덧붙였다.

"오늘 클라이맥스야, 알지?"

"예, 그럼요."

이도원은 고개를 끄덕였다.

〈시간아! 돌아와〉 촬영팀은 전례 없이 빠른 속도로 스케줄을 소화해 나가고 있었다.

특히 이도원은 영화 스케줄과 겹치지 않도록 하기 위해 엔지 없이 호연을 펼쳤다. 매 순간 최대한 집중했고, 그 지속적인 노력이 지금의 성과를 내주고 있었다.

'아무리 그래도 두 회 분량을 앞서다니.'

정용주는 고개를 절레절레 저었다.

그 덕분에 김미정 작가만 대본 마감이 빨라졌다. 촬영 스케줄이 앞당겨진다고 작가가 속도를 맞춰야 할 의무는 없었지만 그녀는 현재까지 잘 협조하고 있었다.

이래저래 여유가 생긴 마당이다.

정용주는 클라이맥스에서 이도원의 연기력을 적극 활용할 생각이었다. 여러 컷을 찍어놓고 최고의 명장면을 뽑자는 욕심이 생겼다.

"반드시 시청자를 울려주겠어."

중얼거린 그는 민영기에게 물었다.

"어제 시청률 몇 프로 나왔다고 했지?"

"평균 12.4%입니다. 인터넷 보시는 게 빠를걸요? 우리 드라마에 대한 기사로 도배가 돼 있을 테니까요."

"마의 장벽인 5%를 넘겼을 때부터 무섭게 붙는구먼."

"군중심리는 무시하지 못하죠."

민영기의 말에 정용주가 고개를 끄덕였다.

"이도원이 완전 스타 됐겠는데?"

"인터넷 안 보세요? 난리 났잖아요. 이미 신드롬인데요, 뭘."

정용주가 흐뭇하게 웃었다.

"스타 하나 배출했군."

"언제 어떻게 될지 모르는 바닥이긴 하지만, 특별한 문제만 없다면 쟤는 이제 탄탄대로예요."

민영기는 분장을 받으며 꾸벅꾸벅 졸고 있는 이도원을 눈짓했다.

그가 자신의 일인 것마냥 신이 나서 말을 이었다.

"〈우리의 심장〉도 뒤늦게 재조명되고 있고요. 십 대 때 이십 대 연기를 훌륭히 해내서 영화제에서 주목받았었는데, 우리 〈시간아! 돌아와〉에선 또 사십 대 가장 역할을 소화하고 있죠. 엄청난 신인 아닙니까? 신인인데도 불구하고 유태일 감독의 차기작 〈악마의 재능〉에서 티켓 파워를 보여줄 거라고 기대합니다."

"우리는 스타를 헐값에 쓰고 있는 셈이군."

정용주는 맞장구를 치며 말했다.

"광고 섭외가 줄을 잇고 있다는 소문은 들었다."

반면, 정작 이도원은 자신의 인기도를 전혀 실감하지 못하는 듯했다. 근래에 그는 하루 중 대부분을 차 안이나 현장에서 생활하고 있었다. 따라서 인터넷으로 정보를 얻을 수밖에 없는데, 이도원은 인터넷을 자주 보는 편도 아니었다. 그 시간에 차라리 인물 분석이나 화술 훈련을 했다.

　촬영 준비가 끝나자 FD가 졸고 있는 이도원을 깨웠다.

　오준식은 현장에 투입하기 전 기지개를 펴는 그에게 말했다.

　"참 천하태평이야."

　"뭐?"

　"아니야, 잘하라고."

　"당연하지!"

　흔쾌히 대답한 이도원은 세트로 걸어가 소파에 앉았다.

　카메라가 그를 담았다.

　정용주가 세트 밖에서 모니터를 통해 확인했다.

　"촬영 들어가겠습니다. 스태프, 배우 레디……."

　모니터 안에서 이도원이 고개를 끄덕였다.

　카메라감독, 조명감독, 오디오감독 역시 정용주를 보며 눈으로 사인을 보냈다.

　모든 준비가 끝나자 정용주의 입에서 신호가 떨어졌다.

　"액션!"

　이도원의 입이 천천히 열렸다.

　"잠들면 안 돼."

　그는 마침 전날 밤을 새웠기에 힘을 빼고 자연스럽게 연기했다.

　그러자 눈꺼풀이 저절로, 자꾸만 감겼다.

이도원은 고개를 흔들었다.

얼굴을 세게 꼬집었다.

불쑥 일어나더니 소파 앞을 맴돌며 볼을 때렸다.

볼이 빨개져서 중얼거렸다.

"잠들면 안 돼."

그는 같은 말을 돼내었다.

한참을 홀로 발악하던 이도원이 힘을 잃고 소파에 기댔다.

"아니, 아니야. 잠들면 안 돼."

그는 잠에서 깨려는 듯 일부러 소리 내어 말했다.

"잠들면 모두 끝이다. 수연이도, 아이들도. 모두 사라질 거야. 잠들면 모든 게 끝이다."

이도원은 고개를 흔들며 카메라 화면 밖에 나갔다. 그는 스태프에게 에너지 음료 캔이 든 비닐봉지를 받아 다시 화면 안으로 들어갔다. 이어서 소파에 앉아 왼편 바닥에 비닐봉지를 내려놓고 에너지 음료를 꺼냈다.

딸칵.

캔을 딴 이도원은 물처럼 들이켰다.

그러길 몇 캔.

이도원이 사레가 들린 사람처럼 기침을 뱉었다.

"콜록, 콜록! 헉… 헉……."

한참 가쁜 호흡을 몰아쉰 그는 헛구역질을 했다.

"우웨엑!"

얼굴이 붉게 무르익었다.

고개를 든 이도원이 피식 웃었다.

"후! 잠이 다 달아나네."

그는 소파에 등을 묻었다.

"잠이 확 깨……"

중얼거리던 이도원이 잠에 들었다.

정용주가 외쳤다.

"컷! 오케이."

그는 손을 내저으며 스태프를 지휘했다.

"그대로 다음 씬 갑니다."

정용주의 지시에 따라 촬영장에 있는 스태프가 장비를 만졌다.

이도원은 번쩍 눈을 뜨고 멀쩡한 얼굴로 돌아와 카메라를 똑바로 보고 앉았다. 연기할 때 카메라를 보면 관객 역시 카메라를 의식한다. 따라서 '카메라를 보지 마라'는 기본 원칙을 깬 행동이었으나, 이는 마지막 화를 앞둔 19화가 끝나면서 따로 들어갈 장면이었기에 예외라고 할 수 있었다.

지금까지가 전초전이었다면 이제부터 본 게임이었다. 이도원이 시청자의 눈물샘을 자극할 포인트인 것이다.

정용주가 이도원을 향해 외쳤다.

"감정 잡으면 신호해! 바로 촬영 들어간다."

모든 스태프는 준비를 마친 상태로 기다렸다.

정적이 흐르고, 이도원이 눈을 뜨며 고개를 끄덕였다.

"액션!"

정용주는 레디 없이 액션을 외쳤다.

이도원이 연기를 시작했다.

"저는 그날 제 가족이 모두 한밤의 꿈처럼 사라질 것 같은 기분에 사로잡혔죠. 어느 날, 자고 일어나 봤더니 제 앞에 나타났던 것처럼, 자고 일어나면 사라질 것 같았습니다."

사이를 두고 기대감을 고조시킨 이도원은 말을 이었다.

"확신했냐고요? 내일 아침 모든 것이 사라질 거라는 확신보다, 모든 것이 사라지면 어떡하나… 하는 두려움이 더 컸던 거죠."

한편 현장 밖에서 팔짱을 끼고 바라보던 민영기는 속으로 감탄했다.

'시청자에게 잔잔하게 말해주는데도 전혀 지루하지가 않아. 감정을 드러내기보다 안으로 감추며 표현하기가 더 힘든 법인데……. 완벽하게 소화하고 있다. 잘 정제돼 있어.'

정용주 역시 만만찮게 흥분했다.

'역시 소름 끼치는 호소력이야. 아무리 목소리가 좋아도 그렇지, 대사를 할 때마다 심쿵해. 저건 타고난 재능이다.'

잔잔하게 말을 뱉던 이도원의 입술이 잘게 떨렸다. 호흡이 말려들어 가며 울음을 참는 소리가 되는 순간 그는 고개를 살짝 숙였다.

잠시 흐느끼던 이도원이 고개를 들었을 땐 작은 얼굴에 눈물 자국이 가득했다. 그는 호흡을 유지하면서도 발음이 뭉그러지지 않도록 대사를 쳤다.

"저는 제게 과분한 행복을 누린 거죠. 짧지만 꿈만 같고 행복한 시간이었습니다. 그런 생각이 들더군요? 왜 처음부터 그들을 따뜻하게 대하지 않았을까… 왜 조금 더 잘하지 못했을까……."

이도원은 낮게 오열하며 말을 이었다.

"후회합니다. 더 이상 그들 없는 제 삶은 무의미해요."

정용주가 모니터 화면을 돌려보며 감탄했다.

"컷! 기가 막히는군."

심지어 오케이인지, 엔지인지도 말하지 않았다.

이도원이 다가와 그의 곁에서 모니터를 함께 봤다.

정용주가 이도원의 어깨를 두드렸다.

"네가 봐도 기막히지?"

"하하."

이도원은 머쓱하게 웃고 말았다.

그때 민영기가 거들었다.

"스태프도 다 감탄했다. 이제 큰 씬은 대부분 끝났어. 앞으로는 즐거운 씬만 남았다. 이를테면 수려 씨와 키스씬이라든지."

다음 촬영할 장면은 김수려와의 키스씬이었다.

촬영 장소는 상암동에서 가장 고급스러운 레스토랑.

이도원이 연기하는 최정우가 훌륭한 남편이자 가장이 되기로 작심한 뒤 결혼 기념일, 정수연 역할의 김수려에게 매일같이 이벤트를 해주는 장면이었다.

스태프가 먼저 이동하고 이도원과 오준식은 밴을 타고 따로 움직이기로 했다.

오준식이 백미러를 통해 이도원을 훔쳐보며 짓궂게 웃었다.

"키스씬은 처음이지?"

"놀리지 마라. 그렇잖아도 긴장되니까."

이도원의 반응에 오준식이 낄낄댔다.

반면 이도원은 조금 난처한 심정이었다.

'전생에서야 경험이 있다지만⋯⋯.'

그러고 보니 타임 슬립한 뒤에는 여자를 사귄 적이 없었다. 여자랑 키스를 나눈 것이 언제 적인지 이래저래 난감했다.

'감을 완전히 잃은 거 아니야? 어색하게 굴면 곤란한데.'

이도원은 뭐든 잘하면 좋다는 주의였다.

그건 키스도 마찬가지였다. 특히 연기로 키스를 할 땐 괜히 어설프게 굴다 여러 번 엔지를 내면 서로 민망하고, 여배우에게도 실례가 될 수도 있다.

'싫은 티야 안 내겠지만.'

이도원은 타임 슬립 전 키스했던 기억을 떠올리며 입을 쩝쩝거렸다.

그를 보던 오준식이 고개를 절레절레 저었다.

"김수려가 아무리 예뻐도 그렇지 아주 벼르고 있구나, 벼르고 있어. 내가 그동안 친구를 잘못 봤다. 혀를 푸는 것도 아니고 쩝쩝대다니! 저런 야수성을 가졌을 줄이야⋯ 입을 훔치는 정도가 아니라 강탈이라도 할 기센데?"

이도원이 미간을 찌푸리며 째려봤다.

두 사람은 키스씬에 대한 대화를 나누며 촬영 장소에 도착했다. 대화의 결론은 일단 부딪치라는 것이었다.

오준식이 장난을 이어가며 능청을 떨었다.

"자, 가시죠. 키스의 제왕."

"그 입을 확 꿰매 버려야 되는데."

이도원이 대답하며 밴에서 내렸다.

두 사람이 엘리베이터를 타고 올라가자 장비 세팅으로 바쁜 스태프가 눈에 들어왔다.

한쪽에는 김수려가 미소 짓고 서 있었다.

이도원이 먼저 다가가 남자답게 말을 붙였다.

"누나, 기분 어때요?"

"네 기분을 걱정해야 할 것 같은데? 너 표정 굳었어."

태연하게 대답한 김수려가 눈을 찡긋했다.

"걱정 마! 이 누님이 잘 리드해 줄게."

*   *   *

이도원은 피식 웃었다.

'아무리 그래도 내가 짬밥이 있는데.'

자신감을 품었지만 걱정 반 기대 반이었다.

그를 보며 김수려가 다독였다.

"너무 긴장하지 말고. 편하게 해. 어차피 연기잖아?"

"네."

이도원은 무뚝뚝하게 대답했다.

그때 정용주가 두 사람에게 말했다.

"배우 위치, 스태프 세팅 완료 됐습니다."

두 사람은 레스토랑에 마주 앉았다.

촛불과 요리를 사이에 두고 서로를 마주 봤다.

마침내 정용주가 사인을 보냈다.

"레디, 액션!"

이도원은 빙긋 웃으며 마이 안주머니를 더듬었다.

김수려가 그를 보며 궁금해 죽겠다는 표정으로 물었다.

"뭐예요? 선물?"

물어본 그녀가 클러치를 열어 결혼 기념일 선물을 꺼내 올려 놨다.

"짜잔!"

김수려가 밝게 웃으며 오픈한 선물은 시계였다.

이도원은 주머니를 뒤지며 연신 찾는 척을 했다. 그리고 마침 내 찾았다는 듯 밝은 표정을 지으며 말했다.

"잠깐 이리 와봐."

"왜? 뭔데 그래요?"

김수려가 얼굴을 가져가자 이도원은 그녀의 입술에 키스를 했 다. 점점 딥 키스로 접어듦과 동시에 안주머니에서 목걸이를 꺼 내 그녀의 목에 걸어주었다.

'뭐야?'

너무도 능숙한 이도원의 리드에 김수려는 깜짝 놀랐다. 그녀 는 당황한 바람에 웃음을 터뜨리고 말았다.

"풉!"

이도원과 스태프도 웃음을 터뜨렸다.

정용주가 장난을 쳤다.

"수려 씨, 너무 좋아하는 거 아니야?"

"감독님!"

김수려가 빽 외쳤고 스태프는 다시 한 번 웃었다.

키스씬을 찍을 땐 대부분 배우가 긴장하기 때문에 촬영 분위 기를 풀게 마련이었다.

웃음바다가 잔잔해지자 정용주가 촬영을 재개했다.

"다시 준비해 주세요."

이도원이 김수려에게 여러 각도로 얼굴을 가져다대며 물었다. 촬영감독이 바짝 붙어서 지시를 내렸다. 바로 전 테이크에서 카메라 구도와 얼굴의 각도가 맞지 않았기 때문이다.

"이렇게요?"

이도원이 묻자 촬영감독이 흐뭇하게 고개를 끄덕였다.

"좋아."

가만히 보고 있던 민영기가 덧붙였다.

"도원이가 목걸이를 다 걸고 손을 내리는 것보다 수려 뒷목을 잡아줘도 괜찮을 것 같은데요."

정용주가 눈을 가늘게 뜨고 놀렸다.

"해보셨나 봐?"

다시 웃음이 터지고, 자세를 정했다.

이도원이 몇 번 시늉을 해본 뒤 고개를 끄덕이자 정용주가 신호를 보냈다.

"두 배우 키스하는 컷만 다시 갈게요. 레디, 액션!"

김수려가 다가오자 이도원은 그녀에게 목걸이를 둘러주고 키스를 했다. 이번에는 이도원도, 김수려도 눈을 감고 감정을 끌고 갔다.

잠시 시간이 지난 뒤 정용주가 외쳤다.

"오케이, 컷! 목걸이 해주는 솜씨가 보통이 아닌데? 보지도 않고 잘 걸어줘."

"많이 해봐서 그렇죠."

민영기가 날름 말을 받았다.

김수려는 웃으며 이도원의 입가를 손으로 닦아준 뒤 도로 앉았다.

"도원이 잘하는데요?"

그녀의 말에 모두가 떠들썩하게 웃었다.

이도원도 피식 웃으며 어깨를 으쓱였다.

"아직 감이 죽지 않았나 보네요."

"어머, 많이 해봤나 봐?"

"비밀입니다."

말한 이도원이 자리에서 일어났다.

김수려도 덩달아 일어나 모니터로 갔다.

두 사람은 자신들의 키스씬을 보며 얼굴이 화끈해졌다. 찍을 땐 미처 못 느꼈는데, 꽤 진한 장면이 연출됐다.

"인터넷에 또 한 번 난리가 나겠군."

정용주가 흥미진진한 표정으로 웃으며 말했다.

"스캔들 안 터지게 조심하고. 아마 내 생각에 조만간 두 사람 세트로 CF 섭외 제의 많이 들어올 거야."

정용주의 말은 현실이 됐다.

2월 13일, 드라마 〈시간아! 돌아와〉는 15회 차까지 방송이 나간 상태였다. 시청률은 14%를 넘어서며 계속해 고공행진을 달리고 있었고, 광고 섭외 제의가 줄을 이었다. 이번에는 지난번처럼 지면광고가 아닌 TV광고였다.

반면 영화 〈악마의 재능〉의 크랭크인 날짜는 연기됐다. 여러 요건이 충족되어야만 하는 영화 제작에선 비일비재한 일이었기 때문에 대수로울 건 없었다. 오히려 지금도 스케줄이 빡빡한 이도원의 입장에선 반길 일이었다.

오준식이 말했다.

"개런티 들으면 놀랠걸?"

"마음 단단히 먹었어. 얘기해 봐."

이도원은 가슴을 움켜쥐는 척하며 물었다.

오준식은 잠깐 뜸을 들이다 대답했다.

"2억."

그는 보조석에 있던 태블릿을 건넸다.

이도원은 좀처럼 믿기지 않는 표정으로 태블릿을 받아 기사를 읽었다.

—'시간아! 돌아와' 이도원, 쏟아지는 러브콜

(서울 = OUS) 윤태원 기자 = <시간아! 돌아와>는 연일 시청률 상승 가도를 달리며 파죽지세로 '뜨고' 있다.

이전까지 광고료 책정표에 이름조차 없었던 이도원은 이번 <시간아! 돌아와> 이후 '대세 스타'로 급부상했다. 현재 논의 중인 광고만 8~9개 된다는 풍문이다. 특히나 주인공이라는 프리미엄이 붙어 몸값은 1년 기준 약 2억 원대로 올랐으며, 차후 같은 품목의 경쟁사끼리 서로 이도원을 광고 모델로 데려가기 위해 경쟁이 붙을 전망이다. 그렇게 되면 이도원의 몸값은 또 오르게 된다.

이도원과 백 프로덕션 입장에선 하이웨이 진입이겠지만 보이지 않게 계산기를 두드려야 하는 제작사와 투자사의 표정은 썩 밝지 않다. 한두 달 만에 팬덤이 만들어진 이도원을 기용해 또 다른 부가가치를 창출하기 위한 경쟁 역시 뜨겁게 달궈지고 있다.

배우의 출연료는 전적으로 시장이 판단해야 할 몫이다. 가끔 눈먼 돈이 떠도는 것처럼 보여도 연예계만큼 이익에 냉정한 동네도 드물다. 톱스타에게 7억 원대의 몸값이 매겨지는 것도 그만큼의 상품가치를 창출하기 때문이다. 단숨에 떠오른 반짝 스타가 될지 롱런하는 배우가 될지, 이도원의 미래는 흥미진진하다.

twy@ous.com

기사를 모두 읽은 이도원이 물었다.

"이거 전부 사실이야? 광고 제의만 여덟, 아홉 개?"

"그래. 믿기지 않지? 이해한다. 나도 안 믿기니까."

"거참."

이도원은 태블릿을 내려놓고 멍한 표정으로 창문을 봤다.

"그러니까 요 한 달 만에 내 몸값이 2억으로 뛰었다 이거지?"

"흐흐……."

웃음을 흘리던 오준식이 빵 터져서 웃기 시작했다.

신들린 사람 같은 웃음에 이도원도 편승했다.

두 사람은 낄낄대며 환호를 함께 내질렀다.

어느 정도 진정된 오준식이 물었다.

"근데 그동안 왜 그렇게 무관심한 척했던 거야? 이렇게 좋아할 거면서 혼자 고고한 척, 선비처럼 폼을 잰 이유가 궁금합니다만?"

"준식아, 형이 한마디 해줄게."

이도원이 들뜬 기색을 숨기지 않고 말했다.

"인생사란 게 말이야. 대부분 기대란 놈을 한가득 갖고 있으면 기대치만큼 결과가 안 나오는 법이야. 반대로 마음을 비우고 있으면 성과를 있는 그대로 즐길 수 있지."

그는 말을 이었다.

"배우는 지금 이 순간을 사는 사람이야. 연기란 걸 직업으로 택한 순간 미래를 생각해선 안 된다는 게 내 개똥철학이거든. 무대에서, 현장에서, 삶조차도 지금 이 순간에 모든 걸 쏟아붓고 즐기는 것. 난 그래서 연기가 좋다."

"멋진 척 좀 했네."

오준식의 말에 이도원이 씨익 웃으며 대답했다.

"그건 항상 하지."

김홍수 기자의 예상대로, 이도원은 광고를 찍으면서 또 몸값이 불어났다. 그의 승승장구로 인해 백 프로덕션도 급한 불을 끌 수 있게 되었다.

이상백은 사무실에서 이도원과 마주 앉아 이전에 섭외가 들어왔던 작품의 파일을 내려놨다.

이상백은 전보다 안색이 좋아져 있었다.

"이건 작년 말부터 네게 들어왔던 조건이다. 함께 들어 있는 서류는 새로 제시된 조건이고. 〈시간아! 돌아와〉가 터지기 전 긍정적으로 출연 이야기가 오갔던 작품도 점프한 출연료 때문에 두 손 두 발 들고 네 뒷모습을 쓸쓸히 쳐다봐야 하는 상황이지."

그는 씨익 웃으며 말을 이었다.

"한 번 올라간 출연료는 웬만해선 내려가지 않아. 직장인이야 해마다 인사고과로 연봉이 재조정되고, 연령과 직급이 높아질수록 월급이 줄어드는 임금 피크제의 테두리 안에서 살지만… 배우는 아니지. 작품이 처참하게 망해도 출연료는 제자리걸음이거나 오히려 올라가는 기현상을 보인다."

"그렇군요."

이도원이 고개를 끄덕이자 이상백이 덧붙였다.

"관건은 누가 고양이 목에 방울을 달 건가, 이거야. 만약 네가 선택한 작품이 연달아 손익분기점을 넘지 못하면 제작사 측에서 기피하게 된다. 그럼 배우 쪽에서 먼저 자존심을 내려놓고 '네고 됩니다'라고 말하기 전까진 섭외가 들어오지 않아. 그런데 현재까진 네가 작품을 선택하고 있지. 전략기획팀에게 선택권을 넘기는 편이 어떻겠니?"

"아니요."

이도원은 고개를 저었다. 그는 전략기획팀에 의지할 생각이 조금도 없었다.

물론 속사정을 자세히 모르는 이상백은 이도원이 뜨기 시작하자 공 든 탑이 무너질까 불안할 만도 했다. 이도원이 〈시간아! 돌아와〉를 선택했다지만 그보다 이 바닥에서 오래 구른 많은 전문가로 만든 전략기획팀이 더 신뢰가 갈 것이다.

'조금 불쾌하시더라도, 강하게 거절해야 한다.'

이도원은 마음을 단단히 먹었다. 그는 미래를 알고 있고, 이제부터 더욱 적극적으로 그 점을 활용해야 한다.

당연히 신인 감독이 연출하는 영화보다 스타 감독이 연출하는 영화 중에 흥행작이 많았다. 이제부터는 그런 대작의 섭외가 줄을 이을 터였다. 정신 바짝 차리고, 될 만한 작품을 골라서 들어가야 하는 상황인 셈이다.

곰곰이 생각하던 이도원이 대답했다.

"원래 계약대로 유지해 주십시오."

"도원아, 네가 우리 회사에 지원받을 수 있는 가장 큰 부분을 포기하는 건 아깝지 않니?"

이상백은 쉽게 굽히지 않았다.

그건 이도원도 마찬가지였다. 그는 마지못해 강수를 둘 수밖에 없었다.

"대표님, 제가 백 프로덕션으로 들어온 건, 제가 제안한 세 가지 조건을 모두 승낙해 주셨기 때문이에요. 제게 건방지다고 하셔도 좋습니다. 하지만 입장이 변한 건 백 프로덕션이지 제가 아닙니다. 물론 대표님만의 의견이 아닌, 전략기획팀에서 제안했을 거라는 예상도 하고 있습니다. 저는 회사의 룰 밖에서 계약을 했으니까요. 회사와 운명공동체가 된 제가 이 중요한 시기에 혼자 판단하고, 혼자 결정하려 하니까요. 난처하시다는 건 알지만 그래도 약속을 지켜주십시오."

"네가 이렇게까지 의견을 표했는데, 전략기획팀도 더는 강권하지 못할 게다. 씁쓸한 이야기지만 네가 있어 서서히 기울던 회사가 침몰을 멈추게 됐으니까."

"죄송합니다."

이도원은 가볍게 고개를 숙였다.

"대신 드라마, 영화를 제외한 광고 출연은 지금처럼 최대한 회사의 제안에 따르도록 하겠습니다."

"그래, 그거면 됐다."

이상백은 더 욕심 부리지 않고 수긍했다.

이 문제에 대해 대화를 끝낸 이도원은 책상에 펼쳐둔 파일을 하나씩 검토하기 시작했다.

그 안에는 〈시간아! 돌아와〉 흥행 이후 새로 제시된 출연료 금액이 적힌 서류도 함께 있었다.

좀처럼 눈에 들어오는 작품은 없었다. 한참을 찾고 있는데 개중 유독 파격적인 개런티의 작품이 보였다.

그 작품에 대해 자세히 읽기 시작하자 이상백이 부연했다.

"나도 그 작품은 의외였다. 정윤욱 감독의 작품이야. 워낙 유명 감독이라 내심 네가 선택하길 바라고 있었다. 사극이고, 수백억 짜리 영화지. 정윤욱 감독이 널 좋게 봤는지 출연료도 현재 들어온 작품 중 가장 높다."

무려 3억이다. 광고 개런티와 영화 개런티의 책정 방식이 다르다지만 파격적인 조건인 건 확실했다.

문제는 이도원의 기억에 이 영화가 망했다는 점이었다.

시나리오도 탄탄하고 조연의 연기도 좋았다. 그런데 하필이면 여자 주인공이 최악의 연기를 보여줬다. 단 한 명이 작품 전체의 몰입을 깨고 처참한 실패를 가져올 만큼 치명적인 타격을 입혔다.

물론 당시 주연 간의 호흡이 엉망이었을 수도, 여배우의 컨디션 난조였을 수도 있었다. 현장에서 일어나는 일은 현장만 안다. 그 내막을 외부에서 알기란 요원했다.

'일단 섭외가 된 걸 보면 여배우의 연기력 자체가 문제가 됐을 가능성은 적다.'

과연 극복할 수 있는 실패 요소일까?

고민하던 이도원은 스스로에게 말했다.

'타임 슬립 전에는 실패했던 작품이라도 아직까지 정해진 건 없다. 더구나 지금껏 해본 적 없는 사극연기란 것만으로도 도전할 가치는 충분해. 미래를 안다는 사실을 잘 활용하되, 실패 확률이 있다고 해서 겁쟁이처럼 굴어서는 안 된다.'

도전을 두려워하는 순간 발전은 멈춘다.

안주하려는 태도는 일견 안전해 보이지만, 결코 안전한 것이 아니다.

결정을 내린 이도원은 이상백에게 파일을 내밀었다.

"〈악마의 재능〉 차기작은 이 작품이 좋겠습니다."

*   *   *

뜻밖의 유명세는 부담이 돼 이도원을 짓눌렀다. 그건 누구도 피해갈 수 없는 스타의 숙명이었다.

한편 이도원은 무술감독과 합을 맞추기 시작했다. 무술감독이 그를 보며 감탄을 아끼지 않았다.

"반응이나 습득이 굉장히 빠릅니다. 본인이 워낙 열심히 하고요."

유태일은 팔짱을 끼고 고개를 끄덕거렸다.

그는 영화가 주는 전달력이 사실적인 연출에 있다고 믿는 사람이었다. 따라서 대역은 쓰지 않기로 했다. 모든 액션 연기를 배우가 직접 소화해야 하는 셈이다.

"훅, 훅……."

이도원은 지난 한 달 동안 무술감독과 수도 없이 연습해 왔던 움직임을 해보았다. 상대의 뒤로 은밀하고 빠르게 움직이며 손목시계의 기어(조절 나사)와 연결된 줄로 상대의 목을 조르는 동작이었다.

트레이닝 시간만이 아니었다. 이도원은 손목시계를 개조한 이 소품을 항상 차고 다니며 연습을 했다. 시계에 연결된 줄은 실제로 위험하지 않았지만 영화상에서는 목의 경동맥을 자를 만큼 날카롭다는 설정이었다.

오준식은 이도원을 걱정스럽게 바라보았다.

'요즘 밥도 잘 못 먹고, 살도 많이 빠진 것 같은데……'

이도원은 한 달 새 얼굴이 핼쑥해졌다. 원래도 약간 마른 감이 있는 체형이었기 때문에 지금 와선 퀭하다는 느낌마저 주었다. 여기서 문제는 식사량 역시 부쩍 줄었다는 것이다.

말수도 전에 비해 현저히 줄었다.

'통 말을 안 하니 이유를 알 수가 있나.'

오준식의 걱정을 아는지 모르는지 이도원은 연습에 집중했다.

두 시간 뒤 무술감독에게 트레이닝을 받는 시간이 끝났다.

두 사람은 밴을 타고 움직였다.

그때 불쑥 이도원이 말했다.

"오늘은 피곤한데, 약속된 스케줄 없으면 들어갈게."

"요새 뭘 하고 다니는 거야?"

이런 일이 잦았기에 답답해진 오준식이 물었다. 그러나 이번에도 허탕이었다.

이도원은 대답하지 않았다.

"대체······."

말끝을 흐린 오준식은 이도원을 집 근처에 내려주었다.

이도원이 차의 문을 닫으며 짤막하게 말했다.

"고마워."

오준식을 보낸 이도원은 바로 집으로 가지 않고 방향을 꺾었다. 후드를 깊게 눌러쓰고 예전 연습실로 이용했던 컨테이너 박스로 갔다.

끼이이이.

문이 열리자 컨테이너 박스 안의 전경이 드러났다.

곳곳에는 누가 봐도 핏자국으로 오해할 만한 자국이 나 있었다. 뿐만 아니라 사람 모형도 이곳저곳 쓰러져 있었다. 모르는 사람이 보면 살해당한 사람의 시체 구덩이라고 착각할 만큼 사실적인 분위기가 풍겼다.

이도원은 일그러진 표정으로 이를 악물고 발을 들여놨다.

끼이이··· 쿵.

문이 닫혔다.

이도원이 저벅저벅 걸어가 사람 모형을 하나씩 일으켜 세웠다. 다섯 개의 모형을 모두 일으켜 세운 이도원은 후우, 나직이 숨을 뱉고 오늘 배웠던 동작을 시작했다.

다른 모형 틈으로 은밀하게 접근한 이도원은 시계 줄을 늘어뜨리며 표적의 모형 뒤로 돌아갔다. 목을 감아 경동맥을 끊을 때까지 삼 초가 채 안 걸렸다.

파아앗!

약한 자극에도 찢어진 모형이 색소를 뿜었다. 분수처럼 뿜어진 색소가 벽면을 흠뻑 적셨지만 이도원은 이미 색소가 튀지 않는 곳까지 몸을 피한 후였다.

"헉, 헉."

심박수는 가빠졌고 격하게 숨이 차올랐다.

괴이한 감정이 이도원의 머릿속을 간질였다.

미처 느끼지 못했지만 입꼬리 또한 비틀려 올라가 있었다.

이도원은 멈추지 않고 한쪽에 버려져 있는 식칼을 손에 잡았다. 그는 바닥에 널브러진 투명비닐을 뒤집어쓰고 모형을 푹푹 찔렀다.

피가 튀었다.

뼈나 근육은 실제보다 무른 재질이었지만 정교하게 제작된 모형이었다. 손으로 사람을 찌르는 느낌이 고스란히 전해졌다. 비릿한 피 냄새까지 풍기진 않지만 상상력과 행위가 더해지자 역한 느낌이 들었다.

"우웨웩!"

이도원은 비정상과 정상의 경계의 외줄에서 곤두박질치며 헛구역질을 했다. 뜨거운 신물이 식도를 타고 역류해 그의 정신을 일깨웠다.

결국 이도원은 식칼을 집어 던지며 주저앉았다.

휴대폰 불빛을 비추자 온통 피투성이 시체가 널브러진 것만 같은 컨테이너 박스 안의 전경이 드러났다.

추운 날씨에 입김이 나왔고, 끈적이는 핏빛 색소의 느낌이 질

편하게 전해졌다.

'씨발.'

이도원은 속으로 욕을 질겅질겅 씹었다.

아무도 없는 휑한 공사장 부지의 컨테이너 박스.

그곳에서 사람처럼 피까지 흘리는 모형과 밤새도록 함께 갇혀 있는 기분은 형언할 수 없을 만큼 끔찍했다.

'이러다 정말 미쳐 버릴 것 같은데.'

극기 훈련과는 비교 자체가 되지 않는다.

누구도 시키지 않은 짓을 꼭 해야만 할까?

뭐하고 있나 싶기도 했고, 미친 짓 같기도 했다.

머릿속에 드는 여러 잡음과는 반대로 이도원은 자신이 집어 던진 식칼이 있는 곳까지 갔다.

2월 27일 〈시간아! 돌아와〉 마지막 회는 평균 15.4%의 시청률로 막을 내렸다. 케이블 드라마의 최고기록을 깨며 신기록을 달성한 것이다. 대성공도 그런 대성공이 없었다.

지난 20일, 16회가 나갔을 당시부터 이미 마지막 촬영까지 끝난 상태였다. 배우는 촬영이 마무리되자 한층 여유로워진 스케줄을 소화하며 최종회까지 여유를 즐겼다.

원래 드라마 하나를 끝내면 개운한 성취감과 함께 힘이 쭉 빠지게 마련이지만 이도원은 그럴 수 없었다.

〈악마의 재능〉 촬영 현장으로 가는 밴 안에서 오준식이 물었다.

"이번 달 말일에 종방연 한다는데 참석할 거야?"

"시간만 맞으면."

이도원은 대본에 고개를 처박고 짤막하게 대답했다.

오준식은 백미러로 그 모습을 보며 고개를 절레절레 저었다.

"아마 배우나 스태프가 널 보면 깜짝 놀랄 거다. 그렇잖아도 마지막 촬영 때부터 분위기가 좀 달라진 것 같다는 말이 나왔어. 〈악마의 재능〉 배역에 몰입하는 것도 좋지만 〈시간아! 돌아와〉 식구도 생각 좀 해줘. 그 사람들, 네 걱정 많이 하더라. 물론 나도 그렇고."

"알겠다, 명심할게."

이도원은 고개를 끄덕였다.

그 자신도 분위기가 달라졌다는 걸 알고 있었다.

다만 욕심을 멈출 수 없기에 인물 대입을 멈추지 않는 것이다.

이도원은 창밖으로 시선을 돌렸다.

화창한 하늘 아래 잿빛 아스팔트가 펼쳐져 있었다.

'윤도강보다 내가 더 크다.'

'윤도강'은 이도원이 〈악마의 재능〉에서 맡은 배역의 이름이다.

'윤도강'이 아스팔트라면, 이도원은 아스팔트를 내리쬐는 하늘이다.

결코 캐릭터에 잡아먹히지 않겠다.

이도원은 다짐하고 또 다짐했다.

이도원과 오준식이 동상이몽에 빠져 있는 사이 밴은 경기도의 낡은 창고 앞에 도착했다. 영화 내용으로 봤을 때 이도원이 증거 인멸을 하는 과정에서 이용하는 아지트 같은 곳이었다.

먼저 도착한 스태프가 창고를 점령한 뒤 촬영 장비를 들여놓고 있었다.

이도원은 차에서 내려 스태프들에게 인사했다.

"안녕하세요."

몇 차례 인사를 거듭하며 창고 안으로 들어갔다.

그곳에는 유태일 감독이 현장 지시를 내리고 있었다.

그는 이도원을 발견하고 말을 붙였다.

"일찍 왔구나. 마침 예정보다 빨리 세팅이 됐다. 생각했던 것보다 먼저 끝나겠어."

"다행이네요. 그럼 준비하고 나오겠습니다."

고개를 꾸벅 숙인 이도원은 분장 차로 가서 앉았다.

거울에 얼굴이 비치고 있었다. 그는 점점 살인범으로서의 '윤도강'으로 변해가는 과정을 지켜봤다.

새까만 머리칼을 헝클이자 창백한 얼굴이 대조됐다. 입술은 당장에라도 피를 빨아들일 듯 붉었고, 눈동자는 무저갱 같이 깊었다.

"후."

이도원은 심호흡을 했다.

자신의 얼굴을 보면서도 남을 보는 듯했기 때문이다. 의식이 거울 속으로 빨려 들어가는 순간 그는 정신을 차렸다.

그때 문을 연 촬영 스태프가 말했다.

"분장 마치는 대로 바로 촬영 들어가도록 하겠습니다."

"알겠습니다."

대답한 이도원은 분장을 마치는 대로 분장 차에서 나갔다.

이도원에게 살해당하는 역할의 단역 배우가 웃옷을 벗고 포박된 채 기다리고 있었다. 날이 추웠기에 이도원은 서둘러 감정을 잡고 고개를 끄덕였다.

두 사람을 보던 유태일 감독이 지시했다.

"풀 샷, 롱테이크로 갑니다. 배우 레디."

확성기에서 신호가 떨어졌다.

"액션!"

이도원은 단역 배우를 소름 끼칠 만큼 무표정한 얼굴로 내려다봤다. 잠시 서 있던 그는 한쪽 모퉁이에서 철제 의자를 들고 와 앉았다. 이도원이 남자를 마주 보며 말했다.

"내가 일을 지저분하게 벌이는 스타일이 아닌데 말이야. 보통 먹이가 자신이 표적이 되었다는 걸 알고 공포에 떨다가 두려움이 정점에 이르러서 어디로 튈지 모르는 그 순간… 잡아먹거든. 그게 사냥의 맛이지."

그는 덤덤하게 중얼거리며 모형 칼을 꺼냈다.

시체 구덩이 같은 컨테이너 박스 안에 갇혀 연습을 하고 잠을 청하던 이도원의 모습이 그대로 드러났다.

단역 배우가 몸을 흔들며 발악했다. 입에는 재갈이 물려 있고 그 위로 청 테이프가 겹겹이 감겨 있었다.

"으읍, 읍! 읍!"

이도원의 눈빛이 번들거렸다.

"지랄하네."

그는 소름 끼치도록 침착한 태도로 말했다.

"내가 하나 말해줄까? 네겐 두 가지 선택지가 있어. 하나는 '요리'가 되는 것. 난 개인적으로 요리하는 걸 좋아하지만… 넌 좋아할지 모르겠단 말이야. 하지만 뭐, 그것도 나쁘지 않아. 요 근래 꼬리가 붙을까 봐 느긋하게 죽인 적이 없었는데… 사실 그게 별미지. 나한테 즐거움을 준 대가로 너와 관계된 사람을 찾아가서 죽일 거야."

지나치게 태연한 연기.

혹시 진짜 사이코패스가 정체를 숨기고 배우 활동을 하는 건 아닌지 의심이 들 만큼 섬뜩했다. 이도원을 상대하는 단역 배우는 무의식중에 연기가 아닌 진짜 공포를 느꼈다.

"으으으읍!"

발악하는 단역 배우를 가만히 지켜보던 이도원이 짤막하게 물었다.

"입부터 도려낼까?"

단역 배우의 신음소리가 뚝 끊겼다. 조용해진 뒤 이도원이 말을 이었다.

"나머지 하나는 내가 원하는 걸 말하고 그냥 죽는 거야."

이도원이 식칼을 단역 배우의 얼굴에 들이밀더니 입에 물린 재갈과 청 테이프를 잡아다 끊었다. 재갈과 청 테이프가 약한 재질일 뿐, 소품에 불과한 칼날에 끊긴 건 아니었다.

"누가 날 미행하라고 시켰어?"

주변 스태프의 표정까지 굳을 만큼 거북한 음성. 스태프조차 그럴진대 단역 배우는 팔에 닭살이 돋을 만큼 소름 끼치는 느낌을 받고 있었다. 심지어 이도원의 입에서 대사가 튀어나올 때마다 흠칫했다.

'저 새긴 실제로도 좀 이상한 새끼일 거야.'

제정신으로 저토록 사실적인 느낌을 전달할 수는 없다. 단역 배우는 스스로도 연기를 하고 있는 건지 아리송한 기분이 들 지경이었다. 그는 숨을 몰아쉬며 대사를 쳤다.

"…정태가 시켰다."

"아아… 오정태?"

물어본 이도원이 흰 이를 드러내며 웃었다.

"원래 귀찮게 일을 벌이는 걸 안 좋아하는데… 네가 살 수 있는 제안을 하나 하지."

"마, 말씀하시면 뭐든 하겠습니다."

단역 배우는 말을 더듬으며 대답했다. 덜덜 떠는 연기나 이도원을 바라보는 눈빛이 예사롭지 않았다. 이도원은 입가를 비틀며 웃었다.

"급했군, 급했어!"

그는 낄낄대더니 나직하게 말했다.

"난 이 길로 네가 사는 곳으로 갈 생각이야."

이도원은 주머니에서 자신의 지갑을 꺼내 주민등록증을 빼들고 주소지를 고쳐 읽었다.

"서울시 성북구 화랑로 243 영신아파트 1802호……."

"약속했잖습니까? 가족은 손대지 않기로…!"

"그래, 내 부탁을 하나만 들어주면 가족과 넌 오순도순 살 수 있게 될 거야. 내가 시키면 뭐든 하겠다고 했지? 난 네 가족에게 찾아가서 네 위치를 경찰에 신고할 생각이다. 그럼 넌 풀려날 거고 다시 두 가지 선택을 할 수 있어."

"…그게 뭡니까?"

"첫째는 날 신고해서 가족을 모두 죽이는 것. 그것도 나름대로 재밌을 거야. 만약 신고한다고 해도 네가 보는 건 내가 떠나고 남겨진 가족의 시신뿐이겠지만."

이도원은 씨익 웃으며 말을 이었다.

"또 하나는 오정태의 집으로 가서 기다리고 있다가 놈을 죽이는 거다. 오정태만 죽이면 넌 가족과 함께 한국을 떠날 수 있어. 알다시피 난 형사고 살인 청부업을 함께 하지. 도피 작업 정도는 얼마든 해줄 수 있다는 뜻이야."

씬이 끝났고 유태일 감독이 사인을 보냈다.

"컷, 오케이!"

어려운 장면에서 롱테이크였음에도 단번에 오케이 받았다. 사실 이도원이 연기하는 '윤도강'의 분량 중 어렵지 않은 장면은 없었다.

유태일 감독은 촬영 지시를 내렸다.

"장비 이동합니다."

메인 카메라와 보조 카메라를 통해 찍은 씬을 다른 여러 각도에서 촬영할 차례였다. 지시를 내리고 방금 장면을 모니터링하던 유태일 감독은 미간을 찌푸렸다.

이도원은 보는 것만도 불쾌해지는 강렬한 존재감으로 모니터를 꽉 채우고 있었다. 폭발적인 연기력이 상대 배우의 호흡을 이끌어냈다.

'리딩 때와는 전혀 달라진 모습이야. 연기 이상의 무언가를 보여주고 있다. 정말 살인이라도 하고 온 사람같이.'

이도원은 야욕만 가득한 사이코패스 무명 배우가 직접 살인을 해보면서 연기력을 인정받는다는 소재의 매체가 떠오를 만큼 사실적인 연기를 보여준 것이다.

방금 전까지 호연을 펼쳤던 이도원과 단역 배우는 모니터 근처로 와서 함께 모니터링을 했다. 두 배우는 퍽 마음에 드는지 표정이 밝았다.

이번 장면에 대해 유태일 감독이 짧게 평했다.

"이대로만 갑시다."

*　　　　*　　　　*

유태일 감독은 촬영을 재개했다.

이곳에서의 분량을 끝낸 이도원은 단역 배우가 경찰 역할의 보조 출연자에게 구출되는 장면을 바라보고 있었다. 곰곰이 생각에 잠겨 있던 유태일 감독이 불쑥 말했다.

"연기 자체는 완벽해서 오케이 사인을 보냈지만, 네 감정에는 문제가 있다."

뜻밖의 일침에 이도원은 고개를 돌렸다.

유태일 감독이 말을 이었다.

"살인범을 연기하는 배우가 진짜 살인범이 되어버리면 전혀 영화적이지가 않아. 정형화된 살인마의 모습을 확인하는 것에 불과하지. 사실적인 연기는 좋지만 그 배우만의 스타일이 없다는 건 큰 단점이다."

그는 부연 설명이 필요하다고 여겼는지 덧붙여 말했다.

"배우는 관객의 상상력보다 앞서야 한다. 넌 관객이 생각지도 못한 방향으로 인간의 폭력성을 표현해야 하는데, 현재까진 누구나 상상하는 모습을 좀 더 적나라하게 표현하고 있을 뿐이다."

이도원 머릿속에 천둥이 쳤다.

유태일 감독이 하는 말을 이해할 수 있었다.

아이러니하게도, 전혀 다른 사람인 유태일 감독의 조언을 통해 신용운이 내린 가르침의 진의를 깨달을 수 있었다.

'신용운 선생님의 말씀은 캐릭터가 되라는 의미가 아니었다. 사이코패스를 어떻게 표현할지 고민하라는 뜻이었어. 내가 너무 큰 부담과 욕심을 가졌다.'

이도원은 눈을 지그시 감고 마음을 달랬다.

어디서부터 변해야 할지 생각을 정리했다.

그때 유태일 감독이 말을 이었다.

"난 장황하게 말로 설명하는 재주가 없다. 일단 촬영 본을 봐. 그래, 이 장면."

화면이 멈췄다.

화면 안에는 한눈에 봐도 건조한 캐릭터가 있었다.

직접 연기를 할 땐 못 느꼈는데 캐릭터는 빤한 화술과 움직임을 보였다.

즉 연기센스가 분위기를 못 따라간다.

모니터로 빨려 들어갈 듯 집중하는 이도원에게 유태일 감독이 말했다.

"네가 이걸 스스로 깨닫지 못한다면, 오늘 촬영은 여기서 스탑이다. 봐라, 보고 또 봐. 시간이 얼마나 걸리든 상관없어."

유태일은 정색을 하고 이도원을 몰아세웠다.

졸업 작품부터 함께했고, 앞으로도 같이 갈 배우라고 생각했기 때문에 더더욱 단호했다.

'언제 어디서든 성장하는군.'

내심 생각한 유태일 감독은 다시 모니터로 고개를 돌렸다. 이도원 역시 아무것도 묻지 않고 못 들은 척 현장을 바라보았다.

고민하던 이도원은 유태일 감독에게 농담 반 진담 반으로 말했다.

"감사합니다. 이대로 갔다간 다음 주쯤에는 현장이 아닌 구치소에 있게 됐을지도 몰라요."

다음 장면은 인근 아파트에서 시작됐다.

이도원이 단역 배우의 가족에게 찾아가는 장면이었다.

이도원은 겉옷 속에 무언가를 숨긴 채 조금 빨리 걸었다. 불안한 심리를 표현하듯 걸음걸이를 조절했다. 이 움직임은 '윤도강'이란 캐릭터가 거침없이 범행을 자행한다는 데서 착안했다. 두려움이란 감정이 없는 사이코패스의 모습을 드러내고자함이었다.

이도원이 엘리베이터를 기다리는 동안 여학생 역할의 보조 출연자가 고양이를 안고 곁에 와서 섰다.

이도원은 시선을 정면으로 고정시킨 채 고개를 돌려 쳐다봤다.

이도원이 '윤도강'을 연기할 때 눈알만 굴리지 않고 얼굴 전체를 돌려 시선을 움직이는 것은 섬뜩한 느낌을 자아내기 위한 연출이었다. 또한 그는 좀처럼 눈을 깜빡이지 않았다.

"고양이 예쁘네."

빤히 보던 이도원이 말했다.

여학생이 억지로 웃으며 고개를 까딱였다.

띵, 엘리베이터가 열리고 두 사람이 타면서 사인이 떨어졌다.

"오케이, 컷."

다음은 엘리베이터 씬이었다.

여학생이 4층을, 이도원이 18층을 눌렀다.

여학생은 무언가 짜증이 나는지 미간을 찌푸리고 있었다.

"내가 죽여줄까?"

이도원이 불쑥 한마디를 뱉었다.

여학생은 눈을 휘둥그레 뜨며 그를 보았다.

입꼬리를 비틀며 피식 웃은 이도원이 천진난만하게 말했다.

"장난이야, 장난."

그의 악마적인 웃음을 본 여학생은 엘리베이터가 4층에 도착하자마자 도망치듯 내렸다. 그리고 다시 한 번 컷.

다음으로 남겨진 이도원이 18층으로 올라가는 장면을 촬영했다. 그 뒤 1802호 앞에서 혹시 모를 감시 카메라나 목격자의 유무를 확인하며 서 있는 모습을 담았다.

머지않아 이도원이 뒤돌아섰다.

눈앞에 '1802'라는 호수가 보이고 바로 옆에 창문이 달려 있었다. 창문 안에서 모녀간의 대화 소리가 어렴풋이 들려왔다.

시나리오와는 달리 이도원이 문 앞에 잠깐 멈춰서 있었다. 그는 창문 안을 삼 초 정도 들여다보았다.

"컷! 도원이 잠깐 와봐."

유태일 감독의 말에 이도원이 다가갔다.

방금 찍은 장면을 모니터링 하던 유태일 감독이 물었다.

"왜 멈춘 거야?"

그 질문에 이도원이 답했다.

"제가 아파트에 등장한 순간부터 관객은 점점 긴장감이 고조

될 거예요. 이미 긴장이 최고조에 달한 상황이니까 연기의 패턴을 더더욱 줄여야겠다고 생각했어요, 한 장의 사진 같은 느낌을 주면 임팩트가 더 강해지는 것 같지 않아요?"

"아니, 이번에는 나무라려는 게 아니고."

유태일 감독이 엄지를 치켜세웠다.

"좋아서, 칭찬하려고 불렀다."

"감사합니다."

이도원이 고개를 꾸벅 숙였다.

유태일 감독은 빙그레 웃으며 속으로 생각했다.

'역시 도원이는 감정적인 연기보다 디테일한 연기가 잘 어울려.'

그가 말했다.

"다시 한 번 가자."

"알겠습니다."

이도원은 자리로 돌아가 연기를 했다.

테이크 수가 늘어갈 때마다 이도원의 연기는 정밀하고 자연스러워졌다. 유태일 감독은 점점 이도원이란 배우를 어떻게 써먹을지에 대해 눈 뜨고 있었다.

'원 테이크 만에 오케이를 내는 것보다, 잘했어도 여러 번 찍는 게 낫겠어. 이도원은 실시간 성장형 배우다. 테이크마다 끊임없이 성장하는 초대형 신인이야.'

그 말대로 점점 좋은 장면이 나왔다.

한편 이도원은 나름대로 지난 한 달간 컨테이너 박스를 들락거리며 생긴 생각과 버릇을 버리려는 중이었다.

어차피 버린다고 모두 버려지진 않는다. 다만 어느 정도 버리고 남은 공백을 여러 가지 기발한 아이디어로 채워 나갔다. 그 표현 방법은 호흡이나 화술일 수도, 크고 작은 움직임일 수도 있다.

'이제야 몸에 맞는 옷을 입은 느낌이다.'

이도원은 생각했다.

처음 배역을 맡고 컨테이너 박스 안에서 '윤도강'이란 연쇄 살인범이 되려 했다. 연기를 할 때마다 끔찍한 기분에 시달려야만 했다. 그런데 마음을 비우고 강박관념 대신 새로운 아이디어로 머릿속을 채우자 체득한 분위기는 그대로 풍기되 다양한 표현이 가능해진 것이다. 결과적으로 사실적인 연기와 영화적인 표현, 두 마리 토끼를 모두 잡게 된 셈이었다.

이도원은 가슴을 짓누르던 돌덩이를 치운 느낌이 들었다.

그때 다시 한 번 유태일 감독의 사인이 들려왔다.

"레디, 액션!"

이도원은 문을 두드렸다.

쾅! 쾅! 쾅!

문이 열리지 않자 다시 두드렸다.

쾅! 쾅! 쾅!

긴장감이 고조됐다.

안에서 여자 목소리가 들려왔다.

"누구세요?"

"전 형사입니다. 얼마 전 실종된 남편분 사건을 담당하고 있습니다."

안이 잠깐 잠잠하더니 문이 조금 열렸다.

체인을 풀지 않은 상태로 아내 역할의 단역 여배우가 물었다.

"잠깐만요, 혹시 신분증을 보여줄 수 있으세요? 세상이 워낙 험해서……."

"그럼요, 당연히 그래야죠."

이도원은 흔쾌히 대답하며 뒷주머니에서 신분증을 꺼내 보여 주었다.

눈을 크게 뜨고 작은 문틈 사이로 집 안쪽을 넘보는 모습이 수상해 보였는지 단역 여배우가 말했다.

"죄송한데요, 형사님. 지금 날도 너무 늦었고 애도 자고… 낮에 다시 와주시겠어요?"

"아… 애가 자는구나."

이도원은 고개를 두어 번 끄덕이더니 그녀를 똑바로 봤다.

"싫은데?"

그는 순간 등 뒤에서 두꺼운 펜치를 꺼내 사슬을 잘랐다. 사슬이 잘려 나가자 이도원은 단역 여배우를 거칠게 밀치며 문 안쪽으로 몸을 밀어 넣었다.

"아악!"

여배우가 비명을 지르며 나가떨어지고 이도원이 문을 잠갔다.

"컷!"

유태일이 흡족한 표정으로 컷 사인을 보냈다.

똑같은 장면을 몇 차례 더 찍자 점점 좋은 장면이 나왔다.

체인을 계속 갈아 끼우며 촬영하는 동안 펜치에 체인이 잘리지 않아 엔지가 난 적은 있었지만 배우의 연기는 나무랄 데가 없었다.

이도원은 정말 거칠게 밀쳤고 단역 여배우는 크게 나가떨어졌다. 물론 기분이 상하지 않도록 직접 일으켜 주며 그때마다 사과를 했다.

"괜찮으세요? 많이 아팠을 텐데… 멍 안 들었어요?"

"아니에요! 연기는 연기죠! 진지하게 임하는 게 좋아요. 그나저나 도원 씨는 소문대로 연기력이 대단하네요."

단역 여배우는 오히려 칭찬을 하며 웃는 얼굴로 받아주었다.

주거니 받거니 얘기를 나누며 배우와 스태프는 다음 샷을 찍을 집 안으로 이동했다.

콘티에 격렬한 격투 씬이 들어가 있었다.

집안에 들어가 보니 이미 형사 하나가 와 있었다.

이도원은 형사를 공격하지만 상대가 호락호락하지 않다. 아내 역할과 딸 역할의 단역 여배우도 가세해 이도원에 저항하는 장면이었다.

이도원이 콘티를 보며 입맛을 다셨다.

"빨래판 위에 누워 있는 기분인데요? 맞는 씬이 많으니까 좀 불안하네요."

분장팀이 이도원에게 분장을 했다.

유태일 감독이 말했다.

"빨리 끝내자."

"후, 알겠습니다."

이도원이 고개를 끄덕였다.

단역 배우는 한쪽에서 무술감독의 현장 지시를 받고 있었다. 이어질 씬은 먼저 방문해 있던 형사가 이도원과 격렬한 몸싸움을 하는 장면.

여자는 형사를 도와 골프채를 휘두르고, 딸아이도 엄마를 구하기 위해 소품으로 이도원의 머리를 내려친다.

'워낙 개싸움이라 엔지도 많이 나겠어.'

이도원은 콘티를 훑으며 생각했다.

그동안 분장팀의 특수 분장이 모두 끝났다. 유태일 감독이 이도원의 등을 두드리며 말했다.

"들어가자."

이도원은 현장으로 들어갔다.

장면은 문을 닫고 무표정한 얼굴로 서 있던 이도원이 허리띠 뒤쪽에 숨겨두었던 칼을 빼 들면서 시작된다. 다음 난투극이 벌어진다. 형사를 죽이고 두 여자를 사로잡아야 하는 이도원은 신경을 써가며 싸워야 한다.

많이 맞는 장면이기 때문에 설탕으로 만든 끈적끈적한 피를 얼굴에 칠해야 될 터였다. 이런 특수 분장은 시간도 오래 걸릴뿐더러 답답한 느낌을 주고 오래하면 피부가 상하기도 했다.

'고생 좀 하겠군.'

이도원은 무술감독에게로 가 동선을 짰다.

무술감독이 말했다.

"도원 씨는 어설픈 것 같으면서도 팽팽한 느낌을 줘야 합니다. 도원 씨보다 체격 조건이 좋은 형사, 비록 여자지만 강한 흉기를 든 사람들과 삼 대 일 대치를 하고 있는 중이니까요. 쉽지 않다는 느낌을 줘야 합니다."

이도원은 고개를 끄덕였다.

그 역시 이번 콘티를 확인하며 계획한 생각이 있었다.

'처음에는 강하게 나가지만 예상과 달리 건장한 체격의 형사가 있자 당황한다. 처음에는 형사한테 기습을 가하고 도망가려는 생각으로 공격했다가… 상대할 만하다는 걸 알고 점점 자신감을 되찾는 거다.'

이도원은 틈 날 때 스크랩했던 기사를 떠올렸다.

살인범의 범행을 보다 보면 때때로 육체적 조건이 비슷하거나 더 좋은 상대를 만났을 때 순간 덜컥 겁을 먹고 더 잔혹한 방법으로 살해하는 경우가 있다. 이도원은 이런 점을 감안해 '윤도강'을 표현할 작정이었다.

무술감독의 지도가 끝나고 유태일 감독이 외쳤다.

"배우 위치해 주세요!"

필연적으로 엔지가 날 수밖에 없고, 일반적인 액션 장면보다도 어렵다는 일명 '막 싸움' 씬. 합을 맞추지 않은 불규칙한 액션을 소화하기 때문에 부상도 잦게 발생한다. 배우들은 서로 눈빛을 교환하며 양해를 구하고 마음을 단단히 먹었다.

이도원이 나직이 한숨을 쉬었을 때, 유태일 감독의 음성이 들려왔다.

"액션!"

＊　　　＊　　　＊

촬영은 12테이크를 넘어가고 있었다.

같은 장면을 열두 번이나 촬영한 것이다. 배우는 모두 지친 기색이 역력했다. 반면 누구도 싫은 소리를 할 수 없었다.

가장 많이 맞고 굴러다닌 이도원이 활활 불타는 눈빛으로 모니터를 바라보고 있었기 때문이다.

이도원과 치열한 난투극을 벌이는 형사 역할로 섭외된 190센티미터의 장신 배우는 고개를 절레절레 저었다.

'뭔 놈의 체력과 정신력이……'

액션스쿨 졸업생이며 부업으로 헬스 트레이너를 하는 그였다.

운동은 그의 삶과 다름없었다. 그런데도 지치고 온몸의 기운이 다 빠지는데 이도원은 쌩쌩했다.

한편, 모니터 속으로 뛰어 들어갈 듯 진지한 표정을 짓고 있는 이도원을 본 유태일 감독은 남모르게 미소 지었다.

'조금의 불만도 없는 표정이야.'

불평을 직접적으로 호소하는 배우는 드물지만 그들도 사람인 이상 피곤하면 표정에 나타날 수밖에 없다.

그런 의미로 봤을 때 이도원은 피곤을 잊은 얼굴이었다.

유태일 감독은 예의상 장난스럽게 물었다.

"다들 어떡하시겠습니까? 오늘 들어갔다 내일 다시 촬영하시겠습니까?"

유태일 감독이 외치며 시계를 보았다.

새벽 네 시. 모두가 극도의 피로감을 느끼고 있을 시간이었다. 단역 배우들의 시선이 일제히 이도원에게로 향했다. 모든 결정을 맡긴다는 뜻이 담겨 있었다.

가만히 모니터를 보고 있던 이도원이 고개를 저었다.

"특수 분장 지우고 또 하고… 피 닦고 또 피 칠하고… 끔찍해요. 이대로 가시죠."

유태일은 고개를 끄덕이고 지시했다.

"자, 촬영 재개합니다!"

이도원은 무표정한 얼굴로 현관문 앞에 섰다.

딸 역할의 아역 배우와 형사 역의 남자 배우는 방 안으로 도로 들어갔다.

아내 역할의 여배우는 거실에 넘어진 시늉을 했다.

주연과 단역들이 제각기 위치로 돌아가자 촬영팀과 눈빛을 주고받은 유태일 감독이 신호를 보냈다.

"레디, 액션!"

힘찬 목소리가 실내를 울렸다.

무표정한 이도원이 칼을 빼 들었다.

아내가 쓰러진 채 비명을 질렀다.

"꺄악!"

그 목소리를 듣고, 방 안에 있던 형사가 나타났다.

"무슨 일입니까?"

이도원의 표정이 당황스럽게 변했지만 찰나였다.

형사가 고개를 돌려 그를 발견하고 눈을 크게 떴을 땐 이미 식칼이 목을 찌르고 있었다.

"큭!"

형사는 몸을 비틀며 팔로 눌러 칼날의 궤도를 바꾸었다.

대신 칼은 형사의 옆구리를 뚫었다. 경동맥과 기도를 한 번에 뚫었다면 즉사시킬 수 있었겠지만 옆구리를 찌른 정도로는 단번에 죽일 수 없었다.

반격할 힘이 남은 형사가 손바닥을 휘둘렀다. 190센티미터의 거구에서 나오는 위력은 대단했다.

퍼억!

이도원은 칼을 떨어뜨리며 나가떨어졌다.

형사가 코뿔소처럼 달려와 그의 위로 올라탔다.

'크으.'

이도원은 고통을 고스란히 느꼈지만 전문적인 킬러답게 침착한 대응을 했다. 형사가 올라타는 순간 다리를 들며 머리 위로 넘겨버린 것이다.

가랑이 사이로 빠져나온 이도원은 칼을 잡는 대신 시계 줄을 늘어뜨렸다.

형사가 옆구리를 부여잡으며 이를 갈았다.

"이 새끼… 전문가구나?"

이도원은 거친 호흡을 정리하며 대답하지 않았다.

형사가 벽장에 놓여 있는 동색 트로피를 손에 들고 단단히 별렀다.

"사람 잘못 건드렸어."

그가 득달같이 달려들었다.

이도원은 형사가 휘두르는 트로피를 어깨로 막았다.

퍼억!

그가 비명을 토했다.

"큭!"

원래는 피하는 장면이었다.

무술감독의 말로는 보다 현실성이 있으려면 맞아야 한다고 했지만 피하기로 정했었다. 그럼에도 기꺼이 얻어맞은 이도원은 형사의 목에 시계 줄을 걸며 왼쪽으로 돌아갔다. 무술감독과 수백 번 연습했던 동작이었다.

휘리릭.

시계 줄이 순식간에 형사의 목을 감으며 졸랐다.

형사가 몸부림치는 힘이 대단했기에 이도원은 뛰어올라 등에 매달렸다. 양다리로 옆구리를 조이자 옆구리를 찔렸던 형사가 비명을 내질렀다.

"크아아악!"

사실적인 연기와 함께 형사가 뒷걸음질 쳐서 이도원을 벽장에 처박았다.

벽장 위에 들어 있던 물건들이 우수수 떨어졌다.

난장판이 된 그때, 아내 역할의 단역 여배우가 살금살금 다가왔다.

형사가 몸을 돌리는 순간 여배우의 골프채가 이도원의 등짝을 후려쳤다.

한 번, 두 번…….

픽!

이도원이 참던 비명을 뱉었다.

"큭!"

그는 더는 고통을 참지 못하고 시계 줄을 풀며 떨어져 나갔다.

곤두박질치자마자 벌떡 일어나 골프채를 피했다.

탁!

막 휘두르는 소품 골프채가 거실의 가구들을 때렸다.

이 부분은 차후 실제 골프채로 따로 촬영할 예정이었다.

간신히 공격을 피한 이도원은 욕지거리를 뱉었다.

"씨발."

가족들은 죽이면 안 되기 때문에 망설임 없이 손을 쓸 수가 없었다.

이도원은 골프채를 피하다가 부엌 의자에 걸려 넘어졌다.

이것 역시 콘티에는 없는 장면이었다. 그러나 이도원은 당황하지 않고 의자를 잡아 골프채를 막으며 기어서 달아났다.

"죽어! 죽어!"

단역 여배우가 훌륭한 연기를 보여주며 쫓아왔다.

이도원은 틈을 노려 골프채를 잡아채고, 그녀를 밀며 함께 넘어졌다. 단역 여배우의 배 위로 올라탄 이도원은 주먹으로 얼굴을 후려치는 시늉을 하며 바닥을 때렸다. 그러자 단역 여배우가 고개를 돌리며 기절한 척을 했다.

그때 방에서 나온 딸 역할의 아역이 화분으로 이도원의 머리를 내려쳤다.

퍼억!

소품이 부서졌다.

이도원은 잠시 멍한 표정을 짓더니 손을 뻗어 아역의 목을 움켜쥐었다.

그가 거친 숨을 몰아쉬며 눈을 번들거렸다.

짤막하고 나직한 욕설이 튀어나왔다.

"씨발……. 개 같은 년들."

이내 이도원은 고개를 좌우로 돌리며 두리번거렸다.

형사는 책장 아래 쓰러져 있고, 단역 여배우는 자신에게 깔려 있었으며, 목을 잡힌 아역은 끅끅대는 연기를 하고 있었다.

세 명의 배우는 일련의 과정이 기억이 나지 않을 만큼 본능적으로 연기를 소화해 낸 것이다. 반복된 열두 번의 테이크 동안 동선이 몸에 익은 덕분이었다.

마침내 유태일 감독이 외쳤다.

"컷, 오케이!"

스태프들이 박수를 보냈다.

이런 고난도 롱테이크 액션 씬에서 13테이크만에 오케이를 받은 건 믿기지 않을 만큼 훌륭한 성과였다.

유태일 감독 자체가 완벽주의였기에 모두들 30시간 이상 촬영할 것을 예상하고 있던 참이었다. 배우들이 서로를 일으키고 다독이며 상황을 수습했다.

오케이 사인을 보낸 유태일 감독이 말했다.

"이제 산 하나 넘었을 뿐이지만 가장 가파른 산을 넘은 셈입니다. 이제 서로 마운트(카메라를 몸에 고정시키는 장비)를 착용하고 클로즈업 촬영에 들어가겠습니다. 같은 액션 다시 한 번 준비해 주세요. 그리고 소품팀은 따로 찍을 가구 파손 장면 준비해 주세요."

지금까진 카메라 두 대가 따라붙으며 롱테이크로 촬영했다.

여기서 다른 촬영 기법의 장면들을 추가해 일괄적으로 편집하는 작업이 진행될 터였다.

스태프들은 30시간 이상의 롱 타임을 예상했지만 배우들의 호연으로 17시간 만에 촬영이 마무리됐다.

해산 전 유태일 감독이 이도원을 따로 불러 직접 말을 전달했다.

"오늘 수고했다, 도원아. 내일부터는 본격적으로 엮이는 장면이다."

이도원은 고개를 끄덕였다.

"오늘 수고하셨습니다. 그리고 내일 뵐게요."

그는 나머지 스태프들에게도 인사를 하고 밴에 올랐다.

이도원을 기다리고 있던 오준식이 물었다.

"어땠어?"

이도원은 곰곰이 생각하다 오늘 촬영에 대한 평을 한마디로 정리해 던졌다.

"후련했어."

이도원은 실로 오랜만에 어머니와 누나의 얼굴을 볼 수 있었다. 매일 새벽 늦게 들어가서 일찍 나가는 생활이 반복되다 보니 문자를 주고받거나 잠깐잠깐 인사를 나눌 뿐, 가족과 대화할 시간이 거의 없었다.

숨 가쁜 드라마 촬영이 끝나기 무섭게 바로 영화 크랭크인에 돌입하면서 숨 돌릴 틈도 없었던 것이다.

밤샘 촬영을 하고 집에 들어갔을 땐 아침 열 시가 다 된 시간이었다. 다행히 주말이라 어머니와 누나가 모두 집에 있었다.

"피곤하지? 얼른 좀 자둬라."

어머니가 걱정이 한가득인 얼굴로 말했다.

이다원 역시 이도원을 배려했다.

"아주 얼굴이 반쪽이 됐네, 우리 동생."

이도원은 지친 미소를 지었지만 방으로 들어가지 않고 식탁에 앉았다.

"배고파요, 엄마."

"그래? 뭐 좀 먹을래?"

어머니는 번개처럼 일어나 냉장고를 뒤졌다.

이도원을 주기 위해 사두었던 소고기가 모습을 드러냈다.

"밥은 잘 먹고 다니니?"

어머니는 고기를 구우며 물었다.

이도원은 고개를 끄덕이며 빙긋 웃었다.

"그럼요. 요즘 너무 바쁘고, 너무 행복해요."

이다원은 과제를 저 멀리 치워 버리고 이도원의 맞은편에 앉아 턱을 괴고 말했다.

"아이고. 연예인들 보면 항상 부럽고 매일 놀면서 돈 버는 것 같았는데… 실제로 내 동생이 연예인이니까 알겠네. 얼마나 힘든 직업인지."

"좋아하는 일을 하니까 힘들다고 할 수 없지."

이도원은 선선히 대답하며 덧붙여 물었다.

"누난 학교 잘 다니지?"

"그럼~! 매일 네 안부를 묻는 친구들 때문에 여간 귀찮은 게 아니지만. 마음 한편으로는 뿌듯하더라고. 내 동생이 연예인이라서가 아니라, 열심히 하는 보람이 있는 것 같아서."

이도원은 고개를 끄덕였다.

"다행이다."

"넌? 학교는 어떡할 거야?"

"일단 회사에서 촬영 공문을 보내주기로 했어. 시험은 봐야겠지만."

"학교까지 다니게? 그렇게 바쁜데?"

"가끔은 나가서 머리 식히는 것도 좋을 것 같아서. 학점 안 나오면 엄청 창피하겠지만… 일상과 경계를 긋고 멀어지고 싶진 않아. 내 일이 연기고 내 직업이 배우일 뿐이지, 별나라 달나라 연예인으로 남고 싶진 않으니까."

어머니가 고기를 한 접시 내오며 말했다.

"엄마는 찬성!"

"역시."

이다원이 씨익 웃으며 말했다.

"엄마는? 요새 연예인들 대학 포기 엄청 해요. 아마 도원이 학교 나가면 난리가 날걸? 연기과면 더더욱 널 동경하고 너랑 친해지려고 할 텐데."

"그렇겠지."

중얼거린 이도원은 피식 웃었다.

동경 어린 시선을 싫어하는 사람이 있을까?

그 모든 것이 노력에 대한 보상이다. 물론 운이 따라주지 않았다면, 타임 슬립이라는 신의 보살핌이 없었다면 누리지 못했을 것이기도 했다.

이런저런 이유들이야말로 이도원이 겸손해야 할 이유였다.

"영화 나오면 시사회 초대할게."

이다원이 고개를 끄덕이며 말했다.

"참, 나 드라마 봤어. 엄마는 아직도 못 보는 듯."

"얘는? 그래도 요새 케이블TV 신청하고 나선 조금씩 본다."

엄마의 말에 남매가 웃음을 터뜨렸다.

웃음기를 유지한 채 이도원이 말했다.

"그래서 어땠어?"

"좀 달라 보이더라?"

대답한 이다원이 머리를 긁적이며 말을 이었다.

"연기 하나는 기똥차더라고."

어머니가 진지하게 고개를 끄덕였다.

"나는 아직 이 회까지밖에 안 봤는데 울었다."

"그때까진 전혀 안 슬프거든요? 그건 도원이가 나왔으니까 운 거고. 엄만 아마 너 나오는 장면은 얼굴 가리고 손가락 틈으로 보실걸?"

"이 계집애가, 넌 꼭 엄마가 무슨 말 하려고 하면 태클을 걸더라?"

"알겠어요, 알겠어. 에휴… 우리 김 여사님 또 삐지셨네."

두 모녀의 격 없는 대화를 바라보던 이도원은 마음속에서 행복감이 차올랐다.

그때 어머니가 말했다.

"참, 내 정신 좀 봐."

어머니는 방으로 들어가 통장을 가져와서 내역을 보여주었다.

이도원이 부탁한 대로 수익의 70%는 주식을 매수하고 있었다. 다른 점은 나머지 30% 역시 생활비로 쓰지 않고 있다는 사실이었다.

이도원은 울컥 했다.

'모두 날 위해 쓰셨구나.'

일부는 연금으로, 일부는 적금으로 빼서 목돈을 만들고 있었다.

심지어 이도원의 수익은 누나인 이다원에게조차 한 푼도 분배하지 않았다.

어머니는 막 다 지어진 밥을 가득 퍼주었다.

이도원이 말했다.

"엄마, 엄마랑 누나도 좀 써요."

어머니가 고개를 저었다.

"우리가 네 짐이 되겠니? 나도 경제활동을 하고, 네 누나도 학교 잘 다니고 있다."

"나도 너 못지않게 많이 벌 거야."

이다원도 대수롭지 않게 거들었다. 이도원은 울먹이며 수저를 들었다.

'이번만큼은.'

지난 생처럼 보잘것없는 아들이 되지 않을 것이다.

간혹 어려울 때마다 누나가 보내주는 생계비를 마지못해 받지 않을 것이다.

이도원은 조용히 다짐했다.

2장

비상하다

하루 휴식을 가지고 김진우와의 촬영 날 아침이 밝았다.

이도원은 복수심을 누그러뜨리고 마음을 비웠다.

'김진우가 연기를 잘한다는 사실은 부정할 수 없다.'

리딩 때 이도원과 비교돼 낮은 평가를 받았지만 그 역시 신인이라기에는 믿기지 않을 연기력을 소유한 배우였다.

이도원의 목표는 김진우가 이 바닥을 떠나게 하는 것이었지만, 그보다 중요한 것은 훌륭한 작품을 뽑아내는 일이었다.

단 하나의 목적에 집중해야 한다.

그것이 많이 달라진 이도원의 생각이었다.

"엄마, 누나. 나 다녀올게요."

이도원은 모처럼 피로가 풀린 안색으로 말했다.

아침 일찍 일어나 상쾌하게 스트레칭과 화술 훈련을 마친 상태웠다.

모처럼 쉬는 휴식기조차 반납하는 이도원을 본 어머니와 누나는 동시에 고개를 절레절레 저었지만 그를 존중했다.

어머니가 인사를 건넸다.

"아들! 어디서든 굴하지 말고. 알지?"

이다원도 손을 흔들며 한마디 거들었다.

"영화 개봉 날 엄마랑 갈 거니까 창피하지 않게 잘해!"

이도원은 피식 웃으며 고개를 끄덕이고 집을 나섰다.

그는 엘리베이터를 타고 내려갔다.

오준식이 운전하는 밴이 주차돼 있었다.

"잘 쉬었나, 이 배우?"

오준식 역시 지난번과 사뭇 다른 태도로 물었다.

한동안 지치고 민감했던 두 사람이었지만 언제 그랬냐는 듯 서로를 대했다.

이도원이 대답했다.

"예이, 잘 쉬었습니다. 오 매니저님."

그는 밴에 올라타서 문을 닫았다. 그리고 평소처럼 대본을 읽는 대신 오준식에게 말을 붙였다.

"오늘부터 또 강행군입니까?"

"천리행군을 방불케 하는 강행군이 될 걸세!"

오준식이 시동을 걸고 운전을 시작하며 대답했다.

이도원은 경례하는 시늉을 했다.

"아, 예. 오준식 행보관님."

행보관은 행정보급관의 줄임말로 군대에서 대부분의 사병이 가장 무서워하는 직책이었다. 두 사람 모두 군필자였기에 여자들이 싫어하는 소위 '군대 개그'를 하고 앉았다.

대충 자리를 정리한 이도원은 오늘 촬영할 대본을 보는 대신 펜을 꺼내 왼손에 들고 종이에 무어라 끄적였다.

백미러로 그를 본 오준식이 물었다.

"뭐하는 거야?"

이도원은 피식 웃으며 고개를 저었다.

"아냐… 콜록, 콜록!"

이도원이 사례가 들린 듯 기침을 하자 오준식은 미리 약속돼 있던 사람처럼 보온병을 건넸다.

이도원이 능청스럽게 감탄했다.

"역시 오 매니저, 센스 있어."

이도원은 녹차를 한 모금 마시고 다시 무언가를 끄적이기 시작했다.

그동안 밴은 이번 촬영지인 경찰서에 도착해 있었다.

이도원이 살인범이라는 심증을 갖고 있는 김진우가 이도원을 몰아붙이는 장면이었다.

"이거 찍고 하나 더 있네."

이도원은 스케줄 표를 눈으로 훑으며 말했다.

"이것도 30시간 촬영의 냄새가 난다."

다음 장면은 이도원이 범인으로 누명을 씌울 용의자를 쫓고, 그런 이도원을 김진우가 다시 쫓는, 쫓고 쫓기는 추격전을 소화해야 했다.

이도원은 고생길이 안 봐도 뻔했다.

"오늘 거의 마라톤 거리를 전력 질주하게 될 것 같은 불길한 예감이 드는데."

"역시 이 배우의 예감은 노스트라다무스 급이야? 어떻게 알았지?"

오준식의 장난에 이도원이 피식 웃었다.

"아무튼 활기차게 시작해 봅시다."

경찰서 앞에는 촬영팀이 먼저 도착해 있었다. 장비를 옮기는 등 촬영 준비로 한창 분주했다.

이도원은 차에서 내려 스태프들과 유태일 감독에게 인사를 건네고 다시 밴으로 돌아와 대본을 봤다.

오준식이 창밖을 보며 물었다.

"김진우는 아직이야?"

"응, 오겠지 뭐."

이도원은 신경 쓰지 않고 연습에 몰두했다.

촬영 예정 시간인 오후 두 시가 다 되어 김진우가 도착했다. 주차장으로 들어오는 김진우의 밴을 확인한 이도원이 오준식에게 말했다.

"배우도 왔으니까 들어가자."

두 사람이 내렸다.

옆에 주차된 밴에 있던 김진우도 매니저와 함께 내렸다.

이도원과 김진우는 서로를 보았고 잠깐 눈에서 불꽃이 튀나 싶었다.

이내 이도원이 빙그레 웃으면서 말을 붙였다.

"오늘 잘해보죠. 진우 씨가 실력이 좋아서 기대하고 있습니다."

뜻밖에도 김진우가 순순히 고개를 끄덕였다.

"잘 부탁합니다."

그들은 경찰서 안으로 들어갔다. 유태일 감독이 두 사람을 반겼다.

"두 사람과 함께 만나는 건 오랜만이군. 진우 따로, 도원이 따로 촬영이 진행됐으니까. 오늘부터가 진짜 촬영이라고 보면 돼."

"알겠습니다."

김진우가 먼저 대답하고 이도원도 고개를 끄덕였다.

"네, 감독님."

유태일이 두 사람에게 콘티를 주며 원하는 콘셉트를 설명했다.

"정태가 의도적으로 도강의 자존심을 건드리고, 도강은 모처럼 감정적인 표출을 한다. 지금껏 이성적으로 굴었던 도강이니까 잘 표현해 줘야 관객들이 괴리감을 느끼지 않을 수가 있어."

이도원이 고개를 끄덕였다.

이도원 역시 지금을 위해 준비한 것이 있었다.

그사이 촬영팀의 장비 점검이 끝나자 유태일 감독이 촬영 시작을 알렸다.

"배우들 위치하고, 장비 확인합시다."

그 말에 따라 이도원과 김진우가 자리로 가서 앉았다.

경찰서 동료들로 등장하는 단역들도 자리로 갔다.

스태프들이 두 배우를 화면 안에 담았다.

이 모든 과정을 모니터로 확인한 유태일이 고개를 끄덕이며 말했다.

"배우들 레디, 액션."

책상의 칸막이 너머로 이도원을 뚫어져라 보던 김진우가 몸을 일으켰다. 그는 이도원의 자리로 가서 어깨를 툭 치고 귓가에 속삭였다.

"선배, 저 좀 보시죠."

"점점 막나가네. 선배를 쳐?"

이도원은 미간을 찌푸리며 물었다.

"컷, 오케이."

유태일 감독은 가볍게 끊었다.

두 배우에게는 간단한 장면이었다.

유태일은 바로 다음 씬으로 넘어갔다.

"레디, 액션!"

김진우가 이도원의 대답을 듣지 않고 복도로 나가서 빈 방으로 꺾었다. 못마땅한 표정의 이도원 역시 김진우를 따라 방 안으로 들어갔다.

카메라가 따라붙어 장면을 담았다.

"컷, 오케이. 다음!"

유태일 감독은 물 흐르듯 다음 장면을 주문했다.

장비가 방 안으로 들어가는 데는 시간이 좀 걸렸다. 모든 준비가 끝나자 유태일 감독이 지시했다.

"레디, 액션."

음성이 나직하고 무겁게 떨어진다. 마치 진짜 촬영은 여기부터라는 걸 알리는 신호 같았다.

김진우가 문을 잠그고 주위를 둘러봤다.

"여긴 선배랑 저 둘뿐입니다. 듣는 귀도, 보는 눈도 없죠."

이도원이 대답 없이 김진우를 바라봤다.

김진우가 말을 이었다.

"선배죠? 증거는 없지만 제 심증이 선배를 가리키고 있습니다. 선배가 범인이라고요."

이도원은 영문을 모르겠다는 표정으로 물었다.

"그게 무슨 소리야?"

"자수하시죠."

"어쩔 수 없네."

그는 양팔을 벌리며 말했다.

"좀 털자. 긍정적으로 고려해 볼 테니까."

김진우는 고개를 끄덕이며 몸수색을 허락했다.

이도원은 김진우가 숨겨둔 장치가 없는 걸 확인한 뒤 대답했다.

"내가 죽였다고? 왜?"

그는 어린아이처럼 물었다.

김진우가 대답했다.

"지금까지 이뤄졌던 선배의 수사 방식 자체가 교묘하게 범인을 '놓쳐주고' 있으니까요. 그것도 아무도 눈치채지 못할 만큼 완벽하게. 그래서 선배에게 사람을 붙였습니다."

그가 침착하게 말을 이었다.

"그런데 정확히 사흘 만에 실종됐더군요."

고개를 숙이고 끄덕이던 이도원이 얼굴을 들었다.

그의 눈빛이 돌변해 있었다.

"내가 죽였어, 근데 뭐?"

이도원은 어린아이 같은 표정으로 말했다.

"내가 죽였다고, 왜 자꾸 짜증 나게 물어봐."

"뭐?"

동요한 김진우가 입술을 떨었다.

이도원은 피식 웃으며 재차 물었다.

"근데 뭐 어쩌라고?"

김진우는 완전히 변한 이도원의 태도에 얼굴을 굳혔다.

순순히 인정할 줄은 몰랐지만 어느 정도 확신하고 불러냈던 참이었다. 김진우는 이도원의 돌발 행동을 무시하며 그를 자극했다.

"너 같은 새끼들에 대해 좀 알지. 학교에서 배웠거든. 반사회적 인격 장애자, 기생충처럼 남에게 빌붙어 살고, 거짓말을 입에 달고 살고, 매사에 충동적이고 무책임해. 양심의 가책 따위는 없고 성불구자도 많지."

"하."

이도원은 웃어넘겼지만 김진우의 모욕은 계속됐다.

"그리고 보니 철저히 혼자라고 했지? 여자도 없고, 성욕은 남을 죽이면서 푸는 것 아니야? 옆에서 조금만 봐왔는데도 알겠더군. 분명 성불구일 거야, 그렇지?"

"…그만해."

이도원의 두 눈이 희번득거렸다.

김진우는 멈추지 않았다.

곧이어 이도원이 김진우의 목을 움켜쥐었다.

"그만하라고 했지?"

"커, 컥!"

김진우가 숨 막히는 소리를 냈다.

이도원은 거칠게 호흡을 몰아쉬며 공격적인 성향을 드러냈다. 자제력이 떨어지는 이도원은 김진우를 놓아주고 난 뒤 서성이며 말했다.

"자꾸 귀찮게 구니까 그러는 거 아니야?"

뚝 멈춘 이도원이 입꼬리를 비틀었다.

"내가 말했잖아. 씨발, 귀찮게 하면 다치는 건 너라고. 네가 붙인 그 아저씨 어디 있을 것 같아?"

"그게 무슨……."

"너 사람 잘못 봤어."

이도원이 말을 이었다.

"내가 경고했지? 날 건드리지 말라고! 내 경고를 무시한 대가로… 내가 널 죽이지 않아도 스스로 죽고 싶을 만큼 고통스럽게 해줄게. 반드시. 이 개새끼야, 씨발놈아."

이도원의 두 눈이 광기로 번들거렸다.

"다시 물어본다. 네가 나한테 붙인 새끼 지금 어디 있을 것 같아?"

"설마……."

중얼거리던 김진우가 이도원의 멱살을 잡아 벽으로 처박았다.

"이 새끼가!"

이도원은 두 손을 들고 조롱했다.

"기억력이 안 좋네? 네가 나한테 보낸 새끼가 어디 있을 것 같냐고! 이 병신아."

김진우는 이를 빠드득 갈더니 문을 열고 뛰쳐나갔다.

이도원은 옷을 털며 피식 웃었다.

"병신 새끼. 지랄을 해요, 씨발놈."

그는 연신 욕설을 씹어뱉었다.

유태일 감독이 씬을 잘랐다.

"컷, 다음 씬 이어서 가봅시다."

김진우는 뛰쳐나가는 동시에 집으로 전화를 한다. 별 탈이 없는 것을 확인하고, 가족에게 외출하지 말 것을 신신당부한다.

이도원의 농간에 놀아났다고 생각한 김진우가 다시 돌아오며 이어지는 장면이었다.

이도원은 그대로 기다리고 있는 상황.

유태일 감독이 촬영 지시를 내렸다.

"레디, 액션!"

문을 쾅 소리 나게 열고 들어온 김진우의 걸음이 점차 빨라졌다. 이윽고 김진우는 이도원을 향해 주먹질을 하기 시작했다.

이도원이 몸을 웅크리며 얻어맞았다. 한참을 주먹질과 발길질을 하던 김진우가 거친 숨을 몰아쉬며 물었다.

"너 이 개새끼. 무슨 수작이야?"

"하하하하… 흐흐흐."

웃음을 터뜨린 이도원이 나직이 말했다.

"좆같지? 네가 할 수 있는 건 주먹질밖에 없어. 병신같이 허우적거리는 것밖에 없지. 씨발, 퉤!"

이도원은 침을 뱉으며 김진우를 올려다보았다.

"넌 날 못 잡아."

그때 유태일 감독이 끊었다.

"컷, 일단 킵하자. 이리 와서 모니터링 해봐."

이도원과 김진우가 모니터링을 했다.

중반부쯤 되자 화면을 멈춘 유태일 감독이 평했다.

"이성적이었다가 본능적이었다가, 내가 원하는 그 경계를 자연스럽게 오가고 있군."

화면을 보던 김진우가 이도원에게 물었다.

"어린애처럼 돌변해서 울 때 모습. 어떻게 만든 거지?"

배우로서 김진우가 궁금한 부분은 그것이었다.

이도원은 이성적이다가도 한순간 감정적으로 돌변하는 감정점을 순조롭게 넘겼다.

모든 움직임과 화술이 물 흐르듯 자연스럽게 이어졌다.

연쇄살인마인 '윤도강'을 받아들이지 못하면 나올 수 없는 연기였다.

이런 사실을 어렴풋이 느낀 김진우는 이도원이 연쇄살인범의 인격을 받아들일 수 있던 비결이 궁금해진 것이다.

유태일 감독 역시 흥미로운 표정을 짓고 있었다.

두 사람을 번갈아 보며 여우처럼 웃은 이도원이 대답했다.

"이성적인 표현은 문제가 아니죠. 살인마의 모습일 때 튀어나오는 본능적인 감정 표출이 중요한데… 그동안 눈길이 가는 대로 쳐다보고, 배고프면 먹고, 웃기면 웃으면서 주변의 자극에 산만하게 반응해 봤어요. 또 틈날 때마다 익숙지 않은 왼손으로 아무 생각 없이 낙서를 했죠. 그랬더니 그때그때 본능에 충실한 말들을 끄적이게 되더라고요. 뭐 그런 방법으로 내면에 잠재된 본능이나 욕구를 끄집어냈습니다."

그 말에 유태일 감독과 김진우는 고개를 끄덕였다.

이도원이 영리한 배우라는 걸 잘 알고 있는 유태일 감독은 딱히 놀란 반응을 보이지 않았다.

'이런 배우는 연기를 못할 수가 없지.'

반면 김진우의 반응은 좀 달랐다.

김진우는 자신보다 나이도 두 살이나 어린 이도원의 세심한 면을 보며 느끼는 바가 컸다. 이쯤 차이가 나면 시기와 질투보단 감탄과 경외감이 드는 법이다.

김진우는 비슷한 또래에 적수가 없다고 여기며 오만한 착각으로 매번 같은 연기를 고집하던 스스로가 초라하게 느껴졌다.

'나는 우물 안 개구리였는지도.'

김진우는 이제 그만 인정하기로 했다.

이도원의 무기는 수려한 외모와 사람을 녹이는 목소리가 아니었다. 타고난 장악력과 재능도 아니었다.

끊임없는 고민과 연구, 한계를 넘는 발상. 이것이야말로 이도원이 가진 진짜 무기였다.

한편 정작 이도원은 두 사람의 표정을 관찰할 여유가 없었다. 모니터 안에 가장 객관적인 자신이 있고, 연기적인 모든 해답이 그 안에 있었다.

이도원은 속으로 생각했다.

'살인마는 빤할 수밖에 없는 캐릭터야.'

영화 역사상 셀 수 없는 살인마 배역이 있어왔다.

그런 빤한 캐릭터를 빤하지 않게 하려면 배우가 입체적인 연기를 해야만 한다. 지금껏 관객이 봐왔던 살인마면서도, 남 이야기가 아닌 우리가 걷는 도시에 함께 살고 있는 사람 이야기를 해야 한다.

'입체적으로 표현해야 돼. 배우가 아닌, 한 명의 인간으로서 내가 가진 폭력성을 극대화해야 한다.'

그것이 작품 시나리오가 지향하는 방향성과도 맞았다.

조명팀은 일상생활에서 많이 쓰는 조명을 이용해 분위기를 연출했다. 촬영팀은 어두운 분위기를 강조하면서 기괴한 느낌을 조성했다. 미술팀은 우리가 늘 드나드는 눈에 익었던 공간들을 이용해 다른 느낌을 주려고 노력했다. 의상팀은 아예 평범한 의상을 이용해 분위기를 살렸다. 분장팀은 표면적인 부분보다 아이라이너 같은 디테일한 분장에 더 심혈을 기울였다.

이 모든 조화가 영화가 관객들에게 말하고 싶은 주제를 담고 있었다. 그리고 이도원은 영화가 전달하려는 느낌에 어우러지는 연기를 완성하는 데 주력했다. 그래야만 시나리오상으로 봤을 때의 '윤도강'이 현장에서도 녹아들 수 있는 것이다.

이도원의 강점을 은근히 느껴왔던 유태일 감독은 속으로나마 이도원과 김진우 두 사람을 비교해 보았다.

'연기적인 재능은 김진우가 앞선다. 하지만 김진우는 나무를 보고 이도원은 숲을 본다. 이 사고의 폭이 두 배우의 성장도를 하늘과 땅 차이로 갈라놓고 있어.'

즉, 끌어줄 사람은 이도원이었다.

판단을 내린 유태일 감독은 이도원을 따로 불렀다.

"내가 권한을 줄 테니 네가 진우를 코칭해라. 감독이 전반적인 주문을 던질 순 있지만 연기적인 호흡은 배우들이 끌어내야 돼."

이도원의 입장에선 불편한 요구였다.

김진우의 얼굴을 볼 때마다 고개를 드는 감정을 죽이고 영화에 집중하는 것만도 보통 일이 아닌데 손을 잡고 끌어주라니.

"지금도 잘하고 있지 않습니까?"

이도원이 묻자 유태일 감독이 고개를 저었다.

"지금 상태로 가다간 연기가 무너질 거다. 진우는 괴물 같은 재능과 폭발력을 가진 배우야. 하지만 감각적으로 풍부한 연기가 가능한 만큼 감정에 휘둘리기 쉽다."

"계속 리액팅(Reacting : 반응하는) 연기를 하면서 감정을 조절해 주라는 말씀이십니까?

"…그래."

대답한 유태일 감독이 말을 이었다.

"네가 진우와 불편한 관계라는 걸 알고 있다. 그래도 너만이 진우를 컨트롤할 수 있어."

이도원은 곰곰이 생각했다.

고민은 짧고 결단은 빨랐다.

"…알겠습니다. 제가 일대일로 마킹하죠."

김진우가 유태일 감독이 자신을 부탁했다는 사실을 알면 자존심이 상해서 발악을 할 터였다. 이도원은 유태일 감독이 말하기 전에 먼저 선수를 쳤다.

"비밀 유지도 하고요."

"눈치가 백단이군."

유태일 감독은 근엄한 표정으로 고개를 끄덕였다.

누가 상상이나 했겠는가? 주목받는 신성 김진우가 골칫거리가 될 줄을.

여섯 시간이 넘도록 촬영이 계속됐다.

촬영팀은 여러 구도를 찍으며 편집할 소스를 풍부하게 꾸려갔
다. 그들이 촬영을 마치고 다음 장소로 이동하는 도중에도 김진
우의 얼굴은 잿빛처럼 어두웠다.

지금껏 김진우의 이름 앞에는 천재라는 말이 떨어지지 않았
다. 어느 현장을 가든 주위의 칭송을 받았다. 하지만 그것도 일
반인들 틈에 섞여 있을 때의 이야기였다. 적어도 이 현장에서만
큼은 김진우가 범재 수준이었다. 그가 쫓기에는 이도원과 유태
일 감독의 사고와 시야가 너무 깊고 넓었다.

'제기랄.'

김진우는 속으로 욕지거리를 뱉었다.

그가 깊은 수렁에 빠진 것처럼 찝찝한 기분을 떨쳐내지 못하
는 사이, 밴은 촬영팀을 뒤쫓아 현장에 도착했다.

손발이 척척 맞는 유태일 드림팀의 장비 세팅이 일사천리로
끝나고 또 한 명의 천재 유태일 감독이 촬영 지시를 내렸다.

"배우들 위치해 주세요."

굽이굽이 골목이 가득한 동네 성북구 장위동.

배우들이 촬영해야 될 장면은 숨 막히는 추격 씬. 정해진 곳
까지 전력 질주하고, 또 그만큼 전력 질주하고. 영화상 목적지까
지 이를 반복해야 한다.

그 와중에 엔지가 나면 계속 같은 구간을 달려야 하는 상황까
지 벌어진다.

이도원은 상황과 증거를 조작해 유력한 용의자를 범인으로 만든다. 실수를 빙자해 용의자를 살해하고 자신이 저질렀던 범행을 묻으려 한다.

반면 김진우는 이도원이 범인이라는 확실한 심증을 갖고 이도원이 용의자를 살해하는 일을 막고자 이도원을 뒤쫓는다.

이내 촬영팀이 준비를 마치자 유태일 감독은 일정 간격을 두고 서 있는 세 배우에게 말했다.

"배우들 레디."

배우들이 고개를 끄덕여 준비됐음을 알리기 무섭게 유태일 감독의 신호가 떨어졌다.

"액션!"

가장 먼저 용의자 역할의 박문수가 출발했다.

이도원이 그 뒤를 쫓아 달리기 시작했다.

전력 질주였다.

"컷, 엔지!"

유태일 감독이 엔지를 외쳤다.

두 배우의 간격이 너무 벌어졌기 때문이다.

추격 씬의 묘미는 잡힐 듯, 잡히지 않는 데 있다.

배우 간의 호흡이 굉장히 중요한 장면이었다. 그렇다고 앞 사람이 뒤를 돌아보며 거리를 맞출 순 없다.

카메라를 속일 수는 없기 때문이다.

고민하던 유태일 감독이 두 사람을 불러들였다.

"발소리로 거리를 감지하면서 뛰세요."

용의자 역할의 박문수는 내심 투덜댔다.

'말이 쉽지.'

유태일 감독은 이번에는 이도원을 보며 말했다.

"앞사람이 속도를 맞추긴 어렵다. 네가 거리를 유지해야 돼."

이도원 역시 박문수와 같은 생각을 했다.

'말이 쉽지.'

보통 어려운 일이 아니다.

거리를 맞추기 위해 조금만 망설여도 카메라가 움직임을 잡아낼 것이다. 그렇지만 반드시 해내야만 하는 일이었다.

이도원은 순순히 고개를 끄덕였다.

"알겠습니다."

그 뒤로 열 번의 촬영이 이어졌다.

10테이크까지 갔을 때 배우들은 체력이 바닥이었다.

쌀쌀한 날씨에도 땀을 비 오듯 쏟아졌고 입에선 단내가 났다.

두 배우는 스태프가 사 온 이온음료를 마시며 유태일 감독의 지시를 들었다.

"몇 차례 아깝게 엔지가 났습니다. 이 장면은 반드시 롱테이크로 가야 하기 때문에 사소한 엔지만 나도 처음부터 찍을 수밖에 없습니다."

누가 몰라요?

이도원과 박문수 모두 묻고 싶었다.

그들의 반응을 아랑곳 않고 유태일 감독이 말했다.

"그럼 다시 시작합시다. 이러다 밤새겠습니다. 알다시피 해가 뜨면 촬영을 내일로 미뤄야 합니다."

그건 절대 안 될 말이었다.

'이 고생을 하루 더 해야 한다니.'

고개를 저은 이도원이 한 가지 제안을 했다.

"문수 형과 제 속도를 측정해 볼게요."

박문수가 굿 아이디어라는 듯 엄지를 치켜들며 고개를 끄덕였다.

"그렇게 하겠습니다, 감독님."

두 사람은 한쪽에서 초재기를 하고 어느 정도 질주했을 때 속도감이 유지되는지, 삼십 미터 기준으로 몇 초가 나오는지 합을 맞춰본 뒤 체득했다. 발자국 숫자를 세는 템포까지 새어가며 거리를 만들었다.

연습을 끝낸 두 배우가 출발지점으로 돌아가자 유태일 감독이 확성기를 대고 힘껏 외쳤다.

"레디, 액션!"

박문수가 미친 듯이 달리기 시작했다.

속으로 발자국 템포를 세며 달렸다.

이도원이 그 뒤를 쫓았다.

이제 마지막이구나 생각하던 찰나.

이도원이 쭉 미끄러졌다.

'아!'

모든 스태프들이 탄성을 삼켰다.

또 엔지인가 싶었다.

그때였다.

이도원이 벌떡 일어나 달렸다.

박문수의 바로 뒤까지 추격하며 닿을락 말락 한 거리에서 오십 미터 지점이 지나갔다.

그 순간 유태일 감독의 입에서 폭발적인 사인이 떨어졌다.

"오케이!!! 컷!"

이도원과 박문수는 그 자리에 주저앉으면서 환호를 내질렀다.

스태프들도 박수를 쳤다.

한편 유태일 감독은 이글이글 불타는 눈빛으로 모니터를 보며 묘한 웃음을 머금었다.

'이거다!'

속에서 드는 생각이었다.

이도원이 넘어졌다 일어나 뛰는 부분.

그 한순간의 판단이 추격 씬 전체를 살렸다.

현장감과 스릴을 배로 안겨주었다.

유태일 감독이 모두를 향해 외쳤다.

"이번 장면은 다 같이 모니터링 합시다!"

배우들과 스태프들이 우르르 몰려와서 모니터를 바라봤다. 이내 추격 씬이 나오고 모두 박수를 보냈다.

이도원은 피식 웃었다.

'소 뒷걸음치다 쥐 잡았군.'

아직 분량이 나오지 않은 김진우는 담요를 덮고 현장을 보고 있었다. 그는 이도원을 바라보며 고개를 절레절레 저었다.

자신이라면 그 상황에 일어나서 바로 뛸 수 있었을까?

그럴 수 있었을지도 모른다. 하지만 그 순간 "씨발, 거기 안서?"라는 대사와 동시에 그처럼 사실적인 표정연기를 할 수 있었을 거라고는 장담할 수 없었다. 더불어 이도원은 속도 조절을 해가며 뜀박질을 하는 침착함까지 발휘했다.

더 놀라운 건 이도원의 청바지가 찢어져 무릎에서 피가 흐르고 있는데도 지금까지 본인 스스로 못 느끼고 있다는 점이었다.

스태프들도 어두운 환경과 오케이를 받아냈다는 흥분에 사로잡혀 아무도 발견하지 못했다.

결국 김진우가 이도원에게로 다가갔다.

"피 납니다."

이도원이 눈을 동그랗게 뜨고 김진우를 보았다.

김진우가 이도원의 무릎으로 시선을 보냈고, 그때서야 이도원도 피가 흐르는 걸 발견했다. 무릎이 얼얼해지면서 화끈한 통증이 닥쳐왔다.

"윽."

스태프들도 하나 둘 이도원의 상처를 발견했다.

분장팀 막내가 구급상자를 가져와 소독을 하고 밴드를 붙였다.

유태일 감독이 이도원의 어깨를 두드리며 물었다.

"많이 아프냐?"

그는 전혀 어울리지 않는 말을 했다.

"나도 아프다."

저걸 개그라고.

스태프들이 웃음을 터뜨렸다.

이도원 역시 피식 웃으며 대답했다.

"감독님이셔서 다들 웃어주는 거예요."

　　　　*　　　　*　　　　*

이도원의 무릎에 응급처치를 마친 뒤 촬영이 재개됐다.

다음은 김진우가 이도원을 뒤늦게 추격하는 씬이었다.

이도원은 잠시 앉아 휴식을 취할 수 있었다.

'확실히 혼자 연기할 때가 더 자연스럽다.'

이도원은 김진우의 연기를 보며 그렇게 느꼈다.

김진우는 이도원을 추격하는 중에도 다양한 표정과 독백을 보여줬다. 그것만으로도 조급한 느낌이 전달될 만큼 훌륭한 흡입력을 가지고 있었다.

곁에서 유태일 감독이 작게 속삭였다.

"내 말 뜻 알겠지? 너랑 있으면 잘하려고 애를 써."

이도원은 고개를 끄덕이며 곰곰이 생각에 잠겼다.

생존이 걸린 곳에는 영원한 적도, 친구도 없는 법이다.

특히 연예계에서 적과의 동침은 빈번한 일이었다.

어제까지 눈에 불을 켜던 상대조차 오늘 같은 작품을 작업하려면 친해져야만 한다.

프로는 이런 점에 관대하고, 신인은 쉽게 받아들이지 못한다.

그리고 이도원은 예사 신인과 달랐다.

'내키지는 않지만… 감독님의 지시니까. 멸사봉공(滅私奉公)이라고 했다. 앞으로를 위해서 복수심을 버릴 땐 버려야 돼. 부딪치는 것만이 능사가 아니야. 어차피 감정 싸움으로는 김진우를 무너뜨릴 수 없다.'

그는 가슴속에 비수를 감추고 김진우에게 손을 뻗기로 결정을 내렸다.

그는 헉헉거리는 있는 김진우에게 다가가 음료를 건넸다.

김진우는 이도원을 슥 보더니 별말 없이 받아 마셨다.

이도원이 먼저 인사를 건넸다.

"아까 상처 났을 때, 감사했습니다."

김진우는 그를 빤히 보다 고개를 끄덕였다.

김진우는 고집이 센 성격이었다.

이런 사람의 마음을 움직이려면 실력으로 인정받고 부드럽게 다가가야 한다.

'김진우는 심적인 부담을 느끼고 있을 뿐 실력 자체는 나무랄 데가 없다. 내게서 친근감을 갖게 되면 심리적인 안정은 저절로 따라올 거야.'

이도원은 해답을 알고 있었다.

이도원에게는 타임 슬립 전 고난의 세월을 이겨낸 경험이 있다. 비록 타임 슬립을 거치면서 지금의 삶이 익숙해졌지만, 이런 중요한 순간이 오면 지난 경험과 연륜이 고개를 들었다.

이도원은 김진우의 표정을 보며 문득 이런 생각이 들었다.

'영락없이 자기 자신도 감당이 안 되는 이십 대 초반의 모습이로군.'

지금껏 날을 세우긴 했어도 김진우를 들여다본 적은 없었다.

한편 김진우는 머릿속으로 다른 생각을 했다.

'이 새끼 왜 이래?'

상대가 까칠하던 전과는 사뭇 다른 태도를 보이자 의심이 먼저 갔다.

그때 이도원이 그 의문에 대한 대답을 해주었다.

"이제부터 같이 들어가는 씬인데 잘 부탁드려요."

김진우는 절로 고개를 끄덕였다.

이도원의 부탁에 대한 수긍이 아니었다.

'앞으로 나랑 치고받는 액션 씬이라 겁을 먹었나 보네.'

김진우는 단순한 해석을 하고 피식 웃었다.

알게 모르게 부담을 느끼던 이도원의 분위기가 변하자 김진우 역시 마음이 조금은 풀렸다. 그러고 보니, 이도원도 연기 좀 잘하는 신인이라는 생각이 들었다.

"나도 잘 부탁한다."

지금까지 김진우는 이도원에게 존대와 반말을 섞어서 사용했는데 이번에 제대로 말을 놓아버렸다. 동문이 아닌 이상 대부분 현장에선 나이로 호칭을 정하는 데다, 데뷔 시기가 불분명한 신인끼리 기선을 잡으려는 의도도 있었다.

그때 유태일 감독이 두 사람을 불렀다.

"도원이랑 진우, 이쪽으로 잠깐 와봐."

그는 콘티를 보고 있다가 물었다.

"어떻게 찍을래?"

두 배우의 의사를 존중하겠다는 의미가 내포된 질문이었다.

김진우는 대답 없이 이도원을 쳐다봤다. '네가 말해봐라' 하는 의미였다.

분명 애드리브나 연기적인 센스 부분에선 이도원이 더 디테일한 모습을 보였다.

곰곰이 생각하던 이도원이 김진우에게 말했다.

"제가 문수 선배한테 총을 쏘는 동시에 절 덮치시는 장면에서, 잠깐 호흡을 끊면 어떨까요? 제가 '오정태'라면 덮치기 전에 자신이 총을 두고 왔다는 걸 기억하진 못할 것 같은데요. 멀리서 그 광경을 발견한 순간 먼저 총을 찾는 게 자연스럽지 않을까요?"

유태일 감독이 고개를 끄덕였다.

"그건 그렇군. 진우 생각은 어때?"

"저도 그렇게 생각합니다."

김진우가 선선히 대답하자 유태일 감독이 지시했다.

"그럼 여기서 진우가 소리치면서 총을 뽑자. 그리고 도원이가 딱 뒤돌아보는 거야. 그리고?"

원래 콘티에 없는 장면을 추가하는 것이기에 유태일 감독은 기대되는 눈빛으로 이도원을 바라봤다.

턱을 괴고 생각에 잠겼던 이도원이 대답했다.

"씩 웃겠죠. 전 이미 용의자를 살해한 후니까요."

"소름 끼치겠군."

유태일 감독이 맞장구를 치며 김진우에게 시선을 돌렸다.

"그럼 어쩔래?"

"이미 늦었다는 걸 깨닫고 좌절합니다. 분노하고 달려가서 넘어뜨린 뒤, 공격합니다."

그 말에 고개를 끄덕인 유태일 감독이 엄지와 중지를 마주쳐 딱, 소리를 내며 물었다.

"수차례 주먹을 휘두르고 컷. 두 사람 이해했지?"

"예."

"네, 감독님."

두 사람이 대답하자 유태일 감독이 말했다.

"배우 위치로."

지켜보던 박문수가 합류했다.

세 사람이 각자의 위치에 서자 이미 세팅을 마친 스태프들이 촬영 각을 잡았다.

유태일 감독이 말문을 열었다.

"카메라 롤."

이윽고 카메라가 돌았다.

"레디."

그는 이어 배우들에게 사인을 내렸다.

"액션!"

이도원과 박문수가 가까이 붙어 섰다.

이도원은 프롭 건(Prop gun : 촬영용 총기)으로 박문수의 복부 옆을 겨눴다. 탄두가 제거된 공포탄이지만 격발 시 머즐 플래시(Muzzle flash : 총구에서 뿜어지는 화염 효과)가 강하기 때문에 화상을 입을 위험이 있었다.

현실감을 살리기 위한 소품팀의 선택이었다.

"조심해서 쏴."

박문수가 어색하게 웃으며 말했다.

이도원은 어깨를 으쓱였다.

"걱정 마세요."

두 사람은 거의 안다시피 했고, 이도원은 박문수의 팔과 옆구리 사이로 총구를 집어넣은 상태로 방아쇠를 당겼다.

타— 앙!

두 사람의 음영(陰影) 속에서 머즐 플래시가 터지며 큰 총소리가 났다.

삼 초 정도 흐른 뒤 이도원이 고개를 돌렸다.

그러자 불빛에 얼굴이 드러났다.

그는 천천히, 그리고 섬뜩하게 씩 웃었다.

"컷, 오케이."

유태일 감독이 자른 뒤 손을 내저었다.

카메라가 이동해 언덕 위에 서 있는 김진우의 얼굴을 클로즈업했다.

이도원이 자리에서 하늘에 총을 쏘며 격발 소리를 내주었고, 그걸 신호로 김진우가 연기를 시작했다.

총소리와 함께 심장이 덜컥 주저앉은 김진우가 표정을 일그러뜨렸다.

"이 개새끼가……!"

그는 눈을 가늘게 뜨고 이도원이 위치해 있는 쪽을 주시했다. 손으로는 허리를 더듬으며 총을 찾다가, 집에 두고 왔다는 사실을 깨닫고 조용히 욕지거리를 뱉었다.

"…아오, 씨발. 하필이면."

이내 김진우는 음영 속에서 고개를 돌린 이도원의 얼굴을 확인했다.

"같이 죽자! 이 찢어죽일 새끼야."

그는 소리를 지르며 카메라 밖으로 달려 나갔다.

"컷, 오케이."

유태일 감독이 신호를 보냈다.

김진우를 풀 샷으로 한 번 따고 장비가 이동했다.

마침내 김진우가 이도원을 덮치는 장면을 촬영할 차례였다.

유태일 감독이 말했다.

"열연 기대합니다. 자, 카메라 롤……."

카메라에 불이 들어온 걸 확인한 그는 이어 신호했다.

"레디, 액션!"

김진우가 카메라 밖으로부터 달려와서 이도원을 덮쳤다.

이도원은 피하지 않고 함께 쓰러져 뒹굴었다.

유태일은 굳이 컷을 외치지 않고 지켜봤다.

컷 신호가 없자 뒤섞인 두 사람도 서로 프롭 건을 잡으려고 엎치락뒤치락했다.

"미친 새끼……!"

김진우가 헉헉대며 외쳤다.

한바탕 몸싸움을 한 결과 프롭 건을 손에 쥔 이도원이 자신의 허리 위에 올라탄 그의 복부를 겨눈 것이다.

이도원은 프롭 건을 옆으로 움직이며 말했다.

"나오지? 뒈지기 싫으면."

"네가 날 쏠 수 있을까? 살인마 새끼가 경찰을……."

김진우가 흥분해 외치려는 찰나.

이도원은 김진우의 허벅지 옆을 겨냥해 프롭 건을 쐈다.

타앙!

김진우가 비명을 내질렀다.

"크아아악!"

그는 옆으로 고꾸라지며 허벅지를 쥐고 뒹굴었다.

"끄으으… 씨발! 넌 끝났어!"

"글쎄, 이 총기가 내 거라고 확신해?"

이도원은 쓰러져 있는 박문수를 발로 툭툭 건드리고, 프롭 건을 손에 쥐어주었다.

"불법총기소지 및 암거래를 하고 있더군. 그럼 좋잖아? 형사와 몸싸움을 하다 스스로 몸에 총구멍을 낸 범인. 살신성인으로 범인을 쫓다가 총상을 입은 영웅 형사! 내가 그린 밑그림이 마음에 들지 않는다고 헛소리를 해도……."

그는 어깨를 으쓱였다.

"아무도 널 믿지 않을 거야. 완벽한 알리바이가 있거든."

이도원은 턱 끝을 치켜들고 마치 어린아이가 자랑하는 듯 표정을 지어냈다.

비틀대며 벽에 기댄 김진우가 새하얀 입김을 뱉으며 표정을 일그러뜨리고 있었다.

이도원이 피를 흘리며 쓰러진 박문수와 김진우를 번갈아 보더니 고개를 숙이며 어깨를 들썩이고 웃었다.

"쓸데없는 데 힘 빼지마. 안쓰러우니까."

"컷!"

유태일 감독이 덧붙였다.

"한 번 더 갑시다."

다음 촬영 장면은 이도원과 김진우의 대결 씬이었다.

〈악마의 재능〉의 클라이맥스가 되는 장면이니만큼 인상 깊은 연출이 필요했다.

두 배우는 특수 분장을 해가며 수십 차례 액션 씬을 촬영했다.

영화 내내 두 배우 간에는 세 번 물리적으로 부딪히는 씬이 있다. 첫 번째와 두 번째는 팽팽하게 맞서지만 이도원이 원래 실력을 드러내는 세 번째에선 좀 달랐다. 김진우는 이도원의 수법을 훤히 꿰고 있었지만 실전에선 전혀 도움이 되질 않는다. 따라서 김진우는 초반 일방적으로 얻어맞는다. 하지만 싸우는 장소가 김진우의 집이고, 결국 그는 홈그라운드의 이점을 이용해 이도원을 이긴다는 콘티였다.

두 배우는 신체부위에 공격을 당할 때마다 특수 분장을 고쳐야만 했다.

이런 액션의 디테일한 부분들이 인상적인 연출을 도왔다. 이 장면을 촬영하며 이도원과 김진우는 두 번이나 촬영을 실패했다.

첫째 날은 두 배우의 연기 톤이 잘 맞지 않아 접었고, 두 번째 날은 김진우가 심한 몸살에 걸려 연기됐다.

그리고 셋째 날.

김진우는 극심한 슬럼프를 겪고 있었다.

'느낌이 이게 아니야.'

그는 연기를 하면서도 헤맸다.

'찍기 싫다.'

김진우의 심리를 파악한 유태일 감독은 두 배우를 불러들였다.

배우들은 그동안 고생스럽고 빡빡한 촬영 스케줄을 이어왔다. 더구나 이번 씬에서는 특히 더 강한 액션과 특수 분장이 들어갔다.

몸의 피로감도 피로감이었지만 심적인 부담 역시 두 배우를 짓눌렀다.

특히 김진우는 촬영이 끝나기는 할까 싶을 정도로 막막한 기분에 사로잡혔다. 자신도 모르게 어서 오케이 사인이 떨어지기만 바라고 있을 만큼 자신을 내려놓은 상태였다.

유태일 감독과 두 배우는 이 문제에 대해 두 시간이나 대화를 나눴다. 연기에 대해 피드백을 주고받았지만 김진우에게는 이 모든 시간이 지루할 뿐이었다. 뚜렷한 해답이 나오지 않은 채, 두 배우는 십 분간 휴식을 받아 현장에서 대기하게 됐다.

김진우가 힘없이 앉아 있는데, 이도원이 종이컵에 믹스커피를 만들어 와서 곁에 앉았다. 후루룩, 뜨거운 액체가 식도를 지나갔다. 이도원이 새하얀 입김을 뱉으며 불쑥 말했다.

"너무 피곤하네요."

"그래."

대답한 김진우가 텀을 두고 고개를 끄덕였다. 그때 이도원이 고개를 돌려 그를 빤히 봤다.

그 시선을 느낀 김진우가 눈을 맞췄다.

이도원이 씩 웃으며 말했다.

"오정태도, 윤도강도 분명 피곤할 거예요. '잘 싸워야지' 하고 싸우진 않을 거란 뜻이죠. 심신이 지친 상태에서 울며 겨자 먹기로 싸울 겁니다. 마치 우리처럼."

김진우는 머릿속에서 폭죽이 터지는 느낌을 받았다.

'굳이 정신을 일깨우려 하지 말고 피곤한 대로 놔두면, 그냥 자연스럽게 연기를 하면 된다?'

불에 덴 듯 놀란 표정이 고스란히 얼굴 위로 떠올랐다. 그 마음을 아는지 모르는지, 이도원은 고개를 돌리며 후루룩, 커피를 마셨다.

*   *   *

'상대와 싸우지 않고 이기는 법.'

이도원은 고민하다가 유태일 감독에게 다가갔다.

"감독님, 요청할 게 있습니다."

"뭐지?"

"소품으로 쓰던 야구 배트… 아까 보니까 소품 차에 실제 나무 배트가 있던데 그걸로 쓰시죠."

"너무 위험한데. 소품도 맞으면 아픈데, 나무 배트는 죽을 수도 있어."

"그걸 대비해서 무술감독님한테 코칭받았잖아요."

이도원은 전에 없이 강력하게 주장했다.

"그래야 좀 더 연기가 살 것 같습니다."

"네 뜻이 정 그렇다면… 알겠다. 대신 조심해야 돼."

"물론이죠."

이도원은 고개를 끄덕였다.

두 사람을 보고 있던 김진우는 고개를 절레절레 저었다.

'미친 거 아니야?'

나무 배트가 위험해서가 아니었다.

만약 겁을 먹어야 하는 상황을 연기하는 거라면 이도원의 말은 일리가 있었다. 그런데 극 중 이도원은 프로페셔널한 킬러고, 고통이나 두려움에 무감각한 사이코패스다.

즉 나무 배트를 눈앞에서 휘두르는 걸 보고도 표정과 동작이 경직되면 안 된다는 의미였다.

나무 배트로 촬영했을 때의 장점이라면 물건이 부서지는 장면이나 소음을 편집 없이 자연스럽게 가져갈 수 있다는 것 정도.

'고작 그것 때문에 몸을 던진다고?'

이건 와이어 액션과는 달랐다.

나무 배트에 맞을 확률은 그야말로 복불복이었다.

둘 중 한 사람이 조금만 실수해도 큰 부상으로 이어질 수 있고, 골절이라도 되면 촬영을 중단해야 할 수도 있다.

'이도원이나 유태일 감독이나, 미친놈들이야.'

김진우는 진절머리를 쳤다. 촬영이 중단되면 편집으로 때워야 한다.

그럼 클라이맥스의 완성도가 떨어질 것이다.

지금 상황은 작은 디테일을 살리겠다고 큰 위험을 감수하는 셈이었다.

"감독님, 굳이 그럴 필요까지 있습니까?"

김진우의 질문에 유태일 감독이 고개를 끄덕였다.

"장면 하나하나에 최선을 다하지 않으면 완성도 높은 영화가 나올 수 없다. 도원이에게 위험을 강요할 수 없기 때문에 말은 하지 않았지만 내가 원한 것도 이런 디테일이야. 우리는 삼 일씩이나 이 장면을 촬영했어. 긴장하지만 않는다면 도원이도, 너도 실수하지 않을 거다."

그렇게까지 말하는데 더는 반론을 제기할 수 없었다.

김진우 역시 끝내는 고개를 끄덕이며 이 선택을 수긍했다.

유태일 감독은 촬영 준비가 끝나자 나란히 기대서서 콘티를 상의하고 있는 두 사람에게 신호를 보냈다.

"배우들 위치합시다."

촬영 장소는 극 중 김진우의 아파트.

영화 막바지, 드디어 증거를 손에 넣은 김진우가 이도원을 수배 때린다. 마침 해외로 도피하려던 이도원은 출국 금지 상태가 되고, 계획을 방해한 김진우를 제거하러 그의 아파트로 찾아간다.

유태일 감독이 입을 열었다.

"카메라 롤."

카메라가 돌아가며 복도에 서 있는 이도원을 담았다.

김진우는 집 안에 들어가 있었다.

유태일 감독이 외쳤다.

"레디, 액션!"

연기를 시작한 이도원이 문고리를 비틀었다.

철컥.

문이 열려 있었다.

"하, 날 기다렸다 이거지?"

이도원은 피식 웃으며 문을 열어젖혔다.

"컷."

유태일 감독이 사인을 보내고 바로 촬영이 이어졌다.

마침내 이도원과 김진우가 사투를 벌이는 장면이었다.

무술감독이 콘티를 들고 두 사람에게 다시 한 번 설명을 해주었다. 소품이 아닌 실제 나무 배트로 연기를 해야 했기 때문에 수십 번 주의를 줘도 모자랐다.

설명이 끝나고 촬영 장비들이 모두 집 안으로 들어갔다.

그러자 유태일 감독이 입을 열었다.

"카메라 롤."

실내에서 카메라 두 대가 돌아갔다.

모니터를 확인한 유태일 감독이 촬영팀에게 자세한 지시를 내린 뒤 카메라 점검 때부터 이미 위치에 가 있던 두 배우에게 말했다.

"이번에야말로 끝내보자! 배우들 레디."

이미 이틀에 걸쳐 실패한 장면이었다.

오늘이 삼 일차, 몇 번째 테이크인지도 기억이 나질 않을 정도로 많은 횟수의 엔지를 냈다.

현장에 팽팽한 긴장감이 감돌자 두 배우가 나직이 숨을 고르며 심신을 이완시켰다.

이윽고 타이밍을 재던 유태일 감독이 우렁차게 지시를 내렸다.

"액션!"

본격적인 촬영이 시작됐다.

문가에 있던 이도원이 주변을 두리번거렸다.

"집에 있었네, 혼자야?"

김진우는 탁자에 기대놓은 나무 배트를 집어 들며 담담하게 대답했다.

"혼자다."

"그래? 잘 됐네."

이도원이 현관문을 잠갔다.

그 모습을 그저 보고 있던 김진우가 말했다.

"제대로 한판 붙자. 네가 죽였던 사람들이 느꼈을 고통, 그대로 느끼게 해줄게."

이도원이 피식 웃었다.

"한번 해봐."

그는 비꼬며 입술을 비틀었다. 입가로 섬뜩한 미소가 맺혔다 사라졌다. 이내 이도원이 성큼성큼 다가갔다.

김진우가 그를 노리고 나무 배트를 휘둘렀다.

부웅―!

이도원은 상체를 사선으로 기울이며 일격을 피해냈다.

무술감독에 의해 미리 합을 맞춘 동작이었다. 소품이 아닌 실제 나무 배트였기에 자칫 얻어맞았다간 뼈가 부러질 위험이 있었다.

"죽어!"

김진우가 외치며 연속해 나무 배트를 휘둘렀다.

이도원이 두 번이나 연달아 피해냈다.

쾅, 와장창!

힘껏 휘두른 나무 배트가 책장을 넘어뜨리고 부엌의 접시를 깨부쉈다. 한 대만 맞아도 골절은 우습다는 생각이 절로 들었다.

이도원은 긴장감이 치솟고 심장이 뛰었다. 그 와중에도 피하는 동작은 여유롭고 표정은 자연스러워야 했다.

'좋아.'

유태일 감독도, 스태프들도 손에 땀을 쥐고 보았다.

한 편의 액션 영화가 실제로 벌어지고 있었다.

연속적으로 휘두르는 나무 배트를 모조리 피해낸 이도원이 등 뒤의 싱크대를 잡고 김진우의 복부를 발로 걷어찼다.

"큭!"

김진우가 옆구리를 감싸며 주춤하는 사이 이도원이 앞으로 쏘아졌다. 그는 시계 줄을 쭉 빼서 김진우의 목을 휘리릭 감으며 등 뒤로 돌아갔다. 그야말로 찰나에 벌어진 일이었다.

"컥!"

김진우가 나무 배트를 떨어뜨리며 목에 감은 줄을 양손으로 잡았다.

날카로운 줄이 살갗을 파고들며 손가락에서 피가 뚝뚝 떨어지는 장면은 특수 분장을 하고 따로 촬영할 예정이었다.

"끄으으…!"

김진우는 양쪽 무릎을 꿇으며 억눌린 신음을 뱉었다.

고통스러운 표정이 고스란히 얼굴 위로 떠올랐다.

반면 이도원은 김진우의 척추를 한쪽 무릎으로 누르며 줄을 세게 잡아당겼다.

"끅… 으으으! 으아아아!"

그때 불현듯 김진우가 초인적인 힘을 내며 상체를 뒤로 확 젖혔다.

뜻밖의 반격에 이도원은 순간적으로 줄을 놓쳤다.

그 틈을 놓치지 않은 김진우가 팔로 다리를 걸며 이도원을 쓰러뜨렸다.

"컥, 크흐흑, 큭……."

김진우는 목을 부여잡고 막혔던 숨을 토해냈다.

이도원이 황급히 일어나며 바닥에 떨어져 있던 나무 배트를 주워 들었다. 콘티가 끝나는 지점, 그는 씩 웃으며 말했다.

"이제 내 차례네?"

칼자루가 이도원에게로 넘어갔다.

이도원은 망설이지 않고 나무 배트를 붕 휘둘렀다.

따로 합을 맞추지 않았던 장면이었다. 따라서 김진우는 대경실색하며 몸을 웅크렸다.

콰앙!

이도원은 김진우 주위의 가구나 집기들을 때려 부수며 몰아갔다.

'이 새끼, 뭐하는 거야?'

김진우는 놀란 표정을 지었다.

이도원은 악마적인 미소를 매달고 애드리브를 쳤다.

"내가 너 때문에 고생한 걸 생각하면 쉽게 죽이겠냐?"

유태일 감독은 손뼉을 치며 외쳤다.

"컷! 오케이! 도원이 애드리브 좋았어."

한편 김진우는 자존심이 상했다. 이도원이 상의도 없이 애드리브를 치는 바람에 순간적으로 겁을 집어먹었던 것이다.

'잘못해서 한 대만 맞았어도 머리통이 박살 났을 거야. 그리고 저 표정……'

이도원의 얼굴은 미묘한 느낌을 풍기고 있었다. 이도원은 씩 웃으며 김진우에게 손을 내밀었다.

"죄송합니다, 너무 몰입하다 보니."

김진우는 그 손을 밀어내고 자력으로 일어났다. 두 배우 간에 살짝 어색한 분위기가 감돌자 무술감독이 들어가서 다음 장면에서 어떻게 액션을 이어나갈 것인지 설명해 주었다.

머지않아 그동안 조용히 기다린 유태일 감독이 촬영 재개 신호를 보냈다.

"배우들 위치해 주세요. 카메라 롤."

이도원과 김진우가 컷 되기 전 자세로 돌아갔다.

이를 확인한 유태일 감독이 외쳤다.

"레디, 액션!"

나무 배트로 위협을 가하던 이도원이 머지않아 무기를 놓치고, 그 순간부터 두 배우가 뒤섞여 엎치락뒤치락 개싸움을 시작했다. 그 장면을 카메라 두 대가 따라붙으며 롱테이크로 촬영했다.

"컷, 오케이. 분장하고 계속 갑시다."

유태일 감독의 한마디에 분장팀이 투입됐다.

이도원과 김진우는 싸우던 그대로 멈춰서 특수 분장을 받았다. 주먹과 발길질이 오간 곳으로 흔적을 남기는 디테일한 분장이었다. 그러자 두 사람의 피곤으로 찌든 얼굴과 어우러져 분위기가 부쩍 살아났다.

유태일 감독이 촬영을 재개했다.

"레디, 액션!"

이도원이 만신창이가 된 김진우의 다리를 짓밟았다. 마침 지난번 싸움에서 허벅지를 총에 맞은 김진우가 비명을 질러댔다.

이도원은 시계 줄을 풀며 말했다.

"게임 셋이다, 이 지겨운 새끼야."

김진우가 엉금엉금 기다시피 쓰러진 책장으로 향했다.

이도원은 서두르지 않고 그 반응을 즐기며 천천히 뒤쫓았다.

"참 지랄한다, 지랄해."

그때였다.

쓰러져 있는 책장 밑에서 무언가를 꺼낸 김진우가 몸을 뒤집으면서 이도원을 겨누었다.

권총이었다.

"이런 씨……."

이도원의 표정이 삽시간에 굳었다.

그 순간.

타앙!

이도원은 멍한 표정으로 아래를 내려다보았다.

"너 이 새끼……."

그는 말을 잇지 못하고 비틀거리며 뒷걸음질을 쳤다.

김진우는 양손으로 권총을 다가가며 방아쇠를 당겼다.

탕, 타앙!

두 발의 총성이 더 울려 퍼지며 총구가 불을 뿜었다. 이도원은 어깨를 젖히고, 한쪽 다리를 뒤로 꺾으며 앞으로 고꾸라졌다.

실제 총을 맞은 듯 사실적인 액션을 보여준 이도원이 땅을 기며 간신히 말했다.

"자, 잠깐……."

한편 김진우는 이미 극도로 흥분한 상태였다.

"죽어! 죽어!"

김진우가 방아쇠를 연달아 당겼지만 총알이 떨어진 상태로 철컥, 철컥 소리만 났다.

　김진우는 총을 버리고 이도원이 놓친 야구 배트를 주워 들며 머리 위로 들어 올렸다.

　"내가 말했지?"

　자조적으로 물은 그가 눈물을 주르륵 흘렸다.

　많은 의미가 담긴 눈물을 흘리며 김진우가 말했다.

　"넌 내가 잡는다고."

　이도원은 힘겹게 몸을 돌려 큰 대자로 누워 웃음을 터뜨렸다.

　"하하… 하하하……! 컥……. 쿨럭, 쿨럭!"

　그는 눈동자만 들어 김진우를 올려다보며 말했다.

　"그래서? 쿨럭! 하하, 넌 다 잃었잖아… 이 미친 새끼……."

　"죽어! 죽어, 이 씨발 놈아!"

　김진우가 야구 배트를 내려쳤다.

　수십 차례 모션을 줬고 이쯤 되면 충분하다고 생각한 유태일 감독이 신호를 보냈다.

　"컷, 오케이!"

　김진우는 야구 배트를 내려놓고 이도원에게 손을 뻗었다.

　"고맙다, 아까 충고."

　"아닙니다."

　이도원이 대답하며 직접 몸을 일으켰다.

　그때 유태일 감독의 목소리가 들려왔다.

　"배우들 모니터링하세요."

　이도원과 김진우는 모니터로 가서 방금 촬영한 장면을 보았다.

이도원도, 김진우도 자연스러운 연기를 보여주며 장장 삼 일 간 촬영한 액션 씬을 훌륭히 소화해 냈다.

드디어 완성품을 건진 느낌이었다.

"도원이랑 진우, 모두 잘했어."

이도원은 홀가분한 표정으로 살짝 고개를 숙였다.

그에 비해 김진우는 무언가 찜찜한 얼굴이었다.

이도원은 호흡, 화술, 움직임, 남다른 인물 분석과 그때그때 적 응하는 연기 센스까지… 뭐 하나 빠지지 않았다. 그는 촬영 내 내 김진우에게 열등감을 느끼게 만드는 존재가 됐다.

김진우는 패배감만 남은 상태에서 이대로 촬영이 끝나는 게 마음에 들지 않았다.

* * *

촬영을 마친 이도원은 유태일 감독을 비롯한 스태프, 배우들 과 인사를 나누고 현장을 떠났다. 그는 마지막 김진우의 어두운 표정을 기억했다.

'뭔가를 느끼긴 했겠지.'

결론을 내린 이도원이 운전석의 오준식에게 물었다.

"오늘 스케줄 좀 말해줘."

오준식이 고개를 끄덕이며 대답했다.

"김홍수 기자와의 인터뷰가 있어. 그다음은 휴식."

"오랜만에 여유롭네."

이도원이 씩 웃으며 물었다.

"인터뷰 장소는?"

이도원이 탄 밴은 일전 김홍수를 만났던 장소인 집 근처의 '카페 360'으로 갔다.

오준식은 먼저 들어가기로 했고, 이도원은 혼자 카페 문을 열고 들어섰다.

카페 아르바이트생이 "어서 오세요!" 인사를 하려다 자기 입을 막았다. 예전에는 미처 모르고 지나쳤지만 지금은 이도원을 모르려야 모를 수가 없었다. 대박 드라마 〈시간아! 돌아와〉 주연을 했고 여섯 개가 넘는 광고를 찍었기 때문이다.

한편 김홍수는 자리에서 일어나 반가운 낯으로 말을 걸었다.

"오랜만입니다. 그간 대단한 활약을 보여주셨더군요. 어찌나 바쁜지 얼굴 보기가 힘들었어요."

"제가 요새 〈악마의 재능〉 촬영 때문에 정신이 없었습니다."

이도원이 머쓱하게 웃으며 맞은편에 앉았다.

김홍수는 흔쾌히 고개를 끄덕이며 물었다.

"음료는 뭐로 하시겠습니까? 아직도 달달한 자몽이나 모카십니까?"

"워낙 아이 입맛이라서. 오늘은 제가 대접하죠."

이도원이 빙그레 웃으며 말했다.

김홍수 기자는 이도원이 기획사가 없던 시절부터 인연을 맺은 사람이었다. 두 사람은 첫 만남처럼 편안한 환경에서의 인터뷰를 원했다. 따라서 사적인 느낌이 강했고, 김홍수도 사양하지 않았다.

"알겠습니다. 그럼 염치불구하고 더치커피로 마시겠습니다."

"하하, 알겠습니다."

이도원은 가볍게 웃으며 대답한 뒤 주문을 하러 갔다.

여대생쯤으로 보이는 아르바이트생은 얼굴이 온통 빨갛게 물들어서 주문을 받았다.

'완전 멋있어!'

속마음이 표정에 그대로 나타났다.

그녀는 이도원이 메뉴를 주문하는 동안 싸인을 받을까 수차례 고민했지만 결국 용기를 내지 못하고 펜과 종이 대신 진동 벨을 내밀었다.

"감사합니다."

부드럽게 웃은 이도원이 자리로 돌아가 앉았다.

김홍수는 이미 카메라와 노트북을 모두 장치한 뒤였다.

"오늘은 인터뷰를 먼저 따고 사진을 찍을게요."

"네, 편한 대로 하시죠."

이도원이 대답했고, 고개를 끄덕인 김홍수가 말했다.

"편하게 오랜 친구를 만나는 기분으로 응해주시면 됩니다. 저도 그런 분위기가 좋고요."

그는 첫 질문을 던졌다.

"얼마 전 〈시간아! 돌아와〉가 종영됐는데요. 케이블 드라마지만 폭발적인 대중성까지 가진 작품이었습니다. 전과 비교해 사람들의 달라진 반응을 느끼고 있나요?"

이도원은 잠깐 생각하다 미묘하게 웃었다.

"지금도 한창 촬영 중이기 때문에 인지도를 감지할 기회가 잘 없어요. 인터넷으로 확인을 하면서도 긴가민가했습니다. 여기 종업원이 절 알아보는 걸 보고 처음으로 느끼네요. 어쨌든, 〈시간아! 돌아와〉의 '최정우'가 제게 이름을 알릴 기회를 준 것만은 틀림없다고 생각합니다."

김홍수가 고개를 끄덕이며 다음 질문을 했다.

"유태일 감독님과는 〈우리의 심장〉에서부터 인연이 깊었는데요. 유태일 감독님의 이번 차기작 〈악마의 재능〉 섭외에는 어떤 과정이 있었나요?"

이도원이 생각을 정리한 후 대답했다.

"제가 전역했다는 소식을 듣고 감독님께서 연락을 주셨죠. 〈우리의 심장〉도 제게는 워낙 뜻깊은 작품이기 때문에, 엄청난 기회라는 생각이 들었어요. 그리고 시나리오를 본 후 확신했죠."

고개를 끄덕인 김홍수 기자가 물었다.

"이도원 씨는 계속 신인들과 호흡을 맞추고 있는데 대단한 내공을 가진 선배들과 작업하고 싶은 욕심이 들지는 않나요?"

이도원이 잠시 사이를 두고 웃으며 말했다.

"당연히 들죠. 그래도 조연으로 참여하신 선배님들을 보면서 많이 배울 수 있었어요."

그때 진동 벨이 울렸다.

김홍수는 주문한 음료를 가져와 앞에 두고 곧장 인터뷰의 흐름을 되찾았다.

"〈악마의 재능〉에선 영화계의 '떠오르는 해'라고 해도 과언이 아닌 두 분이 투톱 체제로 방향키를 잡았죠. 이도원 씨와 김진우 씨. 두 분이 함께 연기 호흡을 맞췄을 텐데, 아무래도 함께 이름이 오르락내리락하는 또래 배우들이다 보니 남다른 긴장감도 있었을 것 같습니다."

"음."

이도원은 김진우를 떠올리며 살짝 웃었다.

"네, 맞아요. 그런 건 있었지만, 전 그렇게 잘하려는 생각은 안 했어요. 서로 감독님의 디렉션에 더 집중했던 것 같고요. 감독님이 조율을 잘해주서 그런지 서로 눈치를 보거나 잘해야겠다는 부담을 가지기보다는 항상 기분 좋은 설렘이나 긴장감이 들었습니다."

고개를 끄덕인 김홍수가 화제를 돌렸다.

"이번 〈악마의 재능〉에서 살인범 역할을 했다고 들었는데, 〈악마의 재능〉을 촬영하면서 가장 힘들었던 점은 뭐였나요?"

이도원은 약간 찡그린 표정으로 대답했다.

"첫째는 연쇄살인범 역할을 하면서 지금까지의 이미지가 아닌, 조금 더 입체적이고 자연스러운 인물을 만들려고 노력을 했어요. 그 과정에서 정신적으로 많이 피폐해졌던 것 같습니다. 저뿐만 아니라 함께 작업한 모두가 많은 고생을 했던 작품이라고 생각해요. 특히 스태프들이 고생을 했습니다. 그중 숨 가쁜 추격 씬이 있는데, 여기선 카메라감독님과 스태프들이 미리 수차례 뛰면서 호흡을 맞추고 배우가 투입됐죠. 배우가 뛰면 스태프 열 명이 함께 뛰는 거예요. 그 외에도 여러 가지 비하인드 스토리가 있지만 영화를 보셔야 하니 현실감을 살리기 위해 많은 노력을 기울인 영화라는 정도만 생각하고 봐주셨으면 합니다."

"무릎 부상도 당했다고 들었습니다."

"가벼운 찰과상이었습니다. 살짝 긁힌 정도죠."

고개를 끄덕인 김홍수가 이도원에게 물었다.

"이제 당분간은 쉬셔야죠?"

"일단 영화 홍보 일정을 끝내야겠죠. 그다음 일정은 차후 말씀드리겠습니다."

"바로 차기작에 들어가실 예정인가요?

김홍수는 조금 놀랐다.

대부분 강행군을 한 뒤에는 휴식기를 가지게 마련이다.

작품 하나를 끝내면 허탈한 기분과 함께 무기력증이 찾아오기 때문이다.

배우에게 어떤 캐릭터를 받아들이는 과정보다 힘든 것은 그 캐릭터를 완전히 내보내는 일이었다. 그 점을 떠올린 김홍수가 덧붙여 물었다.

"지금도 눈코 뜰 새 없이 바쁜 스케줄을 보내고 있는 것으로 알고 있는데, 원래 스스로를 좀 몰아붙이는 스타일인가요?"

"글쎄요."

이도원이 말을 이었다.

"물 들어올 때 노 젓는다는 느낌이죠. 기회가 왔을 때 누려야 한다는 걸 뼈저리게 깨달았던 적이 있거든요."

김홍수는 내심 고개를 저었다.

'저게 이십 대 초반이 할 소린가? 젊은 스타들은 대부분 빠르게 쌓아 올린 부와 유명세를 즐기게 마련인데.'

김홍수는 많은 스타와 인터뷰를 해본 경험이 있었다.

이도원이 기존에 인터뷰를 했던 신예들과 다른 점은 지금 유명세를 막 실감한 상태임에도 침착하고 한결같은 태도를 유지한다는 사실이었다. 이도원은 어린 나이에도 영리한 모습을 가진 배우였다. 그의 행보를 조사하다 보면 작품이나 인생의 방향성에 있어서도 탁월한 선택을 해왔다는 것을 알 수 있었다. 단순히 운이 좋은 건지, 아니면 지혜로운 건지 애매했지만 그 성과는 폭발적인 반응으로 돌아왔다.

김홍수가 말했다.

"광고 촬영도 아니고 영화를 연달아 찍는 건 심신에 많은 부담이 가지 않나요?"

이도원은 씩 웃으며 대답했다.

"그래도 계속해야죠. 뭐든 안 쓰면 녹이 스는 법이니까요."

이도원은 아직 가시지 않은 〈시간아! 돌아와〉 인터넷 반응을 감상하며 오준식의 밴을 타고 이동 중이었다.

그들은 고급 뷔페 〈스뉩〉에서 열리는 종방연에 참여하러 가고 있었다. 아역 배우들이 있었기에 1차는 뷔페에서 하기로 되어 있는 것이다.

운전석에서 오준식이 말을 걸었다.

"진짜 드라마 하는 동안 바빠서 그런가, 시간 엄청 빠르네. 리딩했을 때가 엊그제 같은데 벌써 종방하고 쫑파티라니."

"그러게 말이다. 차가 왜 이렇게 막혀?"

이도원은 꽉 막힌 교통 상황을 보고 눈살을 찌푸렸다.

오준식이 피식 웃으며 대답했다.

"괜찮아, 아직 시간 넉넉해."

이도원은 불쑥 신경질적으로 물어본 것이 미안해졌다.

일반인은 많아봐야 일 년에 평균 2만 킬로를 달린다. 반면 연예인들은 일 년에 평균 6만 킬로 이상을 달리고, 운전은 모두 매니저가 한다. 매니저들은 사생활이 없다시피 일할뿐더러 담당 연예인의 기분까지 모두 감당해야 하는 것이다.

예전 뉴스 기사에서 봤던 통계를 떠올린 이도원은 말을 돌렸다.

"내가 전부터 생각했던 건데 말이야. 조만간 너희 할머님이랑 동생들 모시고, 우리 어머니랑 누나도 함께 가족 파티라도 할까?"

"시간이 허락하는 한해서 좋지."

오준식이 빙그레 웃으며 대답했다.

이런저런 이야기를 하는 동안 두 사람은 어느새 종방연 장소에 도착했다.

두 사람이 주차장에서 엘리베이터를 타고 올라가자 이미 대부분이 먼저 도착해 있었다.

이도원과 오준식은 김수려가 앉아 있는 테이블로 잠입했다.

"왔어?"

김수려가 목소리를 잔뜩 낮추고 물었다.

이도원이 민망한 듯 웃으며 고개를 살짝 끄덕였다.

그때 앞에 나가서 사회를 보던 민영기 조연출이 이도원을 발견하고 말했다.

"우리 주인공 '정우'가 오늘의 지각생이군요! 벌칙으로 노래 한 곡 부르시고… 먼저 우리 드라마 〈시간아! 돌아와〉의 모든 것이라고 할 수 있는 대본을 만들어주신 김미정 작가님, 그리고 연출하신 정용주 PD님을 모셔서 종방 소감을 듣도록 하겠습니다."

박수가 나왔고 김미정 작가가 앞으로 나가 마이크를 잡았다.

"여러분 안녕하세요. 〈시간아! 돌아와〉의 극본을 쓴 김미정 작가입니다."

다시 박수가 쏟아졌고 김미정 작가가 나긋나긋한 음성으로 말을 이었다.

"먼저 좋은 배우들을 섭외하고 〈시간아! 돌아와〉를 성공적으로 연출해 주신 정용주 프로듀서님께 감사드립니다. 그리고 시청률 상승에 가장 큰 탄력을 준 '정우' 역할의 이도원 씨……."

웃음이 터졌다.

김미정 작가가 덧붙였다.

"…'수연' 역할의 김수려 씨, 감초 역할을 톡톡히 해준 조연 배우들과 귀여운 아역들까지… 모두 감사합니다. 여러분이 있어 〈시간아! 돌아와〉가 성공할 수 있었습니다. 감사합니다."

그녀가 들어가자 정용주 프로듀서가 나와 비슷한 인사말을 했다. 식탁에 둘러앉은 주조연 배우들도 각자 한마디씩 돌아갔다.

가장 먼저 말해야 할 이도원은 지각을 하면서 자연스럽게 마지막 순번에 노래까지 하기로 정해진 상태.

김수려 차례에, 그녀가 말했다.

"먼저 좋은 작품을 써주신 김미정 작가님과 훌륭한 연출을 해주신 정 감독님께 감사 인사를 드립니다. 그리고 개인적으로… 제가 연예계 생활을 다시 시작할 수 있게 해준 〈시간아! 돌아와〉라는 작품에 대한 애착이 각별하고, 앞으로도 많이 생각날 것 같아요. 무엇보다 제 파트너인 이도원 씨가 멋진 분이라서 많이 배울 수 있었고, 재밌고 보람차게 촬영을 했습니다."

겉치레가 없을 순 없겠지만 이어진 배우들도 저마다 조금씩 속내를 드러내며 감동을 전했다.

한편 이도원은 타 배우들의 칭찬을 한 몸에 받는 와중에도 심호흡을 하며 곤란한 표정을 짓고 있었다.

'노래라니?'

이도원은 무슨 노래를 불러야 할지 감이 잡히질 않았다. 이런 파티 분위기에서 입시 때나 불렀던 슬픈 뮤지컬 노래를 열창할 수도 없지 않은가. 어쩔 수 없이 이도원은 휴대폰을 들고 신나는 곡을 찾았다.

곁에서 오준식이 불난 집에 부채질을 하였다.

"화이팅!"

*   *   *

마침내 마지막인 이도원의 차례가 왔다.

민영기가 짓궂게 웃으며 말했다.

"오늘 지각한 벌칙으로 우리 드라마의 주역인 이도원 씨의 노래를 들어보도록 하겠습니다."

그 말에 사람들이 웃으며 환호성을 날리고 박수를 보냈다.

이도원은 엉거주춤하게 일어나 바로 서서 휴대폰 액정을 보았다. 그곳에는 유명한 뮤지컬 〈렌트〉의 'Season of love' 가사가 떠 있었다. 결국 선택한 곡이 입시 때 후보로 놓고 고르던 여러 작품 중 하나였다. 일단 밝은 분위기를 가진 발랄한 느낌의 곡이었기에 종방연 분위기와도 잘 맞았다.

이도원은 앞으로 나가서 눈을 감고 호흡을 골랐다.

드라마 〈시간아! 돌아와〉의 음악감독을 맡았던 작곡가 조용현은 현장에서 음향 관련 장비를 총괄하는 음향감독과 달리 드라마 방영 기간 동안 일을 맡아 OST나 BGM을 감독하는 역할을 했다. 그리고 우연히 스케줄이 맞아 평소 참여하지 않던 종방연에 오게 된 길이었다.

스태프들이나 배우들과 안면이 없어 지루하게 앉아 있던 조용현은 주연 배우가 노래를 부른다는 말에 흥미가 생겼다.

'노래 좀 하는 배우가 많지.'

은근한 기대감이 들었다.

휴대폰에서 반주가 사십 초쯤 흘러나왔을 때.

호흡을 고르던 이도원이 입을 열었다.

"오십이만 오천육백 분의 귀한 시간들. 우리들 눈앞에 놓인 수많은 날."

톡톡 튀는 반주와 이도원의 목소리가 어우러지기 시작했다. 힘을 빼고 부르는 아름다운 소리가 청중의 귀를 쫑긋 세웠다.

"오십이만 오천육백 분의 귀한 시간들. 어떻게 재요, 일 년의 시간."

경쾌하고 맑은 목소리가 장내에 울려 퍼졌다.

"날짜로, 계절로, 매일 밤 마신 커피로. 만남과, 이별에 시간들로. 그 오십이만 오천육백 분의 귀한 시간들. 어떻게 말해요, 산다는 것을."

이도원은 가사를 이어갔다.

"그것은, 사랑. 그것은, 사랑. 그것은, 사랑. 사랑으로. 느껴봐요. 소중하고. 아름다워."

다음은 클라이맥스였다. 원곡이라면 합창에서 여성 솔로로 들어가는 부분.

이도원은 가사를 전부 편곡해 전보다 한 음 높여서 불렀다.

"오십이만 오천육백 분의 귀한 시간들. 우리들의 눈앞에 놓인 수많은 날들. 오십이만 오천육백 분의 귀한 시간. 어떻게 설명해요 행복하다는 것을."

자리의 모든 배우와 스태프의 뇌리로 현장의 기억들이 생생하게 떠올랐다. 고생스럽기도, 즐겁기도 했던 만큼 다들 가슴이 달아오르고 눈시울이 붉어졌다.

이도원은 감성을 자극하는 목소리로 노래를 이어나갔다.

"깨달은 진실로, 웃었던 그 순간들로, 스쳐 간 인연들로, 지금 기억으로."

장내를 꽉 채운 목소리가 천장을 뚫을 듯 솟아올랐다.

"다 함께, 시작해. 우리 같은 맘으로. 자, 우리들이 함께한 세 달을 기억해. 기억해요, 사랑. 기억해요, 사랑. 기억해요, 사랑. 영원토록 기억해요."

이도원은 도돌이표를 생략하고 짧게 부른 노래를 끝마쳤다.

"여기까지 하겠습니다."

다들 뜨거운 박수갈채를 보냈다.

잠시 울컥했던 민영기가 목소리를 고르며 말했다.

"아, 음. 벌칙이라기에는 너무 훌륭한 노래였습니다. 우리가 함께한 시간들을 떠올리게 해주신 데 감사의 마음을 전합니다."

그를 보던 음악감독 조용현은 닭살이 돋은 팔을 감싸고 있었다.

'이런 자리에서 잠깐 부른 곡의 호소력이 무슨……'

〈렌트〉의 'Season of love'은 너무나 잘 알려진 곡이었다. 원래는 합창이며 중간 남녀 파트가 각각 솔로가 들어가는 곡이다. 반면 이도원은 자신의 음역대를 정확히 알고 처음부터 끝까지 솔로로 훌륭히 소화했을뿐더러 이 곡이 가진 매력을 제대로 발산했다.

조용현은 이도원이 무대에서 노래를 부르는 모습이 저절로 상상됐다.

'김칫국일지도 모르지만, 재능과 실력 모두 이대로 썩히기는 아깝다.'

그의 솔직한 판단이었다. 발성법에는 다소 차이가 있었지만, 요즘 가수 중에도 이도원만큼 울림이 있는 발성이 뒷받침되는 이는 드물었다. 뮤지컬 배우를 기준으로 삼아도 비교할 만한 상대가 많지 않을 것 같았다. 그래서 절로 아까운 마음이 드는 것이다.

'문제는 내가 지금 프로듀싱을 안 한다는 건데……'

조용현은 머릿속으로 프로듀서로 활동하고 있는 지인들을 찾아봤지만 당장 떠오르는 얼굴이 없었다.

그는 일단 연락처라도 받아둘 생각으로 자세를 낮추고 배우들이 앉은 테이블로 가서 물었다.

"전 이번 드라마의 음악을 맡았던 작곡가 조용현이라고 합니다. 혹시 이도원 씨 매니저 계십니까?"

오준식이 손을 들며 물었다.

"접니다."

"반갑습니다. 이건 제 명함이고⋯⋯."

조용현은 안주머니에서 명함을 꺼내 건넸다.

오준식이 얼결에 받자 그가 말을 이었다.

"이도원 씨의 노래, 신선했습니다. 자세한 얘기는 나중에 한번 뵙고 논의하도록 하죠."

"아, 예⋯⋯."

오준식은 얼떨떨하게 대답하며 자신도 얼른 명함을 주었다.

명함을 받은 조용현이 고개를 살짝 숙이며 말했다.

"따로 연락드리겠습니다. 그럼 이만."

조용현은 바람처럼 왔다가 바람처럼 사라졌다.

오준식이 그제까지 어안이 벙벙한 표정으로 있는데, 자리로 돌아온 이도원이 물었다.

"누구야?"

"아, 작곡가 조용현이라고 하던데."

오준식은 떨떠름한 목소리로 말을 이었다.

"네 노래가 신선하다고 명함 받아 갔어."

이도원은 고개를 갸웃하며 피식 웃었다.

"그래?"

그는 대수롭지 않게 넘겼다.

오히려 함께 있던 김수려가 고개를 저으며 말했다.

"대중들에게 알려지진 않았지만 꽤 유명한 분이야. 여러 OST 편곡은 물론 각종 CF, 예능, 드라마, 연주회에 삽입되는 음악들도 직접 작곡하셨고."

"그래요?"

이도원이 의외란 듯 물었다. 그는 영화나 드라마 제작 과정 이면에서 활동하는 음악감독이 하는 일에 대해서는 문외한이었기 때문에 신기한 눈치였다.

어려서 아역 배우부터 활동을 해왔던 김수려는 이도원보단 아는 것이 많았기에 친절하게 설명을 해주었다.

"이번에는 딱히 노래하는 장면도 없고 해서 음악감독님과 직접 뵐 일이 없었지만, 지금 순위에 있는 우리 드라마 OST도 모두 그분이 선택하고 편집하신 거야."

"그렇군요."

이도원은 고개를 끄덕였다. 그러나 여전히 궁금증은 남아 있었다.

"차라리 가요계 기획사 관계자라면 이해가 갈 텐데 작곡가가 왜 제 번호를 받아 간 걸까요?"

"네 재능이 아까웠겠지. 그쪽 계통 사람끼리는 또 서로 통하니까."

김수려는 빙그레 웃으며 덧붙였다.

"원래 종방연에 잘 안 오실 텐데 운이 좋았네."

노래를 잘 부른다고 명함까지 받아 갔으니 이도원은 기분이 좋았다. 그는 뿌듯하게 웃으며 관심을 거뒀다.

종방연 1차는 뷔페에서 간단한 식사를 했다.

식사 자리가 끝나자 성인인 스태프나 배우들이 원하는 2차 술자리로 이동했다.

장소는 인근의 고깃집이었다.

오준식이 차 안에서 말했다.

"아오, 배불러. 조금만 먹었어야 했는데 배고프다고 막 집어먹었더니 장이 가득 찼다. 고기는 또 어떻게 먹냐? 참, 그리고 네 스타일리스트 배정됐어."

지금까진 현장에서 스타일링을 받았기 때문에 따로 배정된 스타일리스트가 없었다. 하지만 이제는 본격적인 활동을 하기 시작했으니 스타일리스트가 필요한 것이다.

엄연히 말하면 사실 이것도 좀 늦은 감이 있었다.

이도원이 씩 웃으며 물었다.

"기대해야 하는 거 맞지? 실력 있는 스태프로 뽑는다고 배우 관리팀에서 동분서주했다던데."

"헬스나 연기 트레이너도 최고로 배정된 거더라고. 그렇잖아도 우리 회사가 배우의 환경 조성에 신경을 쓰는 편이다 보니 아무래도 스태프 대우가 좋은 편이야. 이번에 배정된 스타일리스트의 실력은 당연한 거고, 우리보다 연상인데도 엄청 귀염상이라더라."

오준식은 실실 웃었다.

이도원이 짓궂은 미소를 지으며 물었다.

"네 생각이 훤히 보인다."

오준식은 부정하지 않고 고개를 주억거렸다.

"너보다 나와 함께하는 시간이 많지. 너 촬영할 때도 나랑 함께 대기할 테고. 동변상련이라고, 뭔가 찐하게 통하지 않겠냐?"

"찐하긴 개뿔이."

이도원은 피식 웃으며 대답했지만 마음 한편으로 좋은 소식이 있길 기대했다.

두 사람은 괜한 설레발을 주거니 받거니 하며 고깃집에 도착했다.

고깃집에 들어가자 자리가 모두 세팅돼 있었다.

배우들은 안내를 받아 룸 형식의 예약석으로 갔다.

이도원과 김수려가 나란히 앉고 그 맞은편에 조연 배우들이 나란히 앉았다.

처음에는 감정적으로 줄타기를 했지만 〈시간아! 돌아와〉를 촬영하며 많이 가까워진 '기태'역의 주조연 유석연이 먼저 말을 붙였다.

"정말 촬영하면서 많이 놀랐다. 나보다 훨씬 어린 후배 배우 중에 이렇게 눈에 확 들어오는 인재가 있을 줄은 상상도 못 했거든. 수려 팬으로서 수려랑 키스씬 찍을 때 마음이 쓰리긴 했지만."

유석연이 김수려를 보며 짐짓 울상을 지었다.

이도원은 빙그레 웃으며 대답했다.

"연기는 연기일 뿐이죠."

"너 말 참 서운하게 한다?"

김수려가 이도원의 팔을 툭 밀었다. 다른 배우들이 웃음을 터뜨렸다.

단역으로 연결 씬에서 여러 번 등장했던 윤상욱이 열심히 물을 채우며 말했다.

"여러 형님, 누님이랑 촬영을 해서 얼마나 좋았는지 몰라요. 특히 도원이 형님은 죽여줬죠. 매번 연기를 예술로 승화시키는 걸 보고 있노라면 정말, 크⋯⋯."

연습생 시절을 제외하면 이 자리에서 윤상욱이 나이나 경력으로 봤을 때 가장 막내였다.

그는 호들갑을 떨며 다른 선배들 띄우기에 여념이 없었다. 기쁜 날이었기에 결과적으로 분위기를 업시키는 데 한몫했다.

그때 정용주 PD와 민영기 조연출이 줄지어 들어섰다.

"아아, 다들 일어나지 마세요. 작가님은 오늘 일이 있다고 먼저 가셨습니다."

정용주가 일어나려는 배우들을 도로 앉히며 김미정 작가의 부재를 알렸다.

뒤따르던 민영기가 이도원의 귓가에 속삭였다.

"다음 작품 나오면 연락할 테니 함께하자고 너한테 전해달라더라."

그 말을 엿들은 김수려가 옆에서 고개를 절레절레 저었다.

"정말 방송계나 영화계에서 블루칩이 됐네? 보는 사람마다 러브콜을 보내니……."

이도원은 머쓱해졌다.

그 역시 갑작스럽게 쏟아진 관심과 칭찬이 아직 적응되지 않은 상태였다.

"좀 당황스럽네요, 부담도 되고요."

김수려가 그의 등을 두드렸다.

"너무 걱정하지 마. 한순간에 이루어진 것처럼 보여도 모두 네가 쌓아 올린 공든 탑이잖아? 넌 실력도 되고, 원래 겸손한 성격 같으니까, 무너질까 봐 미리 염려하는 것보다 적당히 즐기길 바라."

"고마워요, 선배."

이도원은 살짝 고개를 숙였다.

김수려는 입술을 삐죽이 내밀고 말했다.

"이제는 말 좀 놔도 되지 않나? 처음부터 끝까지 거리를 두네, 아주!"

"하하, 알겠어요."

이도원은 웃으며 대답했다. 그는 이어 센스 있게 주류를 가장 먼저 오픈했다.

그리고 정용주, 민영기, 각 분야 감독들, 배우들 나이순으로 잔을 채웠다.

배우들이 일제히 시선을 집중하며 정용주에게 말했다.

"감독님. 한 말씀 하시죠."

중구난방으로 건배 제의 요청이 쏟아졌다.

정용주는 잔을 들더니 짧게 말했다.

"이번 작품은 제 인생작 중 하나가 될 것 같습니다. 어차피 여기 있는 여러분과 또 보게 될 테니 긴말은 않겠습니다. 모두들 수고하셨고, 앞으로 승승장구하길 바랍니다. 건배는 '사랑합니다' 로 하죠."

"사랑합니다!"

모두들 잔을 부딪쳤다.

한 사람씩 돌아가며 잔을 채우고 건배 제의를 했다.

한차례 순번이 돌자 다들 이미 취기가 올랐다.

이도원은 잠시 바람을 쐬러 밖으로 나갔다.

눈치를 보던 윤상욱이 얼른 담배를 챙겨 뒤따라 나왔다.

"형님!"

윤상욱이 밝게 외치며 담배를 권했다.

이도원은 손을 내저었다.

"나 담배 안 펴."

"연기도 잘하고 겁나게 잘생긴 분이 비흡연자라니! 반칙이네요. 여자들이 좋아하는 요건을 다 갖추셨습니다."

칭찬이 입에 밴 윤상욱은 잔뜩 취기가 오른 표정과 말투로 떠들었다.

"그나저나 〈악마의 재능〉 촬영도 많이 진행됐다고요? 유태일 감독님 스타일이 빡센 부분부터 찍는다고 하시던데… 얼마 전에 진우 형이랑 한잔했거든요. 형님 파트너로 출연한 김진우요."

"그래?"

이도원이 추임새를 넣자 그는 고개를 주억거리며 말을 이었다.

"진우 형도, 형님이 연기를 너무 잘하니까 신경이 많이 쓰이나 보더라고요. 형님 얘기만 주구장창 하는 것도 그렇고……."

"그렇군."

이도원 입장에선 별 신경 쓸 일이 아니었다.

그런 마음을 읽었는지, 아니면 우연인지 윤상욱이 부탁조로 말했다.

"진우 형도 알고 보면 사정이 안 좋아요. 자존심이 세고 좀 까칠해서 그렇지 나쁜 사람도 아니니까 오해하지 마셨으면 해요. 자세한 사정이야 말 못하지만, 잘 풀리려고 할 때마다 자꾸 막는 사람이 있거든요. 그 비주얼이랑 연기력으로 아직 변변한 작품을 못 한 것도 그런 이유고요. 그래서 온갖 수단과 방법을 다 동원할 수밖에 없는 거고……."

그 말을 들은 이도원은 장례식장이 떠올랐다.

김진우의 아버지란 사람이 서자인 김진우의 앞길을 막으려고 안달이 나 있었다.

그러나 이도원은 이 모든 것을 신경 쓸 마음이 조금도 없었다.

'나쁜 사람이 아니라고?'

김진우는 전생에 원한도 없는 이도원을 살인 교사했다.

그 어떤 변명을 듣든지 간에 김진우에 대한 분노는 수그러들 수 없었다. 어떻게 자신의 삶을 송두리째 앗아간 자를 용서할 수 있을까?

이도원은 몸을 돌렸다.

"다 피고 들어와. 먼저 들어간다."

그 말을 듣는 순간 윤상욱은 술이 확 깨는 기분이었다.

비수가 심장을 파고드는 느낌을 줄 만큼 서늘한 목소리였기 때문이다.

아직 쌀쌀한 날씨가 더욱 차갑게 다가왔다.

윤상욱은 담배를 끄며 고개를 갸웃했다.

'내가 모르는 뭔가가 있는 것 같은데……'

그는 영영 풀리지 않을 의문을 품었다.

*   *   *

쫑파티는 3차 호프집까지 계속됐다.

이도원은 세 달 만에 김수려를 누나라고 부르게 됐고, 다른 배우들과도 서로 휴대폰 번호를 교환했다.

스태프들을 통해 연예계의 이런저런 속사정도 들을 수 있었다. 그중에는 함께 작업하기 편했던 배우와 무서웠던 배우에 대한 일화들도 있었다.

아예 끔찍했던 배우들에 대한 말은 아꼈다. 연예계는 좁았기에 괜히 누구 뒷담을 했다가 소문이 돌고 돌아 당사자 귀에 들어갈 수 있었기 때문이다. 그리되면 서로 좋은 꼴을 보게 되진 않을 것이다. 어찌 됐든 이도원은 이번 기회에 배우와 스태프를 가리지 않고 어울리며 여러 새로운 이야기들을 접할 수 있었다.

'항상 소문을 조심해야겠어.'

배우들이 현장에서까지 괜히 이미지 관리를 하는 게 아니었다. 연예계는 후문이 많은 곳이었다.

이도원은 새삼 느끼며 마지막까지 남아 인사를 나눴다.

모두가 떠나고 나서야 긴장이 풀린 듯 살짝 비틀대는 그를 오준식이 부축했다.

"어이쿠, 많이도 마셨네."

"정신은 멀쩡해."

이도원은 정수리를 손가락으로 톡톡 건들며 대답했다.

한편 끝까지 술을 자제한 오준식은 새벽 세 시쯤 이도원을 집 앞에 내려주고 돌아갔다.

이도원은 바로 집으로 들어가지 않고 아파트 단지를 산책했다.

그때 단지 내의 24시 편의점이 눈에 띄었다.

'아이스크림이나 먹어야지.'

이도원은 편의점에 들어갔다.

편의점에서 야간 아르바이트를 하고 있던 학생이 휴대폰 화면에서 눈을 떼지 않고 인사를 건넸다.

"어서 오세요."

그는 드라마를 보는 중이었다. 이미 종영됐음에도 끊임없이 화제가 되고 있는 〈시간아! 돌아와〉였다.

무심코를 고개를 들었을 때, 이도원이 아이스크림을 고르고 있었다.

'닮은 사람인가?'

옆모습밖에 보이지 않았기에 아르바이트생은 고개를 갸웃했다. 자신의 일터에 손님으로 온 사람이 '배우 이도원'일 줄은 상상도 못 했다.

이곳은 연예인이 많이 산다는 몇몇 동네의 아파트도 아니었다.

'에이, 설마.'

그때 이도원이 메론 맛 아이스크림을 하나 골라 들고 카운터 앞에 섰다.

딱 정면으로 마주친 아르바이트생은 이도원의 얼굴과 가로로 세워놓은 휴대폰 화면을 번갈아 보았다. 그는 이내 눈을 휘둥그레 뜨고 믿을 수 없다는 듯 중얼거렸다.

"어어… 이도원 씨?"

이도원은 멋쩍게 웃으며 대답했다.

"예, 맞습니다."

"이… 이 아파트 사세요? 저도 여기 사는데……."

"그렇군요. 그나저나 계산 좀……."

이도원은 카운터에 올려둔 아이스크림을 눈짓했다.

아차 싶은 아르바이트생이 바코드를 찍으며 눈을 끔뻑댔다.

그는 슬로비디오처럼 천천히 움직이며 이도원의 얼굴을 힐끔거렸다. 마음속으로는 끊임없이 고민을 하고 있었다.

에라, 모르겠다 싶어 그가 말했다.

"저, 죄송한데 싸인 좀 해주시면 안 될까요?"

"물론 되죠."

이도원은 아이스크림 비닐을 까며 서 있었다.

아르바이트생이 급히 펜과 종이를 꺼내주었다.

이도원은 싸인을 하고, '2020년 행복하세요'라고 적었다.

"감사합니다!"

아르바이트생의 인사를 들은 이도원은 빙긋 웃으며 화답했다.

"고마워요, 그럼."

딸랑.

이도원은 편의점을 나와 아이스크림을 입에 물고 걸었다.

아직 다소 쌀쌀한 날씨였지만 술도 깨고 기분도 좋았다.

독백 대회를 준비할 때가 엊그제 같은데, 지금은 지나가다 들른 편의점 아르바이트생이 알아볼 만큼 유명세를 타고 있었다.

'내 인생의 전환점이로군.'

이도원은 고개를 들어 하늘을 바라보았다.

지금이야 승승장구를 하고 있더라도 사람 인생은 한 치 앞을 모르는 법이다.

특히 배우에게 인기란 놈은 들불처럼 일었다가 한순간에 수그러들기도 한다. 이도원은 지금 자신이 험난한 여정의 초입에 서 있다고 생각했다.

"나는 내가 꿈꾸던 배우가 될 수 있는 초석을 다졌다."

이도원은 지금까지 걸어온 길을 간단히 평했다.

초석을 다진 지금을 발판으로, 어떤 배우가 될지는 모두 앞으로의 행보에 달려 있었다.

'일단 내가 할 수 있는 최선은 〈악마의 재능〉을 무사히 마치고 차기작으로 선정한 〈투사〉를 무사히 흥행 가도로 올려놓는 것.'

〈투사〉의 실패 요인은 명확했다.

어떤 문제로 인한 여주인공의 침몰. 그로 인해 관객들은 몰입에 지속적인 방해를 받았고 작품 자체도 평가절하됐다. 왜 중간에 배우를 교체하지 않았는지, 다시 찍지 않고 그대로 작품을 내보냈는지 지금까진 아무것도 알 수 없었다.

'이후로 시대의 명장이었던 정윤욱 감독은 더 이상 작품 활동을 하지 않았다. 반면 여주인공을 제외한 다른 배우들은 오히려 각광을 받았었지. 대체 그들 사이에 무슨 일이 있었던 걸까?'

이 작품을 할지 말지에 대해 많은 고민을 했던 이도원이었지만, 과감한 결정을 내린 데에는 한 가지 명확한 이유가 있었다.

배우에게 가장 큰 행복은 좋은 작품과 캐릭터를 연기하는 일이기 때문이다.

그런 의미에서 〈투사〉는 배우로서 충분히 탐나는 시나리오를 가진 작품이다.

캐릭터 역시 보기 드물 정도로 완성도가 높고 매력적이었다. 이도원은 무슨 일이 있더라도 이번만큼은 반드시 작품을 살리고 싶다는 욕심이 들었다.

'성공한다면 다른 작품을 수십 편 하는 것보다 더 큰 보람과 성과를 얻을 수 있을 거야. 이 영화가 잘 나온다면 끊임없이 사

랑받을 명작이 탄생할 수 있어.'

흔히 한 사람이 세상을 바꾸는 건 불가능하다고 생각하듯이 배우 하나가 침몰하는 영화를 되살릴 수는 없다는 게 보편적인 생각이었다. 하지만 반대로 생각하면, 그럼에도 세상을 바꾸는 사람이 있듯이, 배우 하나가 침몰하는 작품을 회생시킬 동력을 만드는 일이 가능할 수도 있다는 의미가 된다.

이도원은 어쩌면 지금이 혼자 연기를 잘하는 배우를 넘어서, 동시에 영화 자체의 윤활유 역할을 해줄 수 있는 배우로 거듭날 수 있는 기회가 될 수 있다고 본능적으로 느꼈다.

'실패를 각오하지 않고는 성장할 수 없다.'

이도원은 잠시 멈췄던 걸음을 뗐다.

촬영 스케줄이 빡빡할수록 시간은 빠르게 흘렀다.

제작비 35억에 총 85회 차.

악조건 속에서도 〈악마의 재능〉 촬영은 강행됐다.

여건이 안 되는 상황에서 매 순간 스태프들이 고생했지만, 유태일 드림팀은 '여건이 안 되니까 안 되는 영화를 만들자'라는 합리화 따위는 하지 않았다. 여건이 안 된다고 해서 영화의 그레이드를 낮추지 않은 것이다.

유태일 감독은 클라이맥스 부분을 초반에 먼저 촬영하고, 나머지 부분은 팀을 나누어 빠르게 찍었다.

촬영팀을 A팀과 B팀으로 나누어 각각 이도원 파트와 김진우 파트를 촬영한 것이다. 겹치는 분량을 초반에 찍고 촬영팀마저 둘로 나뉘자 이도원과 김진우가 만나는 일은 거의 없었다.

마침내 2020년 6월, 초여름.

〈악마의 재능〉 촬영이 종료되고 여러 곳에 배포될 포스터 및 홍보 사진을 찍었다. 각자 스케줄에 따라 개별적인 사진 촬영이 끝나고 홍보 영상 제작에 들어갈 때쯤, 이도원은 김진우와 다시 만날 일이 생겼다.

영상 제작 스튜디오로 가는 길.

반팔 티셔츠에 발목까지 떨어지는 청바지를 입고 단화로 마무리한 이도원은 오준식과 스타일리스트 유성연의 화기애애한 분위기를 방해하며 물었다.

"준식아, 내가 부탁한 건 어떻게 됐어?"

그 말에 오준식이 대답했다.

"당연히 처리했지. 회사에서 한마디만 흘리면 네 인터뷰하겠다고 나서는 기자들이 일렬종대로 연병장 두 바퀴다. 그뿐이냐? 하루가 멀다 하고 들어오는 광고 섭외까지. 나도 우리나라에 이렇게 많은 광고가 있는지 새삼 깨닫는다니까? 아무리 대세라지만 신인인 네가 이 정도인데, 톱스타들은 오죽할까. 아주 돈을 쓸어 담는 거지."

이도원은 과장된 말투에 피식 웃었다.

그 말대로 〈악마의 재능〉 영화 촬영이 끝나면서 들쑥날쑥하던 스케줄이 완만해지고 광고 섭외나 인터뷰 요청도 쏟아지고 있었다.

이도원은 오준식의 말을 인정했다.

"수입만 생각하면 영화나 드라마는 왜 찍는지 모를 만큼 광고가 돈이 되긴 하지."

"그래도 뭐, 광고 개런티는 영화나 드라마 활동을 기준으로 오르락내리락하니까. 물론 웬만해선 잘 내리지 않지만."

"그래도 난 영화나 드라마가 더 좋다."

그 말을 들은 오준식이 고개를 끄덕였다.

"잘 알지요. 우리 이 배우님이 연기에 미쳐 있는 걸 내가 한두 번 본 게 아니지. 암, 그렇고말고!"

보조석에 앉은 스물일곱 살의 스타일리스트 유성연이 동그란 눈을 치켜뜨며 상상의 나래를 펼쳤다.

"옵션으로 영화 대박 나고 올해 연말에 남우주연상까지 받으면 딱이네! 드라마 쪽 신인상은 이미 따논 당상인 것 같은데?"

이도원이 그녀를 흘기며 대답했다.

"누나, 상 줄 놈은 생각도 안 하는데 괜히 김칫국 마셨다간 부정 타서 들어오려던 상복도 달아난다."

오준식이 맞장구를 쳤다.

"나도 도원이 말에 찬성! 그리고 기다려 봐. 곧 영화 쪽에서 일복이 터질 것 같으니까."

오준식의 말대로 곧 시사회나 무대 인사 일정이 나올 터였다.

8월~10월로 접어들며 상영관 경쟁이 치열하기 때문에 좀처럼 개봉 일이 결정되지 않고 있었지만 그것도 초읽기였다.

"그렇겠네. 〈투사〉 섭외는 어떻게 진행됐어?"

"아직 치열한 공방전 중. 우리 회사 측에선 당연히 계약서 싸인은 이번 영화 개봉한 뒤 하자고 했고, 〈투사〉 쪽은 먼저 계약서 싸인을 해줘야 하는 것 아니냐며 울상이지."

"조용현 작곡가한테 연락 온 건?"

"뮤지컬 쪽으로 진출해 볼 생각 없냐고 하더라. 마침 중영대학교 출신 연기자끼리 뭉쳐서 하는 뮤지컬이 있는데 준비가 끝나면 내년 중순 넘어서 연습에 들어갈 예정인가 봐. 좀 크게, 오페라 형식으로. 너도 중영대 소속이니까 적합하지 않겠냐고 하더라고."

"전략기획팀은 뭐래?"

"〈투사〉 촬영이랑 계산해서 스케줄 맞으면 하는 것도 긍정적으로 검토 중이래. 뭐, 최종 결정이야 네가 하는 거지만. 요즘은 뮤지컬로 벌어들이는 수익이 영화 개런티와 맞먹을 만큼 강세거든."

"나도 중영대학교 출신인 건가?"

이도원은 자조적으로 물었다.

그는 바쁜 스케줄로 인해 어쩔 수 없이 휴학을 신청한 상태였다.

입학만 하고 아직 변변히 등교조차 해본 적이 없었다.

그 의중을 대강 파악한 오준식이 제안했다.

"현역 학생들도 경험 삼아 단역으로 출연한다니까 뮤지컬을 해보는 것도 나쁘지 않을 것 같아. 관객에게 영화 배우 이도원의 새로운 모습을 보여줄 수도 있고."

"두근거리는 무대만의 흥분도 느낄 수 있겠지."

이도원은 덩달아 맞장구를 쳤다.

스타일리스트 유성연이 물었다.

"도원이 너도 무대에 서본 적 있어?"

이도원은 묘한 미소를 그렸다.

타임 슬립 전 무성극을 했을 땐 거의 날마다 무대에 섰다.

반면 타임 슬립 한 뒤에는 독백 대회나 입시 때만 무대 위에 서보았다.

그럼에도 그때의 흥분을 잊을 수는 없었다.

오준식이 대신 대답했다.

"도원이 예전에 독백 대회에서도 우승하고 그랬다니까?"

"그래? 영화나 드라마에서만 연기를 잘하는 줄 알았더니 무대 연기도 잘하나 보네. 어쩐지 목소리 톤 자체에 포스가 있더라."

유성연이 엄지를 치켜세우며 물었다.

"배우 이도원에게 무대란 어떤 의미인가요?"

짐짓 인터뷰를 흉내내는 질문에 이도원은 망설이지 않고 대답했다.

"무대는 배우의 고향이야. 마치 엄마의 품처럼, 잠시 떠나도 항상 돌아가고 싶지. 관객들과 한 공간에서 호흡할 수 있는……."

그는 한마디로 표현할 수 있는 단어를 찾아서 뱉었다.

"존재 의미."

*   *   *

홍보 영상 제작은 생각보다 빠르게 마무리됐다.

영화 콘셉트대로 사진을 촬영하고 간단한 인터뷰를 딴 것이 전부였다.

촬영이 일사천리로 끝나고, 주차장에 내려왔을 때 김진우가 먼저 말을 걸어왔다.

"…오늘 시간되면 술이나 한잔할까?"

이도원은 전날 술이 떡이 되게 먹었기에 아직도 속이 쓰렸다.

만약 다른 사람의 제안이었다면 단박에 거절했을 것이다. 하지만 김진우가 먼저 다가오는 것도, 술을 먹자는 제안을 하는 것도 의외였다.

이도원은 의구심을 감추며 고개를 끄덕였다.

"시간은 괜찮습니다."

"저녁 아홉 시, 청담동 '루시'에서 보기로 하지."

'루시'가 뭐하는 곳인지 알 수 없었지만 이도원은 고개를 끄덕였다.

두 사람이 각자의 밴에 오르자 오준식이 물었다.

"김진우가 웬일이지?"

"나도 그게 궁금해서 승낙했다."

이도원은 휴대폰으로 '루시'란 곳을 검색했다.

고급 룸 술집이었으며 사진만 봤을 땐 비즈니스 장소로 애용되는 곳 같았다.

이도원이 자조적으로 웃으며 물었다.

"단둘이 룸에 갈 이유가 있나?"

"왜? 김진우가 그런 곳에서 보재?"

오준식이 잠깐 생각하더니 되물었다.

"여자 들어오는 데는 아니고?"

이도원은 어깨를 으쓱이며 답했다.

"그런 곳은 아니야. 그냥 비싼 룸 술집 같은데?"

미간을 찌푸리고 중얼거리던 오준식이 씩 웃었다.

"그거네."

"그거?"

이도원의 물음에 오준식이 고개를 끄덕였다.

"스폰서."

곁에 있던 스타일리스트 유성연이 뜨악한 표정으로 물었다.

"요새도 그런 게 있어? 정말로?"

"누나는 너무 순진해서 탈이라니까? 당연히 있지. 특히 김진우는 스폰서를 아주 잘 다루는 것 같더라."

오준식은 이도원의 지시로 한동안 김진우에 대한 소문에 귀를 기울였다.

그 결과 대충 짚이는 바가 있는 오준식이 물었다.

"어떡할 거야? 괜히 한데 묶였다가 일 치를 수도 있어."

"갔다가 그런 거면 바로 나오지 뭐."

이도원은 창밖으로 시선을 돌렸다.

말은 그렇게 했지만 이도원은 지금 상황을 확신하고 있었다.

'언제 적으로 돌아서도 이상하지 않은 상대의 약점은 많이 쥐고 있을수록 좋다. 김진우는 날 욕심이 많은 신인 정도로 보고 있어.'

김진우가 그를 믿어서 부른 건 아닐 터였다.

다만 이 바닥 생리가 그렇듯, 권력과 지위를 가진 스폰서에 관한 일을 감히 입에 담을 수 없으리라는 판단을 했을 것이다.

'날 잘못 봐도 한참 잘못 봤군.'

이도원은 피식 웃었다.

김진우는 지난 기간 동안 스폰서와 지속적인 관계를 유지해 왔고 그들이 가진 부와 권력에 도취돼 무한한 신뢰를 보내고 있을 터였다.

김진우는 그들이라면 어떤 위협으로부터라도 자신을 지켜줄 거라고 믿고 있을 테고, 오로지 그들에게 잘 보이려는 의존적인 목적만 가졌을 것이다.

'넌 중요한 사실을 간과하고 있어. 돈이든 권력이든, 이 세상에 '절대적인' 건 없다는 사실.'

이도원은 오늘 자리에서 스폰서란 자들의 면면을 빠짐없이 기억해 둘 요량이었다. 스폰서를 영화판에서 쫓아내겠다는 훌륭한 영웅심은 아니었다.

다만 언제고 접촉해 올 외부의 손길에 영향을 받지 않아야겠다는 정도의 각오는 하고 있었다. 그러려면 돌아가는 상황을 봐둘 필요가 있었다.

이도원이 주식을 매수해 재산을 불리려는 것도 원래는 백 프로덕션을 구제하기 위해서가 아닌, 외압으로부터 스스로를 지키려는 목적이었다.

'깨끗한 연예계 만들기 따위에는 관심 없지만⋯ 만약을 대비해 무기를 한두 개쯤 마련해 두는 건 나쁘지 않지.'

이도원은 피부 관리와 헬스 트레이닝, 연기 트레이닝을 받고 청담동 '루시'로 향했다.

스타일리스트 유성연은 이미 퇴근한 상태였고, 오준식이 남아 이도원을 '루시' 앞에 내려주고 물었다.

"기다릴까?"

"내가 애냐, 괜찮아."

"조심해. 술집에 간 것 자체로는 문제가 되지 않겠지만⋯ 쓸데없는 일에 연루될 수도 있어. 그럼 다 끝장이야."

"괜한 일 안 만든다."

짧게 대답한 이도원이 '루시' 안으로 들어갔다.

지하로 내려가자 종업원이 다가와 물었다.

"예약자 성함이 어떻게 되십니까?"

"김진우입니다."

"그런 분은 없는데······."

말끝을 흐린 종업원은 난색을 표하다 말고 화색을 띠었다.

"아, 잠시만요!"

종업원은 지배인인 듯 보이는 남자와 잠깐 이야기를 나누고 난 뒤 돌아와서 말했다.

"안내해 드리겠습니다."

통로를 지나 예약된 룸의 문이 열리자 술자리가 눈에 들어왔다.

상 위에는 고급 양주와 샴페인이 깔려 있었고 김진우가 손을 들며 환영했다.

"오, 왔어?"

그는 전에 보인 적 없는 미소를 드러내며 이도원을 소개했다.

"누나가 그렇게 보고 싶다고 했던 이도원 배우 납셨습니다."

김진우는 한쪽 눈을 찡긋하며 이도원을 낯선 여자 옆에 앉혔다.

자리에 있는 스폰서들은 길을 지나다니다 보면 눈에 띌 만큼의 미모를 가졌지만 은근히 인위적인 분위기를 풍겼다.

'성형 한번 잘됐네.'

이도원은 피식 웃으며 저항하지 않고 엉덩이를 붙였다.

바로 옆에 앉은 여자가 반갑게 술을 따라주었다.

"이야, 반갑네요! 진우가 데려온다고 호언장담했지만 진짜 볼 수 있을 줄은 몰랐어요! 드라마 잘 봤어요."

그녀는 친근하게 이도원의 어깨에 팔을 올렸다.

이도원은 굉장히 불쾌한 상태였지만 티를 내지 않고 대답했다.

"감사합니다."

그는 김진우에게로 시선을 돌렸다.

옆에 앉은 여자의 이야기를 듣고 있는 김진우는 현장에서 보인 적 없는 풀어진 표정이었다. 하지만 이도원은 그 표정이 가식이란 걸 어렵지 않게 느꼈다. 껍데기 안에 감춰진 속마음은 분노와 모멸감일 것이다.

'성미에 맞을 리가 없지.'

이도원은 피식 웃으며 옆자리의 여성에게 마주 술을 따랐다. 콜콜콜 떨어지며 잔을 채우는 샛노란 술을 바라보던 그녀가 물었다.

"이런 자리 와본 적 있어요?"

"아니요. 처음인데 나쁘지 않네요. 미녀도, 술도 있고. 제가 계산해야 하는 건 아니죠?"

이도원의 질문에 다들 웃음을 터뜨렸다.

한편 김진우는 속이 뒤틀렸다.

'당장 뛰쳐나갈 줄 알았는데…?'

중견기업인 대선 타이어의 막내딸이 보고 싶다고 해서 부르긴 했다. 어차피 자신은 부르는 데까지 부탁을 받았으니 만남만 성사시켜 주면 뒤끝이 어찌 되든 무관한 것이다.

또한 김진우는 이도원이 이런 자리를 기피할 줄로 예상했다. 오히려 대선 타이어의 막내딸에게는 빚을 하나 떠안기고, 이도원에게 스폰서를 빼앗길 걱정도 없으니 두 마리 토끼를 잡는 셈이었다. 그런데 계획에 차질이 생겼다.

이도원이 자리에 금방 적응한 것이다.

"…진우 형이랑 딱 붙어서 뒹굴었다니까요? 상대가 여자라도 힘에 부쳤을 텐데, 남자랑 열일곱 시간을 뒹굴다니 죽을 맛이었죠."

설상가상으로 자리에 모인 스폰서 모두가 웃음을 터뜨리며 즐거워하고 있었다.

이도원은 아직 개봉하지 않은 〈악마의 재능〉 촬영 장면을 이야기해 주면서, 현장 뒷이야기를 미리 듣는다는 우월감과 영화에 대한 호기심을 동시에 자극하고 있었다.

"어쨌든 제 얘길 들었으니 영화를 더 재밌게 보실 수 있겠네요. 아마 보시는 동안 아! 저 장면이 그 장면이구나! 하실 수 있을 거예요. 남자친구분들한테도 알려주시고요."

눈을 찡긋하며 씩 웃는다.

그 표정을 보는 김진우는 미칠 노릇이었다.

'저 새끼, 대체 뭐야?'

이도원은 대본 리딩 때부터 자신이 스폰서가 있음을 경멸하는 태도로 비꼬았다. 적어도 김진우의 눈에는 그렇게 보였다. 그런데 막상 스폰서들과 자리를 마련해주니 자신보다 한술 더 뜬다.

너무 능수능란하다.

'…죽 쒀서 개 주게 생겼군.'

김진우는 위기감을 느꼈다.

오래 관계를 유지한 김진우는 똥차고 이도원은 신차다. 스폰서들은 자신의 권력만큼이나 싫증을 잘 느낀다.

이도원이 이런 태도를 보일 줄 알았다면 김진우는 이 만남을 주선하지 않았을 것이다.

'왜 사사건건 내 앞길을 훼방 놓는 거지?'

김진우는 주마등처럼 〈악마의 재능〉에 섭외되기까지 과정이 떠올랐다.

KAS 국장 딸에게 술 시중, 노래 시중을 든 대가로 드라마 외주 제작사 대표와 점심 약속을 잡을 수 있었다.

세 사람은 점심을 먹고 헤어졌고, 제작사 대표는 KAS 국장 딸의 부탁을 부담스러워하며 오디션 하나를 소개해 주었다.

그게 바로 〈악마의 재능〉 주연 오디션이었다.

스스로의 능력으로 당당히 오디션에 합격할 수 있지 않았냐고?

만약 이런 수단을 쓰지 않았다면 당장 아버지인 김봉민 의원의 방해 공작이 이어졌을 터였다. 스폰서의 개입이 없었다면 영화 투자자들에게 손을 써서 김진우의 섭외를 좌초시켰을 가능성이 가장 높았다.

김진우가 굳이 언론 쪽에 스폰서를 만든 이유는 간단했다.

레드 엔터테인먼트를 쥐고 흔드는 김봉민 의원 입장에선 굳이 언론과 접촉해 새장 안의 새인 김진우를 막기에는 긁어 부스럼이요, 불편한 상황인 것이다. 막고자 하면 얼마든 막을 수 있는 김봉민 의원이기에 진흙탕 싸움이 되기 전 김진우가 패배를 시인하고 물러나는 그림을 원하고 있었다.

김봉민 의원의 방심이 김진우에게는 기회였다.

'기회가 생겼을 때 확실하고 빠른 길을 가야 한다.'

김진우는 수도 없이 생각했다.

그런데 첫 영화에서부터 이도원이라는 장애물을 만났다.

단번에 각광받으며 비상하려던 계획은 물거품이 됐고, 스포트라이트는 이도원의 차지가 되게 생겼다. 김진우는 촬영 내내 이도원의 능력에 눌려 제 실력을 발휘하지 못했고, 심지어 비교되는 굴욕까지 겪었다.

'그동안 굴욕감을 견뎌내며 쌓아왔던 공든 탑까지 빼앗길 생각은 추호도 없다.'

김진우는 애가 탔다.

그나마 자신에게는 이도원에게 없는 편법이 있다고 자부했다.

아예 이도원을 불러서 그를 보고 싶어 하는 스폰서들과 단절시키려는 심산으로, 미리 언질해 주지 않고 이 자리에 초대했다.

헌데 이도원은 예상과는 반대로 눈웃음을 치며 말하고 있었다.

"저, 잠시 화장실 좀."

"빨리와요!"

"휴대폰 뺏고 보내야 되는 거 아니야? 도망 못 가게."

깔깔깔 웃음소리가 김진우를 괴롭혔다.

이도원은 룸을 나갔다.

김진우는 잠시 망설이다 말했다.

"잠깐 이야기들 나누고 계세요. 저도 화장실 좀 다녀올게요."

모처럼 군은 김진우의 표정을 본 그녀들이 한 소리씩 했다.

"어머, 기분 안 좋아 보이는데?"

"목소리 쫙 깔고 말하는 거 보니 괜히 도원이 갈구려는 거 아니야?"

"갈구지 마!"

'쌍년들.'

김진우는 속으로 생각하며 대답하지 않고 룸을 나왔다.

문 앞 통로에서 이도원이 기다리고 있었다.

마치 김진우가 뒤따라 나올 것을 알았다는 듯이.

"뭐야?"

김진우가 저도 모르게 당황한 물음을 던졌다.

그때 불쑥 이도원이 손을 뻗었다. 이도원은 김진우의 뒷목을 감싸며 귓가에 속삭였다.

"내가 하나 말해줄까?"

말투가 달라졌다.

이도원은 서늘한 음성으로 말을 이었다.

"수작질로 쌓은 공든 탑이 무너지는 건 한순간이야. 사람들이 모두 바보같이 착해서 양심을 지킨다고 생각하나?"

한 발 물러나며 천천히 떨어진 그가 김진우의 가슴을 쓸듯이 두 번 두드리고 피식 웃었다.

"더 불쌍해지지 마라. 잡아먹기도 미안해지니까."

그 말을 남긴 이도원은 등을 돌렸다.

더 이상 이곳에 머물 이유는 없었다.

한편 뒤에 남겨진 김진우는 돌처럼 굳어 있었다. 감당할 수 없는 패배감으로 머리가 마비됐다. 큰 불길이 일어나 그를 집어삼키듯 굴욕감이 자존심을 잿더미로 만들었다.

'나쁜 새끼인 줄만 알았더니 알수록 불쌍한 새끼네.'

이도원은 미간을 찌푸렸다.

굉장히 불쾌했다.

일순 이 자리에서 김진우가 공들인 탑을 무너뜨려 버려야 하나 생각까지 했다. 그러나 이내, 복수한답시고 자신까지 피를 뒤

집어쓰는 건 멍청한 짓이라는 판단을 내렸다.

이도원은 복도를 막 빠져나오려던 찰나, 익숙한 얼굴과 맞닥뜨렸다.

딱딱한 표정의 차지은이었다.

'여긴 웬일이지?'

이곳과는 전혀 어울리는 차림이 아니었다.

캐주얼한 블라우스에 청바지.

굳은 얼굴.

"여긴 무슨 일이에요?"

그녀는 경멸 어린 표정으로 이도원을 보며 물었다.

이도원은 어떤 해명을 하지도, 물음을 던지지도 않고 말했다.

"나가던 길이면 같이 나가지. 나도 나가던 길이었으니까."

차지은은 이도원의 침착한 태도를 보고서야 오해가 있음을 깨달았다.

그녀는 고개를 끄덕이고 이도원과 함께 '루시'를 벗어났다. 대로변에 나와서 이도원이 불쑥 말했다.

"아… 배고파. 뭐라도 좀 먹자."

"…아무것도 안 묻네요?"

"뭐 좋은 얘기라고."

그는 씩 웃으며 대답했다.

"서로 알잖아? 그럴 만한 위인이 못 되는 거."

*   *   *

이도원과 차지은.

두 사람은 큰 소리로 웃음을 터뜨렸다.

두 사람 앞에는 VIP들을 대상으로 만들어진 클럽 '루시'에서 봤던 한 병에 천만 원 상당의 양주 대신 7,000원짜리 순대국밥이 놓여 있었다. 그럼에도 룸 안에서 느꼈던 불쾌하고 역겨운 기분이 해소됐다.

이도원은 손을 들어 소주를 한 병 시키고 물었다.

"그래서, 널 보자마자 오늘 밤에 같이 있자고 했다고?"

"무슨 자신감인지 모르겠다니까요? 가랑이 사이를 발로 걸어 차고 나오려다… 휴, 불쌍해서 참았죠. 그나저나 오빤 거기 왜 간 거예요?"

"나도 비슷한 이유지."

이도원은 피식 웃으며 술병을 까고 잔을 채웠다.

"…찰 물건이 없어서 말았지만."

차지은이 다시 웃음을 터뜨렸다.

'요즘에는 재벌가 딸도 상납을 권유받나?'

문득 호기심이 일었지만 이도원은 구태여 묻지 않았다.

괜히 남의 속사정을 들추기 싫었기 때문이다.

그때 차지은이 말했다.

"남자나 여자나 똑같다니까? 전 그렇게 생각해요."

"그렇고말고. 사람 차이지, 사람 차이."

맞장구를 친 이도원이 미소 지었다.

"구구절절 변명하지 않아도 절로 믿음이 가는 우리 같은 사람도 있는데 말이야."

"그래도 부부였다면 바로 이혼 사유 감이에요."

"이십일 세기는 이혼이 너무 쉬워서 탈이야."

"흥, 간 것 자체가 잘못이지?"

"네가 할 말은 아닌 것 같다만."

두 사람은 시시껄렁한 이야기를 나누며 소주 한 잔에 안 좋은 추억을 털어냈다. 그리고 두 잔째는 다른 이야기를 안줏거리 삼았다.

그 시작은 이도원이 열었다.

"결국 네가 성인이 됐다는 이유로 기획사에서 보냈다는 건데, 그 이름 느끼한 대표 놈이 결정한 거지?"

"느끼한 이름이요? 후후… 그랬죠, 망할 새끼."

볼이 발갛게 달아오른 차지은이 어울리지 않는 욕설을 뱉었다. 고개를 주억거린 이도원이 말했다.

"계약 기간은 언제까지?"

"왜요? 아현 언니처럼 스카우트하려고?"

"나름 조용히 처리한다고 했는데 소문이 거기까지 돌았나?"

이도원이 피식 웃으며 능구렁이처럼 빠져나갔다.

눈을 흘긴 차지은이 대수롭지 않게 대답했다.

"그냥 제가 따로 친분이 있을 뿐이에요. 언니 연기 활동할 때 현장에서 몇 번 봤거든요."

"그렇게 안 봤는데 입이 상당히 가볍네."

"아무튼! 누가 보면 오빠가 백 프로덕션 매니지먼트팀 실장인 줄 알겠어요. 왜 배우가 스카우트를 하고 다녀요?"

"내 취미야."

이도원은 또 구렁이 담 넘듯 답하며 잔을 채웠다.

"그래서, 계약 기간은 언제 만료돼?"

"내년까진 꼼짝 마라예요."

"음… 오늘 일, 폭로해 버리고 싶네."

"폭로해 봐야 나만 손해죠. 실질적으로 무슨 일이 있었던 것도 아니고… 물론 무슨 일이 있었더라도 여배우로서 제 손해겠지만."

"우리나라 연예계는 너무 폐쇄적이야."

이도원은 불만이 가득한 표정을 지었다.

차지은이 풋 웃음을 터뜨렸다.

"오빠 어느 때 보면 백년 묵은 구렁이 같다가, 또 어느 때 보면 영락없이 애 같다니까요? 지금 삐죽거리는 것도 귀엽고."

"너한테 들을 말은 아닌 것 같다."

대충 대답한 이도원은 눈을 반짝였다.

그는 포기하지 않고 차지은에게 제안했다.

"일 년만 참고 계약 연장하지 말고 있어. 내가 데려올 테니까. 혼수 안 해 와도 되니까 백 프로덕션으로 시집오는 걸로 하자."

"생각 좀 해볼게요."

그녀의 대답을 끌어낸 이도원은 씩 웃으며 고개를 끄덕였다.

두런두런 이야기를 나눈 두 사람은 소주를 한 병씩 마셨을 때쯤 일어났다.

차지은이 매니저를 부를 상황이 아니었기에, 이도원은 택시를 잡아주었다.

"데려다줘?"

"그런 건 묻지 않고 데려야줘야 멋있는 거거든요."

차지은 눈을 게슴츠레 뜨고 대답했다.

"됐어요. 가까운데요, 뭘!"

참 씩씩했다.

보통의 어린 여배우라면 펑펑 울거나, 앞으로 어쩌나 하소연을 했을 것이다. 그래도 충분히 이해가 가는 상황이었다.

그런데 차지은은 의연했다.

놀랍고 대견한 태도를 보여줬다.

이도원은 묘한 표정으로 택시 문을 닫았다. 차지은을 먼저 떠나보낸 그는 길을 건너 줄줄이 늘어서 있는 택시들 중 맨 앞 차를 타고 주소를 말했다.

택시가 성수대교를 넘어 내부순환도로를 달리는 동안 이도원은 창문을 반쯤 열어둔 채 생각에 잠겼다.

'곧 대학교 여름방학이 시작된다.'

6월 초순이니, 중순부터 8월까지 중영대학교 여름방학이다. 한 학기 휴학을 해둔 상태였으나, 차기작 〈투사〉에 들어가려면 연장 신청을 해야만 하는 상황인 것이다.

'학교에 한번 가봐야겠어. 교수님이랑도 상담을 해보는 게 좋겠지.'

얼굴도 내비치지 못한 불민한 제자였지만, 그래도 지금이나마 직접 찾아뵙고 인사 겸 상담을 하는 것이 도리란 생각이 들었다. 마음을 뒤흔드는 첫째 이유가 주변 상황에 신경을 쓰지 못하는 데 대한 고민이라면, 둘째는 앞으로 벌어질 일들에 대한 기대와 흥분이었다.

이도원의 입가에 진한 미소가 맺혔다.

'곧 영화 개봉이다.'

〈악마의 재능〉 스케줄이 확정됐다.

포스터와 예고편 공개는 7월 15일. VIP시사회와 언론시사회는 8월 8일 오후 8시 삼성동 코리아필름, 9시 건대입구 베스트시네마.

본격적인 개봉 날짜는 8월 15일이었다.

이후 전국 열일곱 개의 관에서 무대 인사를 하게 된다.

배우들은 그 외에도 관객과 소통하는 여러 행사에 참여해야 했다.

스케줄을 받아 본 이도원이 운전 중인 오준식에게 물었다.

"〈투사〉 계약은 어떻게 됐어?"

"그쪽에서 개런티를 상한선까지 올려서 제안했어. 그 이상 바라는 건 도리에 어긋나서 진행하는 쪽으로 얘기가 되고 있고. 아마도 성사만 되면 〈투사〉 스케줄 때문에라도 무대 인사는 중간에 빠져야 할 거야."

"시기가 의도적이라는 느낌이 나는데?"

"역시 날카롭네."

감탄한 오준식이 씩 웃으며 대답했다.

"네 말이 맞아. 의도한 거야. 일부러 계약 내용을 조절하면서 질질 끈 이유도, 무대 인사랑 〈투사〉 스케줄이 겹치도록 설계한 거지."

"무대 인사에서 빠지면 이유를 밝히면서 자연스럽게 내년 개봉 예정작 〈투사〉에 들어간다고 알릴 수 있으니까? 저절로 〈투사)에 대한 관심이 집중되면서 홍보 효과를 누릴 수 있겠지."

"역시 똑똑해. 넌 배우를 하지 말고 전략기획팀으로 들어갔어야 됐어."

오준식은 혀를 내둘렀다.

피식 웃은 이도원이 화제를 돌렸다.

"광고 진행 상황은 어때?"

"마침 얘기하려 했는데 회사에서 전속으로 광고 하나 넣을 예정인가 봐. 조건도 좋고 〈악마의 재능〉으로 강렬한 인상을 줄 걸 감안해서, 살인범 이미지 완화에도 도움이 되는 화장품으로."

"광고주 측에서 그걸 오케이해?"

"요새 최고 주가를 올리는 신인인데, 기피할 이유가 없지."

고개를 끄덕인 이도원이 오준식에게 말했다.

"그리고 차지은에 대한 것 좀 알아봐."

"차지은? 역시 너 차지은을……."

말끝을 흐린 오준식이 장난을 쳤다.

"안 돼. 장가 가기에는 아직 이르지 않냐? 한참 활동하고 있는데 말이야."

"진지하게 장난치지 말고. 차지은은 왜 활동이 뜸하지?"

"〈꿈의 비상〉 찍고 쉬는 중… 이라는 게 공개용 멘트인데, 자세한 내막이야 알 수 없지. 내가 봤을 땐 기획사 쪽이랑 트러블이 있어서 더는 밀어주지 않는 것 같아."

"말 안 듣는 사냥개는 물지 못하게 굶겨 죽이겠다?"

"뭐 비슷한 느낌이지."

"가지가지 하네."

이도원은 피식 웃으며 덧붙였다.

"개새끼들."

"원래 이 바닥이 그렇지 뭘. 계약에 묶여 있어서 이러지도 저러지도 못하고. 둥지 잘 옮기면 살아남는 거고. 근데 레드 엔터가 버린 카드를 누가 쓰겠어? 잘 길들인 노비 하나 얻자고 터줏대감을 적으로 돌리는 꼴인데."

"말이 좀 그렇다? 노비라니."

"레드 엔터 사정이 그렇다는 거지."

오준식은 한숨을 푹 쉬었다.

"난 레드 엔터 오디션에 떨어진 걸 감사히 여긴다. 돈을 잘 벌게 해주면 뭐해? 그것도 화려한 생활이 전부인 사람이나 잘 맞는 거지, 개처럼 굴리는데."

틀린 말이 아니었기에 이도원은 고개를 끄덕였다.

'하긴. 차지은은 예전부터 불려 다니기 바빴지.'

〈우리의 심장〉 촬영 때도 언제나 바빴던 모습이 떠올랐다. 절로 고개를 끄덕이는데 오준식이 물었다.

"그나저나 박아현 영입 건은 어쩌게? 이제 초읽기하고 있는데, 몰래 계약한 걸 대표님이 아시는 날에는 뒤집어질걸?"

이도원은 이상백이 화난 모습을 본 적이 없었다.

그토록 인자한 사람을 화나게 하고 싶지도 않았다. 하지만 그보다 중요한 건 인생의 스승이자 든든한 조력자인 이상백을 지키는 일이었다.

"어쩔 수 없지. 내가 감당해야 될 몫인데. 어차피 차지은까지 영입하려면 허락을 구해내야 돼."

"차지은까지 영입한다고?"

오준식은 고개를 절레절레 저었다.

"난 네가 무슨 생각을 하는지 도무지 알 수가 없다. 넌 너무 위험한 인간이야. 난 안전주의 스타일인데, 체질상 안 맞는 것 같아."

짐짓 진지하게 말하지만, 이도원은 그게 농담임을 알고 물었다.

"내 편이 되어줄 거지?"

"아니, 난……."

"네가 거절하면 난 매니저 바꿔달라고 건의할 거야. 신용운 선생님이 오늘부터 네 연기를 봐주신다고 하셨는데……."

"뭐어?"

오준식이 흥분하다 말고 차를 대로변에 세운 뒤 마저 흥분했다.

"그게 진짜야? 씨이… 꼭 말을 해도 그런 식으로 해요. 매니저를 바꾸긴 왜 바꿔? 당연히 네 편이지."

"그래, 그럴 줄 알았어."

이도원은 빙긋 웃으며 대답했다.

오준식은 대로변을 벗어나 다시 운전을 했다.

"근데 진짜 신용운 선생님이 내 연기를 봐주신대? 그냥 앞에서 하면 막 보기만 하신다는 거 아니지? 가르쳐 주신다는 거 맞지?"

2020년 8월 8일.

《악마의 재능》 VIP시사회는 강남구 삼성동에 소재한 코리아필름에서 열렸다.

《악마의 재능》의 감독 유태일과 주연인 이도원, 박아현은 뒷문을 통해 극장 안의 VIP 대기실로 들어갔다.

김진우는 광고 촬영 때문에 조금 늦는다는 연락이 온 상태였다.

한편 상영 삼십 분 전부터 초청 관객들이 영화관 내부를 채웠다.

극장 매점 코너에선 단체에 대비해 팝콘과 음료를 준비했고, 안내를 맡은 아르바이트생들 역시 배우 입장 라인과 VIP입장 라인을 나누며 바쁘게 움직였다.

시사회에 초대받은 배우들도 속속들이 영화관에 입장했다. 그중에는 〈시간아! 돌아와〉에 출연했던 배우들도 보였다. 이도원이 일찍이 초대권을 보낸 것이다.

또한 가족이나 지인들은 다른 관객들처럼 정문으로 입장했다.

이도원의 경우 친누나인 이다원이 어머니를 모시고 왔다. 시사회 초대권을 보내주기로 약속했던 이웃집 여고생 역시 두 사람과 함께였다. 문자로 그들이 왔다는 연락을 받은 이도원은 새삼 가슴이 울렁거렸다.

'하필이면 연쇄살인범 역할이라니.'

어머니께는 초대권을 드리지 말걸 그랬나 싶기도 했다.

그때 옆자리에 앉아 있던 박아현이 미묘한 표정으로 물었다.

"기분 어때? 엄청 떨리지?"

"조금."

이도원은 말을 많이 하지 않았다.

그건 평소 말이 많던 박아현도 조용했다. 비록 조단역이었지만, 박아현 입장에서도 긴장이 되긴 마찬가지인 것이다.

그때 유태일 감독이 손목시계를 보며 빙그레 웃었다.

"8월 8일 오후 8시, 개봉 십 분 전이다."

마침내 〈악마의 재능〉이 첫 상영을 앞두고 있었다. 세 사람은 기분 좋은 초조함을 음미하며 대기했다.

상영관 안에서 예고편이 나올 시간쯤, 마지막으로 김진우가 도착했다.

김진우는 이도원을 보며 불편한 표정을 지었다.

그를 본 박아현이 이도원에게 물었다.

"왜 저래?"

이도원이 대답하려 할 때였다.

대기실 문을 살짝 연 관계자가 문틈으로 고개를 내밀고 말했다.

"배우분들은 2분 뒤 영화 시작 전 입장하시겠습니다."

죽을 고생을 하며 촬영한 〈악마의 재능〉.

이도원 인생의 첫 무대 인사가 시작되려 하고 있었다.

3장

충무로의 블루칩

삼성동 코리아필름에서 열린 시사회는 VIP 형식으로 진행됐다.

그렇다보니 영화업계 관계자, 가까운 지인이나 특별 초청을 받은 이들로 객석이 채워졌다.

이윽고 무대로 나간 유태일 감독과 배우들이 일렬로 나열해 섰다.

유태일, 김진우, 박아현, 이도원 순이었다.

가장 먼저 마이크를 잡은 유태일 감독이 소감을 밝혔다.

"오늘 밤 시간 내주셔서 감사드립니다. 이번 영화가 개봉한다는 것 자체만으로도 감격스럽고 기쁜 날인 것 같습니다. 이 자리는 무척 가까운 분들이나 초청받은 분들을 모셔서 더욱 떨리기도 하고요. 모두가 합심해서 찍은 영화기에 여러분의 소중한 시간이 아주 특별한 시간이 될 거라고 자부합니다. 영화 재밌게 봐주시고요, 감사드립니다."

그는 김진우에게 마이크를 쥐어주었다.

김진우가 건조한 목소리로 말했다.

"저는 이번 영화에서 주인공인 형사 '오정태'를 연기한 김진우입니다. '오정태'란 인물 자체가 말이 없고 평면적인 캐릭터기 때문에 작은 움직임이나 변화만으로 감정을 표현하는 데 주력했습니다. 영화 재밌게 보셨으면 좋겠습니다."

다음은 박아현의 차례였다.

"저는 정태 처, '자순'을 연기한 박아현입니다. 유태일 감독님은 물론 뛰어난 배우들과 함께해서 너무 보람된 영화였어요. 많은 분량을 촬영하진 못했지만 최선을 다했고, 그래서 더 애착이 가요. 도원 씨가 연기를 너무 잘해서 호흡을 맞출 땐 무섭기도 했고… 많이 배웠습니다. 영화 즐겁게 감상하세요!"

객석에서 미미한 웃음이 터졌다.

박아현은 입술을 모으며 이도원에게 마이크를 넘겼다. 이도원이 넘겨받은 마이크를 후후 불어 확인한 뒤 말문을 열었다.

"저는 연쇄살인범 '윤도강'역을 연기한 이도원입니다."

이도원은 뒷얘기가 궁금하도록 조금 느릿하게 덧붙였다.

"폭력을 유희처럼 느끼는 인물을 연기해야 했습니다. 동시에 우리 주변에 흔히 있을 것 같은 일상적인 모습으로 경각심을 심어드리려 노력했습니다. 영화 재밌게 보시고요, 감사합니다."

유태일 감독과 배우들은 박수를 받으며 나란히 인사하고 퇴장했다.

막상 끝나고 나자 허무했다.

유태일 감독이 다소 떨떠름한 표정의 배우들에게 말했다.

"원래 VIP시사회는 영화가 끝나고 무대 인사를 하는 경우가 많다. 바로 초대한 가족이나 지인들과 만나서 밥도 먹고, 술도 한잔하는 경우가 빈번하니까. 근데 이번에는 언론시사회 일정이 랑 겹쳐서 부득이하게 상영 전에 하게 된 거야."

배우들은 고개를 끄덕였다.

유태일 감독이 말을 이었다.

"이제 건대입구 베스트시네마로 가서 언론시사회를 하면 되는 데… 인터뷰 질문지는 미리 주니까 잘 생각해 놓고."

그는 애를 셋 데리고 다니는 것처럼 굴었다.

김진우, 박아현 모두 시사회는 처음이었고 이도원 역시 〈우리의 심장〉 시사회 때 군대에 있었던 것이다.

따라서 이번이 두 번째인 유태일 감독이 길잡이 역할을 자처했다. 유태일 감독이 긴장한 바람에 간과한 것이 있다면, 이미 배우 매니저들이 스케줄 표를 받고 대기하고 있다는 사실이었다.

유태일 감독을 비롯한 세 배우가 시사회 일정을 모두 소화했을 땐 밤 열 시가 넘었다.

그들 모두 조금 피곤한 기색을 보였지만, 비로소 영화 촬영이 끝났다는 현실을 실감한 표정이었다.

시원섭섭하고 보람된 기분이 들었지만 아직 모든 일정이 끝난 것은 아니었다.

마침 삼성동 코리아필름에서 열린 VIP시사회 영화 상영이 끝나는 시간이었고, 뒤풀이가 압구정에서 있었다.

따라서 유태일 감독과 배우들은 뒤풀이 장소로 이동해야 했다.

이도원은 밴에 올라 고개를 저었다.

"난 어쩜 촬영보다 이게 더 힘들다."

오준식이 피식 웃으며 말했다.

"천생 배우라 그렇지 뭐. 그나저나 네가 기뻐할 소식이 있는데. 오늘은 시사회 뒤풀이고, 〈악마의 재능〉 종파티는 따로 개봉 당일인 8월 15일 오후 8시에 있다고 합니다."

"뭔 놈의 파티를 몇 번을 하는 거야?"

이도원이 버럭 소리를 질렀다.

오준식이 낄낄대며 약을 올렸다.

"신인이니까 여기저기 얼굴 비추는 게 낫고요. 전부 싹! 다! 하나도 빠짐없이 참석하셔야 합니다, 이 배우님. 흐흐."

VIP시사회에는 가족이나 지인은 물론 의외로 많은 관계자가 참석했다.

유태일 감독의 업계 선배들과, 그들이 동행한 배우들이 주를 이루었다.

그다음으로 김진우가 소속된 대형 기획사 레드 엔터테인먼트의 배우들과 가수들도 심심찮게 보였다.

물론 활동 경력이 좀 있는 박아현도 적지 않은 지인 배우와 가수들이 와서 축하해 주었다.

반면 일인 기획사에 가까운 백 프로덕션 소속 이도원의 테이블은 조촐했다.

〈시간아! 돌아와〉를 함께한 동료 배우들과 정용주, 민영기가 참석했다.

'그래도 생각보단 많이 왔네. 다들 바빴을 텐데.'

이도원은 코끝이 찡해졌다. 〈시간아! 돌아와〉 가족들은 이런 자리가 익숙지 않은 이도원의 식구들까지 챙겨주는 의리를 보여줬다.

잠시 입구에 멈춰 있던 이도원이 테이블로 가자 자리의 모두가 반색을 표했다.

"이야, 주인공 오셨네!"

정용주가 외치며 낄낄댔다.

"어휴, 왜 그런 무서운 역할을 했대? 〈시간아! 돌아와〉처럼 휴먼드라마를 찍으라고."

민영기가 옆에서 눈을 흘기며 말했다.

"난 정 PD님 때문에 여기 앉았다. PD님, 전 유태일 감독 선배라고요."

"언제까지 대학물 안에서 놀 셈이야? 이제 그만 사회라는 바다로 나오라고, 이 우물 안 개구리야."

두 사람은 여전히 티격태격했다.

이도원은 미소를 띠며 일괄적으로 감사 인사를 했다.

"모두들 와주셔서 감사합니다. 아역들은 안 왔어요?"

"영화 관람 등급이 청소년관람불가잖아."

정용주의 말에 이도원이 그러려니 고개를 끄덕였다.

그러다 문득 이다원 옆에 앉은 이웃집 여고생을 바라봤다.

"넌 어떻게 봤어?"

"그게… 전 몇 개월 안 남았잖아요? 어차피 다들 본다고요."

군데군데 웃음이 터져 나왔다.

이 자리의 유일한 미성년자인 그녀의 반응이 귀여웠던 것이다. 고개를 절레절레 저은 이도원이 말했다.

"그래도 술은 안 된다. 콜라 마셔."

"네네! 오빠, 연기 완전 대박이었어요."

곁에서 그 말을 들은 누나 이다원이 호들갑을 떨었다.

"난 지금도 무서워. 쟤랑 어떻게 한 지붕 아래에서 잔다니?"

사람들은 동조하는 목소리로 한마디씩 했다. 대부분 감탄 반, 놀람 반인 감상이었다. 이도원은 한 귀로 흘리며 어머니가 앉은 자리로 갔다.

"괜찮으세요?"

"안 괜찮다."

간결하게 대답한 어머니가 떨리는 목소리로 말을 이었다.

"네가 그런 연기를 할 줄은 꿈에도 몰랐어. 어찌나 뿌듯하던 지⋯⋯."

어머니는 불쑥 울음을 터뜨렸다.

이도원이 어쩔 줄 몰라 할 때, 이다원이 곁에서 안아주며 입으로는 삐죽였다.

"뿌듯하단 거랑 충격받았다는 말을 헷갈리신 거 아녜요? 이상하네."

그때 다가온 유태일 감독이 이도원의 팔을 잡았다.

유태일 감독은 가장 먼저 이도원의 가족들에게 인사를 했다.

학교 선배였던 민영기에게 마저 깍듯한 인사를 건넨 뒤 모두에게 양해를 구했다.

"도원이 잠시 빌려 가도 될까요? 인사 좀 시키려고요."

이도원은 영화 관계자들과 배우들이 있는 테이블로 갔다.

영화감독들은 먹이를 본 하이에나처럼 달려들었다.

"도원 씨, 이따 매니저분한테 명함 줄 테니 나중에 한번 봅시다."

"도원 씨랑 한번 작업해 보고 싶더군요. 정말 놀라운 연기였습니다."

배우들도 못지않게 뜨거운 반응으로 다가왔다.

"신인이라는 말을 듣고 깜짝 놀랐습니다."

"한번 호흡을 맞출 기회가 있었으면 좋겠네요!"

"앞으로 승승장구하길 바랍니다."

그중에는 이도원도 익히 알고 있는 유명 배우도 있었다.

이도원은 잘 달구어진 철판처럼 점차 낯이 뜨거워졌다.

"다 감독님이 편집을 잘해주셔서 그렇습니다."

그는 모든 질문에 겸손하게 대답하며 술을 받아 마셨다.

보는 눈이 많은 자리였기에 정신이 취하진 않았다.

그러나 워낙 많은 술잔을 받았기에 멀쩡하지도 않았다.

'내일 골이 빠개지겠군.'

이도원은 그런 불길한 느낌을 받았다.

그럼에도 긴 밤 내내 자리를 뜨지 못했다.

〈악마의 재능〉 개봉 첫날부터 인터넷 반응은 감탄 일색이었다.

영화 소재상 호불호가 갈렸지만 연기력 면에서는 이견이 없었다.

백 프로덕션 사무실에서 오준식이 히죽거리며 태블릿을 보고 있었다. 그는 이도원을 맞은편에 앉혀두고 관람객의 영화평들을 죽 읽어 내렸다.

"남자 주인공 진짜 살인마인 줄. 이도원이 살인마인지, 살인마가 이도원인지 구분이 안 간다. 잔인한 장면을 절제된 액션으로 포장한 훌륭한 스릴러. 보는 내내 말로 설명하긴 힘든 긴장감을 느꼈다. 영화는 어떤 잔인한 행위도 보여주지 않는다, 신인 배우가 보여주는 눈빛만으로 충분했다. 영화를 보고 집에 오는 길 이도원 이름을 검색하게 되는 영화. 〈시간아! 돌아와〉에서 보여준 연기랑은 정반대, 소름 끼쳤다. 기타 등등."

오준식은 피식 웃으며 말을 이었다.

"인터넷 기사도 대박이네. '한국 영화표 살인마의 재탄생', '〈양들의 침묵〉 안소니 홉킨스 vs 〈악마의 재능〉 이도원?' 이 정도야? 아무리 그래도 〈양들의 침묵〉 홉킨스 형님이라니… 이건 너무 갔다."

〈양들의 침묵〉의 안소니 홉킨스는 1편에서 단 15분의 출연만으로 그해 남우주연상을 받았다.

또한 그가 연기한 '한니발 렉터'는 영화역사상 최고의 캐릭터 중 하나로 손꼽힌다.

수많은 찬사를 접한 이도원은 기쁨 반, 부담 반이었다.

'인터넷을 보는 것만으로 이렇게 실감된다니.'

인터넷의 호평들이 빠짐없이 와 닿는다.

악평 역시 비수처럼 심장을 찌를 터였다.

이도원은 많은 배우들이 왜 악플에 시달리는지 알 것도 같았다.

그때 이상백이 대표실 문을 열고 들어왔다.

"두 사람, 어제 〈악마의 재능〉팀 종파티는 잘했고?"

쫑파티는 드라마 씨네마시티에서 진행됐다.

제작진은 대관료를 지불하고 상영관 하나를 대관했다.

연회장 느낌의 상영관이었기에, 모두 함께 샴페인을 터뜨리며 〈악마의 재능〉을 관람했다.

이후에도 2차까지 달렸던 기억이 생생했다.

오준식과 이도원이 나란히 대답했다.

"예, 대표님."

"물론이죠."

오랜만에 마주한 이상백은 전보다 얼굴이 훨씬 좋아져 있었다.

백 프로덕션에서 투자했던 〈악마의 재능〉 반응은 시사회 때부터 뜨거웠다.

이도원도 승승장구하며 큰 수익을 벌어들이는 중이었다.

즉, 어느 정도 재정난에 대한 고민을 털어낸 셈이었다.

이상백은 자리에 앉으며 말했다.

"내가 두 사람을 부른 건 〈투사〉 제작이 당분간 딜레이될 것 같아서다. 여배우 섭외 문제로 투자자들과 연출부 간 대립이 있어. 초반부터 삐걱대는 것 같아서 발을 빼고 싶지만 이미 계약한 내용이라 그것도 힘들게 됐다."

이도원은 고개를 끄덕였다.

'역시 프리프로덕션부터… 문제가 있어.'

그가 생각에 잠겨 있을 때 오준식이 물었다.

"그럼 뮤지컬부터 들어가게 되는 건가요?"

"그래, 도원이 생각은 어떠니? 〈예술의 전당〉에서 열리는 큰 건이야."

이도원이 고민에서 깨어나며 대답했다.

"물론 좋죠. 뮤지컬과 연극도 병행하고 싶었거든요."

"그래, 연극은 좀 더 여유가 생기면 하자."

이상백은 고개를 끄덕이며 덧붙였다.

"그나저나 이번에 신인 하나가 들어올 예정이야."

"신인이요?"

"말인 신인 배우지, 활동 경험은 없고 내년에 고등학교 졸업하는 녀석이다."

"그렇군요."

이도원은 대수롭지 않게 대답했다.

지금 중요한 건 그게 아니었다.

처리가 빠르면 빠를수록 좋은 문제가 남아 있었다.

심호흡을 한 이도원이 마침내 말문을 열었다.

"대표님, 박아현에 관해 할 말이 있습니다."

*　　　　*　　　　*

"박아현?"

뜬금없는 이름에 이상백은 궁금한 표정을 지었다.

이도원은 그를 똑바로 마주 보며 말했다.

"박아현의 계약 기간은 내년 삼월까지입니다."

"박아현을 스카우트하잔 소리냐?"

이상백이 묻자 이도원은 고개를 끄덕였다.

"예, 계약금만 맞으면 데려올 수 있을 겁니다."

"…박아현이랑 이번 영화 같이 들어갔었지? 둘이 뭔가 오간 이야기가 있구나."

"네. 우리 회사 수익분배비율을 알고도 계약하겠다고 하더라고요. 그래서 계약금 미정인 상태로 싸인까지 받아뒀습니다."

곁에 앉은 오준식은 커피를 홀짝이며 눈치를 봤다.

이상백은 고개를 숙이고 곰곰이 생각해 보더니 의외로 노하지 않고 대답했다.

"잘했다."

"푸흡!"

오준식이 마시던 커피를 도로 뱉었다.

이도원 역시 놀란 표정을 지었다.

두 사람의 얼굴을 번갈아 본 이상백은 오히려 웃음을 터뜨렸다.

"의외라는 반응이구나. 왜, 내가 화라도 낼 줄 알았니? 백 프로덕션이 계약 조건을 타 기획사들보다 낮춘 것과 신인과 배우 관리비용에 많은 투자를 한 것은, '사람으로 사람을 얻는다'는 회사 이념이 뒷받침된 결과다. 생각보다 빨리 성과가 나타난 셈이지만 우리는 이런 패턴으로 배우 유입이 될 때를 기다리고 있었어. 조건이나 돈으로 얻은 사람은 갈라서기 쉽지만, 사람으로 얻은 사람은 신뢰라는 끈으로 꽁꽁 묶이게 되거든."

이러한 부분을 구구절절 밝힌 적이 없던 이상백이었다.

그의 말을 들은 두 사람은 적잖이 당황했다.

이윽고 이도원이 물었다.

"초반의 과도기를 감수하고 그런 계약 조건을 만드신 거로군요."

"우린 기성 배우의 계약 비율이 불리한 대신 더 많은 투자를 한다. 대외적으로 잘 알려진 전문가들이 아닌, 업계 최고의 실력자들에게 관리를 받을 수 있지."

이상백은 자랑스럽게 말을 이었다.

"배우의 이미지를 만들고 관리하는 트레이너, 뷰티아티스트, 매니저, 작품을 선택하는 전략기획팀… 모두 업계 최고다. 우리 소속 배우들은 질적으로 다른 관리를 받는다는 걸 체감하게 되겠지. 굳이 계약 조건으로 현혹시키지 않더라도 시간이 지나면 자연스럽게 입소문이 돌게 될 거다. 단지 그때까지 좀 더 시간이 걸릴 뿐이야."

설명을 들은 오준식이 물었다.

"창립 초반에는 대세를 따르고 차후 방향을 바꾸셔도 되지 않나요? 그런다고 욕할 사람은 아무도 없을 텐데요. 외려 그 용단에 찬사를 보냈으면 보냈지……."

이상백은 고개를 저었다.

"신뢰를 생각한다면 번복하는 건 좋지 않다. 번복한다는 건 앞으로도 번복할 수 있다는 의미거든. 우리 회사의 이념을 보고, 듣고, 선택했는데, 그게 바뀐다면 얼마나 큰 실망이 될까? 그럼 기존에 있던 배우들은 불안정한 느낌을 받게 되겠지."

이상백은 과연 어른이었다.

분명 이상을 꿈꾸지만 사업 수완이 없는 사람도 아니었다. 이도원은 오히려 자신이 단면적인 부분만 보고 오해했다는 걸 깨달았다.

한편 이상백이 덧붙였다.

"회사가 어려울 때조차도 이념을 바꾸지 않는 곳이라면 앞으로도 변치 않을 거라는 신뢰를 가질 수 있을 거야. 굳건한 회사 이념을 지키는 일은 정말 중요하다. 하나의 이념으로 뭉칠 수 있다면 높은 파도를 만나도 살아남을 수 있지만, 이념을 잃고 침몰하는 회사라면 그건 회생불가다. 위기를 간신히 극복한다고 해도 그땐 이미 원동력도, 의욕도 모두 잃어버린 뒤일 테니까."

이도원과 오준식은 절로 고개를 끄덕였다.

그중 이도원은 내심 감탄을 금치 못했다.

'계약 조건 자체가 당장은 불리한 점일지 몰라. 다른 회사들에서도 이걸 백 프로덕션의 단점으로 인지하고 있겠지. 그래서 더더욱 백 프로덕션만의 핵심적인 장점이 될 수 있다. 잘만 되면 견제를 피하면서 서서히 시장을 장악할 수 있어. 입장 바꿔 생각해 보자. 내가 기성 배우라면 돈이 탐날까, 명예가 탐날까?'

두 번 생각할 것도 없는 답안이었다.

'어차피 광고만 찍어도 돈은 굴러 들어온다. 하지만 훌륭한 사람들에게 트레이닝을 받고, 많은 작품 중 내가 하고 싶은 작품을 마음껏 선택할 수 있다는 건 탐나는 일이야. 명예는 배우 혼자만의 힘으로는 쌓을 수 없으니까.'

이도원은 소파에 등을 묻었다.

생각해 보니 그가 신인이었음에도 많은 작품 중 골라서 참여할 수 있었던 건 오롯이 백 프로덕션의 역량이었던 것이다.

'미래를 알고 있는 내게는 백 프로덕션이 신의 한수였어.'

그만 침몰하는 백 프로덕션을 견인하는 게 아니었다. 백 프로덕션 역시 이도원에게 날개를 달아주고 있었다.

완벽한 상호작용이 만든 결과가 지금의 이도원이었다.

이도원은 백 프로덕션의 이념을 들은 소감을 확신 어린 한마디로 대신했다.

"잘될 거예요."

다음 날.

집에서 눈을 뜬 이도원은 심호흡을 했다.

심장이 미친 듯이 방망이질을 해댔다.

모처럼 익숙한 꿈을 꾸었다. 타임 슬립한 뒤 한동안 시달렸던 악몽이었다.

아직도 꿈에서 본 죽음의 순간이 뇌리에 남았다.

"후우……."

나직이 숨을 흩트린 이도원은 누운 채로 이마에 송골송골 맺힌 식은땀을 닦아냈다.

"꿈이야, 꿈."

이도원은 조용히 중얼거렸다.

이렇게라도 자각하지 않으면, 오히려 지금 순간이 꿈은 아닐까 두려운 마음이 물밀 듯 밀려오고는 했다.

상체를 벌떡 일으킨 이도원은 화장실에 가서 세수를 하고 양치를 했다.

그런 뒤 간단한 웜 업을 하고 체력 단련과 화술 훈련을 했다.

인간의 습관이란 무섭다.

이도원은 언제부터인가 하루라도 훈련을 거르면 온몸에 가시가 돋친 기분에 시달렸다. 그는 이어 야채 주스를 갈아 마시며 모처럼의 여유를 즐겼다.

아침 일찍 나간 어머니가 식탁 위에 올려둔 신문을 읽은 이도원은 피식 웃었다.

대문짝만 하게 〈악마의 재능〉에 대한 기사가 실려 있었기 때문이다.

"잘 나오고 있네."

영화 성적이 좋았다.

시사회 때부터 워낙 화제가 돼서 개봉 첫날부터 7만 명을 넘겼다.

블랙버스터로 기획된 영화도 아니었고, 신인 감독과 신인 배우들로 구성된 영화치고는 대단한 수치였다.

개봉 직후 바로 주말로 들어서며 관객 수가 증가하고 있다. 그건 주차별로 또다시 탄력을 받을 예정이라는 암시적인 의미였다.

"아주 좋아."

빙긋 웃은 이도원은 베스트 컨디션이었다.

그는 TV의 음악 프로그램을 켜고 거실에 앉아 공책을 폈다. 펜 끝으로 마룻바닥을 톡톡 두드리며 고민에 잠겼다.

"오늘이 아니면 학교 갈 시간이 없겠어."

이도원은 스케줄을 쓰다 말고 중얼거렸다.

내일부터 쭉 무대 인사와 광고 촬영이 이어진다.

또한 언제 뮤지컬 일정이 잡힐지, 영화 일정이 잡힐지 알 수 없었다. 조율이야 회사에서 하겠지만 이도원 역시 그에 맞춰서 움직여야 하는 상황인 것이다.

'준식이한테 연락을 해야 하나?'

면허도 없고 차도 없다.

이도원은 진작 신경 쓰지 못한 걸 뼈저리게 후회하며 전화를 걸었다.

　—여보세요?

　"자네, 오늘 쉬고 있나?"

　—아니. 쉬는 건 너지. 난 월급쟁이라 회사 나왔다. 그동안 밀린 서류 업무 처리하고 있어.

　"로드가 웬 서류 업무?"

　—스케줄 정리랑 프로필 수정. 근데 왜?

　"널 사무실 지옥에서 꺼내주려고 전화했지."

　이도원이 빙글빙글 웃으며 말을 이었다.

　"오늘 휴학 신청하러 가려고. 나 좀 데려다줘."

　—고맙습니다, 이 배우님. 이따 뵙겠습니다.

　오준식은 짐짓 사무적으로 말하고 전화를 끊었다.

　이도원은 오준식을 기다리며 뭘 할까 하다가 태블릿으로 제휴된 영화들을 구매했다.

　모두가 '사극'이었다.

　기왕 영화 감상을 하려고 마음먹은 마당에 〈투사〉 촬영에 앞서서 다른 배우들의 연기를 모니터링하려는 의도였다.

　"보면 볼수록 쉽지 않아."

　이도원은 입맛을 다셨다.

　그는 자신의 방에서 이상백에게 받았던 〈투사〉 시나리오를 가져왔다.

　그리고 지금 보는 사극들과 〈투사〉 시나리오 대사의 감정이나 내용이 비슷한 부분에 참고할 주석을 달아두었다. 감정이 묻어나는 단어나 문장에 동그라미를 치고 위에 흡사한 영화 제목과 배역 이름을 쓰는 식이었다.

'이게 도움이 될지는 모르겠지만.'

이도원은 열린 마음으로 자신의 방식을 개발했다.

작품과 인물 해석은 어느 정도 마친 상태였지만 끝없이 대본 연구가 진행될수록 마음이 즐거웠다.

그때, 휴대폰 벨이 울렸다.

이도원은 이어폰을 빼고 전화를 받았다.

수화기 뒤편에서 오준식의 목소리가 들려왔다.

─도착 삼 분 전이야. 나와.

"알겠다."

짧게 대답한 이도원은 흰 티에 청바지를 입고 모자를 썼다. 거울 앞에 서서 자신의 상태를 확인한 그는 피식 웃으며, 스스로에게 낮고 굵직한 목소리 톤으로 말했다.

"그럼 다녀오겠소!"

이도원은 오준식이 운전하는 밴을 타고 흑석동의 중영대학교로 갔다.

오랜만에 찾은 곳이라 그런지 감회가 새로웠다. 마지막으로 중영대학교를 왔던 것이 군 휴학 신청을 할 때였다. 촬영 스케줄로 인한 휴학 연장은 회사에서 대리인을 보내 처리했던 것이다.

'엊그제 같은데 벌써 이 년이 넘었네.'

그동안 군대를 갔다 오고 드라마와 영화를 찍었다.

파노라마처럼 지난 일들을 떠올리고 있을 때 밴이 중영대 공연예술원 주차장에 멈췄다.

"다녀와, 여기 있을게."

오준식의 말에 이도원은 고개를 끄덕이고 차에서 내렸다.

"기다리고 계시오, 내 다녀올 터이니."

그 말투를 들으며 오준식은 고개를 절레절레 내저었다.

"또 시작이네."

이도원은 개의치 않고 건물 안으로 들어갔다.

그는 연극영화과 학생들을 짐작할 수 있었다. 미모가 매력적인 사람이 하나씩 끼어 있고, 머리는 풀어헤치고 있으며, 편안한 추리닝을 입고 공연예술원 건물 안을 걸어 다닌다면 십중팔구 연극영화과였다.

"저기요."

이도원이 먼저 말을 붙였다.

네 명이서 뭉쳐 있던 학생들이 이도원을 보았다.

그중 여학생 둘은 입을 막았고, 남학생 둘도 화들짝 놀란 표정을 지었다.

"이도원?"

"세상에!"

"헐."

"대박."

누가 먼저랄 것도 없이 감탄을 터뜨렸다.

이도원은 고개를 끄덕이며 물었다.

"혹시 학과장실이 어딘지 알 수 있을까요?"

"제가 안내해 드릴게요!"

"저도요!"

여학생 둘이 재빨리 나섰다.

남학생들은 잠시 망설이더니 은근슬쩍 가세했다.

"팬입니다."

"영화 잘 봤어요."

이도원이 머쓱한 표정을 지었다.

간단한 위치만 들을 생각으로 물어봤는데 길잡이를 넷이나 고용하게 될 줄은 예상하지 못했다.

이도원은 고개를 살짝 숙였다.

"감사합니다."

나쁜 기분은 아니었기에 이내 얼굴에 미소를 그렸다.

의외로 별다른 대화가 오고 가진 않았다. 학생들은 은연중에 이도원을 불편하게 여겼고, 또 그만큼 신기하게 여겼다. 그들은 이도원의 얼굴을 훔쳐보며 앞서거니 뒤서거니 했다.

"근데 학교는 왜 오신 거예요? 다음 학기 휴학하러 오신 거예요?"

여학생이 모처럼 질문했다. 이도원은 고개를 끄덕였다.

"아직 결정한 건 없고, 교수님을 뵈러 왔습니다."

이도원은 웃는 얼굴로 대답해주었다.

여학생은 그렇구나 하며 말했다.

"학교 오세요! 오빠 중영대학교 연극영화과라는 얘기 듣고 기대했거든요. 저 〈시간아! 돌아와〉 두 번이나 봤어요. 진짜로요."

"가능하면 자주 나올게요."

그때 여학생이 학과장실 앞에서 멈췄다. 돌아온다고 돌아온 것인데 벌써 도착했다. 학생들은 하나같이 아쉬운 표정을 짓고 있었다.

이도원은 씩 웃으며 말했다.

"다음에 봐요."

"네, 오빠! 안녕히 가세요."

"아… 진짜 아쉽다."

그는 부담스러운 시선을 느끼며 문에다 노크를 했다.

"예, 들어오세요."

이도원은 도망치듯 학과장실 문을 열고 쏙 들어갔다. 창가 쪽에 면접 때 보았던 학과장이 앉아 있었다. 그는 이도원을 발견하고 반색을 했다.

"오랜만이군, 자네."

이도원은 고개를 꾸벅 숙이고 살짝 미소 지었다.

"그간 찾아뵙지 못해서 죄송해요, 교수님."

학과장이 고개를 저으며 답했다.

"네가 바쁘다는 건 대한민국이 다 아는 사실인데."

"하하."

이도원이 머쓱하게 웃었다.

학과장은 소파에 등을 묻으며 물었다.

"그런 바쁜 스케줄에도 불구하고 오늘 날 찾아온 건 휴학 연장을 하려는 목적인가?"

이도원은 생각을 정리하고 운을 뗐다.

"그게, 교수님께 상의해 보는 편이 좋을 것 같아서요. 지금 상황에서 어떤 선택지가 있는지 가장 잘 알고 계시는 분이니까요."

중영대학교 연극영화과에 대해 가장 잘 알고 있는 사람은 학과장이다. 경우에 따라선 여러 권한을 행세할 수 있는 위치기도 했다. 더욱이 학과장은 이런 경우를 여러 번 보았을 터였다. 중영대학교 연극영화과를 재학 중이거나 졸업한 연예인은 이도원 뿐이 아니었다.

그런 의도를 파악한 학과장은 빙그레 웃었다.

"현명하군. 대부분 알아서 하거든."

학과장은 세 손가락을 쭉 펴서 보여주었다.

"세 가지 선택이 있네. 첫째, 학교를 그만두는 것. 둘째, 이대로 계속 휴학하는 것. 셋째, 학교 생활을 최대한 충실히 하면서 직업에 충실하는 것."

고개를 끄덕인 이도원이 답했다.

"세 번째 방법이 궁금합니다."

"한참 상승 가도를 달리는 배우들이나 요즘 추세와는 상반되는 결정이로군. 하나만 해도 집중하기 힘들 텐데… 학업을 함께 수행하려면 힘들 거야. 어쩌면 지금의 생활에도 지장을 줄 수 있고."

"되든 안 되든 일단은 해보자는 주의라서요."

이도원이 미소를 띠며 말했다. 피식 웃은 학과장이 고개를 저었다.

"욕심이 많은 성격이야. 나는 자네가 걱정된다기보다, 자네를 제외한 다른 학생들에게 어떤 식으로든 영향을 미칠까 봐 걱정

되는 거라네. 출석도 하지 않고, 교내 공연도 참여하지 못하는데 자신보다 성적이 높다면 누가 달가워하겠나?"

학과장이 말을 이었다.

"그렇잖아도 자네에게 질투가 나는데, 이미 연예인이라는 욕하기 좋은 핑계 거리까지 있지. 자네를 씹다 보면 학교를 씹게 되고, 자네를 편애하는 교수들에게도 적의를 품을 수 있네. 자네야 학교를 떠나 현장으로 피신하면 그만이지만 이곳에 남겨진 학생들은 피해를 받게 되는 거지."

설명을 들으며 이도원은 기분이 좋아졌다. 그 이유는 단순했다.

'아직은 제대로 된 교육자가 많구나.'

보편적으로 학교는 연예인을 환영한다. 그만두려 하면 오히려 잡는 경우가 많았다. 학교 홍보에 플러스 요인이기 때문이다.

대중의 관심을 받는 해당 학교 출신의 배우나 가수가 활동을 하면 알게 모르게 학교 홍보도 동시에 되는 셈이었다. 심지어 해당 학교의 연극영화과라면 많은 배우를 배출했다는 사실만으로도 자부심과 전통이 되는 법이다.

그런데 학과장은 어정쩡하게 하려면 그만두라고 말하고 있었다.

"학업과 활동, 어느 하나 게을리할 생각은 없습니다."

이도원은 진심을 담아 대답했다. 학교에서 얻을 수 있는 것이 적다고 교만하지 않았기 때문이다.

'현장에서 배울 수 없는 것이 많다.'

연기란 학문에 대한 끊임없는 탐구.

그것이 이도원이 원하는 바였다.

'그걸 현장에서 적용해본다.'

이도원은 남들이 연기를 잘한다고 해서 안주하고 싶은 생각이 없었다.

평생토록 개발을 멈추지 않아야 하는 것이 이도원의 뚜렷한 배우관이었다.

일례로 이도원은 매번 새로운 배역을 만났을 때마다 첫사랑에 빠진 것처럼 가슴이 설레었다. 무한한 상상력으로 발상을 전환하고, 새로운 각도로 접근하고, 한 번도 가진 적 없었던 사상과 감정을 이해하는 일이 즐거웠다.

'늘 새로움과 마주하는 직업.'

이도원이 연기에 열광할 수밖에 없는 이유였다.

활활 타오르는 눈빛을 본 학과장은 가슴 한구석이 찌릿찌릿했다. 영화 상영 전 극장에 앉아 오프닝을 기다릴 때처럼 기대감에 소름이 돋았다. 그는 이도원의 열정이 전염된 것 같은 기분에 사로잡혀 말했다.

"…학교에 나올 수 있거나 시험을 볼 수 있는 여건이 된다면 직접 출석하게. 촬영 일정으로 힘들 땐 리포트로 대신하지. 다른 학생들이 제출하는 리포트보다 높은 난이도로 제출하게끔 다른 교수들에게도 말해둘 생각이야. 자네는 직접 선배 배우들을 만나고 있고, 프로 무대에서 뛰고 있기 때문에 다른 학생들보다 유리한 조건이라고 생각하네. 괜찮겠나?"

이도원은 망설임 없이 대답했다.

"물론입니다."

고개를 끄덕인 학과장이 말했다.

"알겠네. 자네에게 남들보다 어려운 과제를 내주는 대신, 자네가 시간에 쫓기는 부분을 감안해 학생들에게 공개된 정보들을 따로 보내주도록 하지. 교내 공연, 워크숍, 수업 내용, 발표 논문 등 하나도 빠짐없이. 이건 내가 직접 처리할 생각이니까 문의할 점이 있거든 내게 직접 전화하도록 해."

학과장은 명함을 건넸다. 잘 받아둔 이도원이 고개를 살짝 숙였다.

"감사합니다, 교수님."

이도원은 대답하면서도 설렘과 부담감이 반반이었다.

자신 있게 말했지만 일과 학업을 모두 소홀하지 않을 수 있을지 아직은 확신할 수 없었다.

전국 열일곱 개의 관에서 무대 인사가 진행됐다.

열 개 관을 돌았을 때쯤 마침내 차기작 〈투사〉의 스케줄이 나왔다. 이도원은 오전 무대 인사와 오후 광고 촬영을 마치고 회사로 들어가는 길에 연락을 받았다.

정확히는 오준식이 전화를 받고 전해주었다.

"〈투사〉 대본 리딩은 10월 10일 토요일이야."

고개를 끄덕인 이도원은 날짜를 셈했다.

한 달 정도가 남아 있었다.

지금은 선선한 날씨지만 그때쯤이면 슬슬 쌀쌀해질 테고, 촬영은 겨울부터 여름까지 진행될 확률이 높았다.

특히 액션 사극은 배우들의 합이 잘 맞아야 하고, 규모가 큰 장면이나 배우들이 승마 등에 익숙해지는 시간도 필요해서 기간을 훨씬 길게 잡고 촬영에 들어간다.

그 점을 잘 알고 있는 오준식이 짓궂게 놀렸다.

"고생길이 훤히 보이네."

"남 말 하는구나."

이도원이 씩 웃으며 앞좌석의 두 사람에게 말했다.

"내 고생은 매니저와 스타일리스트의 고생이기도 하지."

오준식이 얼굴을 와락 구겼다. 옆에서 보고 있던 유성연이 깔깔댔다.

그녀가 말했다.

"그래도 재밌겠다, 사극이라니. 방송국 의상팀에서 일할 때 사극하면서 죽고 싶었는데. 호호, 천 명분 옷을 만들었다니까? 근데 이번에는 드라마 사극도 아니고 블록버스터 급 영화 사극이라니… 내가 배우 한 명만 신경 써도 되는 스타일리스트라는 게 얼마나 행복한지 몰라."

몰랐는데, 유성연은 말이 많은 편이었다. 재잘대는 그녀를 보며 오준식이 질린 표정을 지었다.

'얼굴이 귀여워서 좋아했었는데… 볼수록 정말 내 스타일 아니야.'

오준식은 고개를 흔들었다.

두 사람을 보며 웃은 이도원이 불쑥 물었다.

"며칠 전에 온 신인은 잘하고 있어?"

"맞다. 아직 얼굴 못 봤지? 이따 오후에 〈라이브 연예계〉 인터뷰 있는데, 아마 거기서 볼 수 있을 거야. 그쪽으로 첫 출근하기로 돼 있거든."

"왜?"

이도원이 고개를 갸웃하자 오준식이 말했다.

"〈투사〉 후반에 조단역으로 들어가기로 되어 있어. 그 전에 웹 드라마 하나 계약돼 있고. 홍보 차원에서 내보내는 거지. 그 녀석 하나로는 약하니까 너랑 묶어서 출연하는 거고."

오준식은 씩 웃으며 덧붙였다.

"이렇다 할 커리어도 없는 녀석을 〈투사〉에 집어넣은 것도 끼워 팔기 개념. 네가 섭외에 응하는 조건으로 백 프로덕션에 조단역 자리 하나 달라는 거였지. 그 자리로 이번에 온 신인이 들어가는 거야."

기획사에선 주연을 투입시키고 아직 인지도가 약한 배우들을 끼워 파는 경우가 많았다.

따라서 한 영화에 같은 회사 출신의 주연 배우와 조연들이 함께 출연하는 일이 잦았다.

물론 가장 이상적인 결과는 남녀 주연을 한 회사에서 독점하는 것이다.

이런 경우, 남녀 주연 모두 배역 이미지에 적합하고 인지도가 높은 배우가 아닌 이상 기획사 측에서 해당 영화에 투자한다는 전제를 깔고 진행된다.

이도원이 활동하며 알게 된 부분은 딱 이쯤까지였다.

"그럼 여배우도 우리 쪽에서 정할 수 있나?"

"음… 나도 거기까진 잘 모르겠는데."

오준식이 얼굴을 찡그리며 대답했다.

이도원은 질문을 바꾸었다.

"여배우는 정해진 거야?"

"아직 정해지지 않은 걸로 알고 있어. 리딩 날짜가 정해진 건 더 지체할 수 없기 때문이고. 그래도 발등에 불 떨어졌으니까 머지않아 결판이 나지 않을까?"

그 말을 들은 이도원의 머리가 빠르게 굴러갔다.

'프리프로덕션 단계부터 문제가 많았기 때문에 회사에서 〈투사〉에 투자하는 일은 없다. 주연으로 집어넣을 소속 여배우도 아직 없지. 여기서 박아현을 추천하면 어떻게 돌아갈까?'

박아현은 개런티가 높지 않았다.

더구나 아직까지 연기력이 검증되지 않았기 때문에, 이대로 두면 블랙버스터급 영화인 〈투사〉 주연으로 물망에 오를 일은 없을 터였다.

애초에 많은 섭외 비용이 책정됐기 때문에 군이 검증되지 않은 여배우를 쓸 필요가 없는 것이다.

'안 되겠군.'

그럼에도 이도원은 포기하지 않고 확인차원에서 물었다.

"준식아, 이번에 갈등이 빚어졌던 여배우가 누구야?"

"윤지민."

타임 슬립 전과 달라진 점은 없었다.

윤지민은 톱스타 급 여배우였다.

〈투사〉를 침몰시킬 장본인이기도 했다.

'좀 더 파고들 방법이 없을까?'

돌아가는 사정을 잘 알 수가 없으니 답답했다.

섭외 단계에서 왜 갈등을 빚었는지.

투자사, 제작사, 기획사, 연출부 간에 어떤 이해관계가 얽혀 있는지.

흰히 알고 있어야만 여배우 교체의 가능성이 생긴다. 그런데 이도원이 알고 있는 사실은 아무것도 없었다.

그렇다면 알 만한 사람을 찾아야 한다.

"준식아, 대표님과 미팅 좀 잡아줘."

"알겠어, 근데 왜 갑자기?"

오준식이 묻자, 이도원이 대답했다.

"박아현이 이번 영화 여주인공으로 들어가면 그림 좀 나올 것 같아서. 아직까진 같은 기획사도 아니니까 우리 쪽에서 몰래 밀어준다고 해도 문제될 건 없고. 어차피 내년 삼월이면 박아현은 우리 회사로 넘어올 것 아니야? 그때쯤이면 한참 촬영 중일 텐데, 나쁠 거 없잖아."

오준식은 이도원의 설명을 전혀 다른 쪽으로 해석했다.

"차지은인 줄 알았더니, 박아현이야? 너 그렇게 두 여자 사이에서 결정 장애 일으키면 안 돼. 그거 상대방 피 말리는 짓이라고. 여자가 한을 품으면 오뉴월에도 서리가 내린다고 했다, 이거야."

그 말에 유성연이 눈을 반짝이며 물었다.

"그게 무슨 소리야?"

어려운 이야기가 오고 가서 꿀 먹은 벙어리처럼 입을 닫고 있던 찰나에 잘됐다 싶어 끼어든 것이다.

"도원이랑, 박아현이랑 차지은 사이에 뭐가 있어? 설마 삼각관계 뭐 그런 거야?"

추측은 걷잡을 수 없이 불어났다.

이도원은 미간을 찌푸리며 두 사람의 뒤통수를 봤다.

"준식이는 운전이나 하고 누나도 좀."

오준식이 굴하지 않고 자신의 추측이 제법 신빙성이 있다는 태도로 물었다.

"아니면 차지은도 있는데 왜 박아현이야? 차지은도 내년만 지나면 우리 회사로 넘어올지 모르는데."

이도원이 헤드레스트를 툭 치며 말했다.

"멍청아, 걔는 레드 엔터 대표한테 찍혔잖아. 그냥 두고 보겠어? 게다가 내년 지나면 영화가 개봉하고 한참 후인데, 우리 회사로 데려올 애 개런티 올려줘서 어쩌자는 거야. 참도 어서 데려가세요, 하겠다."

"그건 그러네. 그래도 영화 망하면 개런티 떨어질 수도 있지 뭘……."

오준식이 구시렁거렸다.

이도원은 고개를 흔들며 부탁했다.

"무튼, 대표님이랑 미팅 잡아줘."

*   *   *

이동하는 사이 고민이 늘어났지만 밴은 올림픽대로와 강변북로를 지나 일산 MAC 방송국을 향해 달려갔다.

밴은 1시간 20분가량 걸려 방송국 주차장으로 들어갔다.

유성연은 이도원을 이미 의상 코디대로 입힌 상태였다.

가을에 어울리는 청자켓과 반팔 티, 블랙진이 잘 어울렸다. 예능국에서 다시 메이크업을 해주기 때문에 유성연은 간단한 기초

화장만 해주었다.

"이야. 인물이야, 인물."

이도원의 얼굴을 보며 감탄한 유성연이 말했다.

"내 친구들이 싸인 받아달래."

"백 장이라도 해드릴 수 있어요."

이도원이 장난스럽게 말했다.

유성연이 특유의 큰 소리로 웃었다.

"호호, 이제 출격!"

이도원은 차문을 열고 나갔다.

오준식과 유성연 역시 뒤따라왔다.

세 사람은 엘리베이터를 타고 예능국 세트로 올라갔다.

〈라이브 연예계〉 세트에 도착하자 TV로만 보던 MC들과 리포터들이 준비를 끝낸 뒤 리허설을 하고 있었다.

그때 FD가 와서 말했다.

"저쪽 방에서 대기해 주세요!"

드라마 현장에선 보기 드문 여자 FD였다.

고개를 끄덕인 이도원과 두 사람은 대기실로 갔다.

그곳에서는 먼저 도착한 십 대 후반의 학생이 메이크업을 받고 있었다.

"안녕하세요, 선배님!"

그는 바짝 긴장한 표정으로 벌떡 일어나 인사를 했다.

메이크업을 해주던 여자 아티스트는 코를 긁적이며 우두커니 서 있다가 이도원을 발견하고 입을 가렸다.

'드디어 왔네? 나 완전 좋아하는데.'

연기를 잘해서 좋아했었다.

〈우리의 심장〉이나 〈시간아! 돌아와〉, 〈악마의 재능〉 모두 평범한 차림과 나이를 속이는 특수 분장을 하고 나와서 미처 못 느꼈는데 실제로 보니 느낌이 또 달랐다.

그녀가 가진 이도원에 대한 인상이 '연기 잘하는 배우'에서 '느낌 있는 배우'로 급상승하는 순간이었다.

물론 이도원은 그것까지 일일이 신경 쓸 수가 없었다.

"아, 안녕하세요."

인사를 받아보니 어쩐지 민망했다. 타임 슬립 전, 후배들에게 인사를 받아봤지만 너무 오랜 기억이었다.

학생은 아랑곳 않고 자신을 밝혔다.

"저는 이번에 백 프로덕션 오디션을 보고 들어온 열아홉 살 심재빈이라고 합니다! 잘 부탁드립니다! 선배님이 출연하신 영화와 드라마를 보고 백 프로덕션에 지원했습니다!"

학생, 심재빈은 우렁차게 자기소개를 했다.

이도원이 고개를 끄덕이며 그의 옆자리에 앉았다.

아티스트가 붙어 메이크업을 시작했다.

심재빈한테 붙어 있던 아티스트는 아쉬운 듯 입을 다셨다.

'이도원은 꼭 내가 해주고 싶었는데.'

그녀는 그 열망을 포기하고 대신 부탁했다.

"저 팬인데, 오늘 촬영 끝나고 싸인 좀 해주세요."

"역시!"

심재빈이 방방 떴다.

"전 알아보시지도 못했는데, 선배님 팬이셨군요? 역시!"

이도원은 심재빈의 태도에 헛웃음이 나왔다.

그가 아티스트에게 말했다.

"예, 감사합니다."

이도원은 메이크업 아티스트와 헤어 아티스트에게 관리를 받았다. 모든 작업이 끝나고 오준식이 커피숍에서 사다 준 커피를 나눠 마시고 있는데 FD가 문 틈새로 고개를 내밀며 말했다.

"촬영 시작할게요!"

이도원과 심재빈은 함께 밖으로 나갔다.

세트에는 세 개의 의자가 세팅되어 있었다.

좌측으로 이도원과 심재빈이 나란히 앉자 맨 우측에 리포터가 착석했다.

"심재빈 배우는 오른쪽으로 조금만 더 돌아앉아 주세요."

심재빈은 고분고분 촬영감독의 지시에 따랐다.

마침내 모든 준비를 완료한 PD가 시작 신호를 보냈다.

첫 스타트는 리포터가 끊었다.

"반갑습니다! 오늘은 충무로에 혜성처럼 등장한 스타죠? 이도원 씨를 모셨습니다!"

두 사람이 박수를 쳤다.

호들갑스러운 분위기를 이어가며 리포터가 이어 말했다.

"그리고 또 한 분! 신인 배우 심재빈 씨를 함께 모셨습니다. 한 분씩 소개를 부탁드려도 될까요?"

다시 한 번 박수를 쳤다. 카메라가 이도원을 클로즈 업 했다.

"시청자 여러분 안녕하세요. 이번에 〈악마의 재능〉으로 여러분을 찾아뵀던 배우 이도원입니다."

'배우 이도원입니다'를 말하는 순간.

이도원은 가슴 한구석이 뭉클했다.

'배우.'

이도원은 한 단어를 곱씹으며 심재빈에게 마이크를 넘겼다.

"시청자 여러분 반갑습니다! 11월부터 방송되는 10부작 웹 드라마 〈내 삶의 보물〉로 찾아뵙게 된 신인 연기자 심재빈입니다."

리포터가 말했다.

"아하! 도원 씨는 지금 충무로를 홀라당 태울 듯이 핫한 배우라는 평이 자자해요. 〈악마의 재능〉 전에도 유태일 감독님과 작업하신 적이 있었다고요?"

"예, 〈우리의 심장〉에서 함께 작업했었죠."

"〈우리의 심장〉이 관객 수가 어떻게 됐죠?"

"최종 성적이 52만 5천 명으로 알고 있습니다."

"그렇군요. 〈악마의 재능〉도 개봉 첫날 7만을 넘는 기염을 토했고, 개봉 일주일 만에 벌써 50만을 넘겼어요. 얼마 전 종영된 〈시간아! 돌아와〉는 '시돌 신드롬'을 일으킬 만큼 높은 시청률을 기록하기도 했죠. 유명세를 실감하시나요?"

"가끔요. 편의점에서 아이스크림을 사 먹거나."

이도원의 대답이 리포터가 웃음을 터뜨렸다.

"굉장히 소박하시네요. 아이스크림을 사 먹을 때 유명세를 느낀다니. 그만큼 몰라보는 사람이 없다는 거겠죠?"

"하하, 뭐 그렇기야 하려고요."

"하하하하……."

리포터는 얼굴에 쥐가 났나 의심될 정도로 계속 웃으면서 화제를 돌렸다.

"도원 씨는 첫 작품인 〈우리의 심장〉 때부터 이미 연기력이 대단한 신인으로 주목받았어요. 영화제에서 상을 탄 작품이 상업화까지 된 경우였죠?"

이도원이 고개를 끄덕였다.

"그렇죠."

리포터는 속으로 불만을 곱씹었다.

'왜 단답만 해?'

겉은 정반대로 부드럽게 물었다.

"이번 〈악마의 재능〉에서 살인범보다 더 살인범 같은 연기를 보여줬어요. 그전에 화제가 됐던 드라마 〈시간아! 돌아와〉에서 연기했던 따뜻한 캐릭터와는 상반된 인물을 연기했는데, 어려움은 없었나요? 촬영 기간이 겹칠 만큼 타이트했고, 또 완전히 다른 배역을 오가야 하는 상황이었다고 들었는데요?"

연기에 대한 이야기가 나오자 이도원은 적극적으로 대답하기 시작했다.

"예, 많은 준비를 했고 몰입하는 데는 문제가 안 됐어요. 〈악마의 재능〉 촬영이 한참일 땐 〈시간아! 돌아와〉 촬영이 완전 후반부였거든요."

리포터는 진행을 매끄럽게 하는 방법을 찾아냈다. 이도원과는 연기에 대한 부분을 중점적으로 이야기를 나눴다. 반면 심재빈과는 웹 드라마에 대한 간략한 소개와 앞으로 어떤 배우가 되고 싶은지에 대한 부분을 이야기 했다.

심재빈은 이 질문을 기다렸다는 듯 자신 있게 대답했다.

"여기 계신 선배님처럼 훌륭한 연기를 보여드리고 싶어요!"

프로듀서가 고개를 저으며 속삭였다.

"이건 편집해야겠다야. 신인 둘이 선후배 따지면서 북 치고 장구 치고 다 한다는 소리 듣기 딱 좋아."

프로듀서의 안목은 날카로웠다.

이도원은 아직 누군가의 목표가 될 급은 아니었다. 연기력은 그 수준이 될지 몰라도 이 바닥에서 누군가의 목표가 되려거든 '선배님'이 아닌 '선생님' 소리를 들을 정도는 되어야 한다. 아니면 두 호칭의 중간쯤이거나.

연륜과 유명세가 뒷받침되지 않는 자랑은 객기고 야박한 평을 받는다. 좋든 싫든 점점에 오를 때까진 겸손한 태도만이 미덕인 것이다.

세상은 많이 바뀌었지만 대중의 시선은 아직도 많이 보수적이었다.

"츳츳!"

헛소리를 낸 프로듀서는 심재빈을 가리키고 목을 긋는 시늉을 했다. 심재빈 분은 최대한 컷할 테니까 질문 자체를 줄이라는 의미였다. 어차피 메인요리는 이도원이었으며, 심재빈은 많이 쳐줘야 애피타이저에 불과한 상황이었다.

촬영은 두 시간 만에 마무리됐다.

실제로 방송으로 나가는 분량은 십오 분 남짓이다.

촬영 분량 중 임펙트 있는 부분만을 골라 편집하기 때문인데, 이도원의 경우 예능이 익숙지 않았기 때문에 촬영 시간이 길어진 케이스였다.

어쨌거나 게스트한테 나무라는 사람은 없었기에 이도원은 별로 개의치 않았다.

사무실로 돌아온 이도원은 이상백과 곧바로 미팅을 가졌다.

이상백은 직접 차를 끓여 와 내주며 물었다.

"일대일 면담을 다 신청하고 웬일이냐? 내가 학교에 있을 때 이후로 네가 날 보자고 한 건 처음인 것 같은데."

얼굴에 서운한 티가 났다.

미미하게 웃은 이도원이 일어나서 찻잔을 건네받으며 대답했다.

"이번 영화 〈투사〉 때문입니다. 프리프로덕션 단계에서 지연된 정확한 이유를 알고 싶어서요."

"여배우 때문이란 건 들었을 테고, 내막이 궁금하단 의미겠지?"

"예."

이상백은 손가락으로 소파의 팔걸이를 두드렸다.

말해야 할지 말아야 할지 고민하던 이상백이 입을 열었다.

"나도 자세히는 모르지만 내가 알고 있는 부분까지만 말해주마. 여배우와 감독 사이에 심각한 트러블이 있었다."

"윤지민과 정윤욱 감독 사이에요?"

"그래, 그 이상 알려진 건 없다. 양측에서도 쉬쉬하는 눈치고."

톱배우와 명감독 사이에 무슨 일이?

이도원은 쉬이 짐작할 수 없었다.

물론 중요한 건 속사정이 아닌 결과였다.

"그럼 윤지민 캐스팅은 불발되는 건가요?"

"이대로 여배우가 구해지지 않는다면 윤지민으로 가야겠지.

윤지민과 정윤욱 감독 서로가 원하진 않겠지만 나머지 배우들과 스태프들, 기획사들과 투자사들 눈도 있으니."

"마땅한 여배우가 구해지지 않는 이유는요? 투자자들이 존재만으로 티켓파워가 있는 톱스타를 원해서인가요?"

"꽤 영리한 추측이지만 아니다. 여배우들 쪽에서 거절하고 있어."

이건 또 무슨 뜬금없는 말인가.

이도원은 눈을 치켜뜨며 물었다.

"왜요? 정윤욱 감독이면 흥행수표 아닌가요? 게다가 이번 작품은 시나리오도 좋고, 자본도 넉넉하고, 영화 스케일도 큰데요."

"문제는 그게 아니다. 촬영 기간도 길고 촬영 스케줄도 빡빡한데 톱배우 중에는 시간이 되는 여배우가 없어. 이미지를 맞는 배우로 새로 발굴하자니, 오디션을 봐도 사극연기가 되는 배우가 없는 거야."

이상백의 입에서 흘러나오는 내용은 전부 이도원의 입장에서 반길 만한 사실들이었다.

이도원이 씩 웃으며 대답했다.

"우린 알고 있잖아요."

"뭐?"

"박아현."

짧게 말한 이도원이 덧붙였다.

"이미 계약금이랑 개런티 책정해서 계약서는 받아뒀죠. 자꾸 가수 활동을 고집하는 박아현이 못마땅했는데 마침 우리가 데려가는 상황이에요. 머지않아 내년 삼월이면 우리 쪽으로 입적하고요. 변수는 없을 거고, 영화 개봉하면 개런티는 오를 겁니다. 박아현 연기력 되는 건 교수님도 고등학교 때부터 보셨으니 아시잖아요."

"나도 알고 있지. 근데 그게, 문제가 있다."

이상백은 난처한 얼굴로 덧붙였다.

"사극연기가 안 돼. 더구나 갖고 있는 표정도 적을뿐더러 연기의 스펙트럼이 너무 좁다. 〈악마의 재능〉에선 잘했다지만 기복도 심해. 괜히 가수를 준비시킨 게 아니다. 연기보다 노래와 춤을 더 잘하기 때문이야. 내가 우리 회사로 데려오는 걸 오케이한 건, 트레이닝을 하고 만들어서 내보내면 신인보단 나을 거라는 판단을 했기 때문이다. 운 좋게 〈투사〉 오디션에 합격한다고 해도 촬영에 들어갈 때까지 시일이 너무 촉박해."

4장

Ready

이도원은 뜻밖의 문제에 봉착한 느낌이었다. 박아현의 연기력이 문제가 될 거라고는 생각하지 못했던 것이 실책이었다.

'여배우 교체는 힘들겠군. 그저 돌아가는 상황을 지켜보면서 나 자신한테 집중하는 수밖에.'

이도원은 일차적으로 단념하며 최선의 판단을 했다.

"대표님, 일단 우리 쪽에서 오디션 요청을 할 수 있을까요?"

"그건 어렵지 않다. 어차피 그쪽도 좋은 여배우를 찾고 있으니까."

이도원은 고개를 끄덕였다. 자신이 당장 영화의 흥행을 위해 나설 수 있는 선은 여기까지다. 그 이상은 역효과만 초래할 뿐이다.

이제 남은 건 박아현의 몫이었다.

이도원은 무대 인사 일정에서 빠졌으며 미리 계약됐던 세 건의 광고 촬영도 끝났다. 표면적으로는 공백기였으나 그는 어느 때보다 바쁜 나날을 보내고 있었다.

〈투사〉의 시나리오와 대본을 한시도 떼어놓지 않았다. 또한 뮤지컬 배역 오디션 대본을 함께 봐야 했다.

'〈투사〉에선 한순간에 모든 것을 잃고 투기장의 노비로 전락한 조선 최고의 무장.'

이도원은 뮤지컬 〈영웅〉의 '안중근' 쪽 대본으로 시선을 돌렸다. 극 중에 나오는 독백 하나와 뮤지컬 곡 〈누가 죄인인가〉를 오디션으로 보게 된다.

〈영웅〉은 대한민국 창작 뮤지컬로 브로드웨이까지 진출해 기립박수를 받으며 극찬을 끌어낸 작품이었다. '안중근'이 일본 제국주의와 맞서는 내용의 웅장한 작품이었다.

'부담이 크군.'

더구나 뮤지컬은 모든 배역에 더블 캐스팅을 한다. 같은 배역의 다른 배우와 비교가 되기 십상이었다. 그나마 다행인 점은 이도원이 남의 실력에 신경 쓰는 성격이 아니라는 것이었다. 그가 걱정하는 점은 따로 있었다.

'대사보다 중요한 건 움직임과 노래인데, 아직 많이 부족해.'

이도원은 노래에 큰 자신이 없었다. 목소리를 잃어봤던 그이기에 '노래' 자체에는 연기만큼이나 갈증을 느끼고 있었지만 실력이 따라줄지가 의문이었다. 엎친 데 덮친 격으로, 주어진 시간도 많지 않았다. 내막을 알고 보니 이미 중영대학교 현역과 졸업생들이 두 달 전부터 준비를 하고 있었고, 중간에 폭탄으로 들어가게 되는 상황이었다. 기존에 '안중근' 역으로 캐스팅됐던 배우가 목이 크게 상하면서 더 이상 연습에 참여할 수 없게 되었고 작곡가 조용현이 마침 중영대학교 휴학생인 이도원을 추천했던 것이다.

배역 오디션을 위해 연습실로 가는 길에 이도원이 물었다.

"누나는?"

스타일리스트 유성연이 보이지 않았던 것이다.

"시장조사 갔어."

오디션에는 스타일링이 필요 없었기 때문에, 유성연은 이런 시간을 쪼개서 틈틈이 이도원이 입고 출연할 옷을 보러 다녔다. 이 점을 알고 있는 이도원은 고개를 끄덕였다.

오랜만에 둘만 남은 자리.

오준식이 백미러로 힐끔거리며 화제를 돌렸다.

"넌 중간에 들어가는 건데. 뮤지컬 단원들, 텃새가 장난 아니겠지?"

이도원은 대답하지 않았다.

오준식이 재차 말했다.

"같은 중영대라도… 이 업계가 선후배가 엄격하다 보니 심한 텃새를 부릴지도 모르겠네. 더구나 목이 상해서 배우가 빠진 것도 호재가 아닌데, 그 자리로 들어온 널 좋게 보진 않을 거야."

이도원이 미간을 찌푸리고 백미러를 보며 물었다.

"그래서 어쩌자고?"

"네가 워낙 당당하지 않나, 성격 좀 죽이라는 거지."

그 말에 이도원은 오준식을 빤히 보았다.

〈시간아! 돌아와〉 촬영 때까지 오준식은 제 역할에 충실했다. 이도원과 장난을 주고받았지만 도를 넘는 일이 없었다. 그런데 〈악마의 재능〉 촬영이 끝났을 때부터 무언가 낌새가 이상했다. 지금까지 그저 바쁜 스케줄로 인해 서로 예민해졌구나 하며 넘겼던 이도원이었다.

'촬영이 끝나면서 요즘에는 준식이의 일이 줄었어. 대기하는 시간이 많아져서 쓸데없는 생각을 하는 건가? 아니면 스타일리스트가 들어왔을 때부터 어떤 영향을 받아서?'

그는 고민해 봤자 소용없다는 생각을 하고 물었다.

"오늘 오디션 끝나면 술이나 한잔할까?"

오준식이 당황한 얼굴로 뜸을 들이다 대답했다.

"오늘 일찍 들어가 봐야 해서. 오랜만에 가족들도 봐야 하고……."

"너희 집 근처에서 회포 풀자. 집에는 나 혼자 갈 테니까 걱정 말고."

오준식은 뜨끔했다.

이도원의 태도가 전과 같지 않았던 것이다. 날카롭게 빛나는 눈과 강압적인 분위기의 말투가 그랬다.

"…알겠다."

오준식은 어쩔 수 없이 대답했다.

밴이 달리는 동안 두 사람은 한마디도 나누지 않았다. 차가 움직이는 소음과 이도원이 대본을 넘기는 소리만 오준식의 마음을 무겁게 짓눌렀다.

도착하기 무섭게 이도원은 무표정한 얼굴로 차 문을 열고 내렸다.

"따라오지 않아도 된다. 일 보고 있어."

칼같이 자른 이도원이 엘리베이터를 타고 올라갔다.

띵, 엘리베이터 문이 열리자 연습실이 나타났다.

밖에서부터 배우들이 목을 푸는 소리를 들을 수 있었다. 일반인이 들으면 이상한 괴성일 수 있겠지만, 배우에게는 중요한 과정이었다.

'발성이 탄탄하군.'

이도원은 잠시 감청을 하다 안으로 들어섰다.

드문드문 이도원을 발견한 단원들이 꺼림칙한 표정을 지었다.

이도원은 개의치 않고 주위를 훑었다. 거울 앞에서 포니테일로 머리를 묶고 목을 푸는 여자의 뒷모습을 본 이도원은 조금목소리를 높여 말했다.

"안녕하세요. '안중근' 열사 역 오디션을 보러 온 이도원입니다."

그때 여자가 몸을 돌렸다.

'아!'

이도원은 깜짝 놀랐다.

아주 익숙한 얼굴의 여자가 배시시 웃으며 말했다.

"감독님한테 오빠가 온다는 얘기는 들었는데 진짜 왔네요!"

그녀는 바로 차지은이었다.

'활동을 못 하게 한다더니… 여기 있었네.'

반면 한 가지 의문이 들었다.

"너도 중영대 학생이야?"

"몰랐어요? 하긴 저도 오빠가 중영대 입학한 걸 감독님한테 얘기 듣고 알았으니까요. 그래도 전 조그맣게 기사까지 떴다고요."

이도원은 머쓱해졌다.

"신입생이겠네."

"네, 졸업한 선배들도 참여하는 공연이라 떨려요. 재학생은 '링링' 역할밖에 없거든요."

뮤지컬 〈영웅〉의 '링링'은 '안중근'을 사랑하는 소녀로, 가장 나이가 어린 배역이었다. 어쩐지 역할이 잘 어울린다 싶어 이도원은 고개를 끄덕였다.

그때 한 남자가 일어나서 다가왔다.

조금 굳은 표정의 남자는 악수를 청했다.

"난 정태화라고 한다. 재작년에 졸업했고, 지금은 뮤지컬 배우로 활동하고 있지. 〈영웅〉에서 네가 오디션 볼 배역인 '안중근' 역할이다. 네가 합격한다면 아마 나와 더블 캐스팅으로 무대에 서게 될 거야."

"반갑습니다, 선배님."

이도원이 손을 맞잡았다.

남자, 정태화는 연습실 쪽방을 가리켰다.

"감독님께 인사드리고 나와. 오디션은 십 분 후 보기로 하지."

"알겠습니다."

이도원은 차지은에게 눈인사를 하고 쪽방 문을 두드렸다.

"들어와요."

안으로부터 목소리가 들려왔다. 나직하지만 폭발적인 힘과 울림이 있는 음성.

익숙했다.

'설마……'

이도원이 문을 열었다. 그리고 그곳에는 신용운이 있었다.

뮤지컬 연출은 주로 배우들이 한다. 배우들은 연극영화과에서 연기만 배우지 않는다. 무대를 만드는 스태프부터 연출까지 무대의 모든 것을 배운다. 그리고 실제로 많은 배우가 연극과 뮤지컬을 기획하고 연출한다.

신용운 역시 트레이너 이전에 연극과 뮤지컬을 하는 배우이자, 동시에 대한민국에서 가장 실력 있는 무대 연출자 중 하나였다.

"이도원."

신용운이 씩 웃으며 말했다.

"드디어 올 것이 왔군. 준비는 많이 했나?"

"예……"

이곳에 계실 줄은 몰랐습니다.

이도원은 뒷말을 삼켰다.

그를 보며 신용운이 말했다.

"뭐해? 나가서 준비해. 바로 따라 나갈 테니까."

이도원은 고개를 꾸벅 숙여 보인 뒤 문을 열고 나갔다.

연습실 벽에 붙어 앉아 스트레칭을 하는 배우, 앉아서 쉬고 있던 배우, 거울을 마주 보고 목을 풀고 있던 배우의 시선이 느껴졌다.

결코 호의적인 눈빛은 아니었다.

'이전에 내 배역을 맡았던 배우가 적잖이 신뢰를 받고 있었나 보군.'

이도원은 크게 개의치 않았다. 이 정도 반응은 충분히 예상하고 있었다. 오히려 차지은과 신용운을 보고 생각지도 못한 선물을 받은 기분이었다.

"후."

이도원은 나직이 숨을 고르며 입을 열었다. 이윽고, 목을 고르는 그의 발성이 연습실을 채워 나갔다.

머지않아 신용운이 나오자 모든 배우가 일어나 인사를 하고 벽에 붙어 앉았다. 이내 연습실 정중앙에 위치한 책상에 신용운과 정태화가 앉았다. 이도원이 그 앞에 서자, 신용운이 마침내 운을 뗐다.

"대사는 생략하고 노래부터 봅시다."

이도원은 당황하지 않았다. 자신 있는 부분은 대사였지만, 신용운은 그의 연기 실력을 미리부터 알고 있었다.

한편 신용운은 이도원이 부족한 부분은 지도하고 연습시키면 얼마든 채울 수 있는 재능을 가졌다는 걸 알고 있었다. 때문에 구태여 다시 확인할 필요가 없는 것이다. 하지만 노래 실력은 모르고 있었다.

이도원의 노래 실력을 모르는 건 차지은도 마찬가지였다.

'머리를 비우고.'

신용운이 펜을 손 안에서 돌리는 걸 빤히 보던 이도원은 눈을 슥 감았다. 눈을 감자 들숨과 날숨, 가쁜 심장박동이 느껴졌다. 이도원은 천천히 호흡을 가라앉혔다.

'안정된 호흡에서 안정된 발성이 나온다.'

이도원은 두 발의 간격을 어깨 넓이로 벌렸다. 바닥을 딛고 있는 두 발에 신경을 집중했다. 그러자 땅바닥에 뿌리를 내린 듯 발이 감기는 느낌이 들었다.

'목소리는 땅으로부터 나온다.'

다리를 고정시킨 이도원은 상체의 힘을 뺐다. 어깨를 털어 긴장을 내쫓으며 몸을 이완시켰다. 이도원은 속이 통나무처럼 텅 비어버린 느낌으로 생각했다.

'소리가 나오는 통로가 될 뿐.'

허리와 목을 이어주는 척추를 곧게 펴고 가슴을 올리며 턱을 당겼다.

"스으으으……"

입으로 허파에 있는 모든 바람을 뺐다.

"스으으읍."

코를 이용해 바닥에 고정된 발바닥까지 숨을 들이마셨다.

이도원은 감겼던 눈을 지그시 떴다.

일련의 준비 과정이 십 초 내에 끝났다.

그는 턱을 고정하고 입을 크게 벌렸다.

"대한의 국모 명성황후를 시해한 죄."

엄격하고 웅장한 느낌이 응축된 목소리였다.

정확한 음정과 절제된 발성은 단숨에 귀를 사로잡았다.

"대한의 황제를 폭력으로 폐위시킨 죄, 을사늑약과 정미늑약을 가제로 체결케 한 죄, 무고한 대한의 사람들을 대량 학살한 죄!!"

그때 신용운이 불쑥 가성으로 코러스를 집어넣었다.

"누가 죄인인가? 누가 죄인인가?"

누구도 예상치 못한 개입에도 이도원은 당황하지 않고 몰입했다.

"조선의 토지와 광산과 산림을 빼앗은 죄, 제일은행권 화폐를 강제로 사용케 한 죄, 보호를 핑계로 대한의 군대를 강제 무장 해제시킨 죄, 교과서를 빼앗아 불태우고 교육을 방해한 죄."

신용운이 다시 한 번 반주 같은 코러스를 입혔다.

"누가 죄인인가? 누가 죄인인가?"

이도원이 노래를 이었다.

"한국인의 외교권을 빼앗고 유학을 금지한 죄, 신문사를 강제로 철폐하고 언론을 장악한 죄, 대한의 사법권을 동의 없이 강제로 장악 유린한 죄, 정권을 폭력으로 찬탈하고 대한의 독립을 파괴한 죄."

다시 한 번 코러스, 그리고.

이도원은 의연한 표정으로 노래했다.

"대한제국이 일본인의 보호를 받고자 원한다며 세계에 뻔뻔스런 거짓말을 퍼뜨리며 세계인을 농락한 죄, 현재 대한이 태평무사한 것처럼 천황을 속이고 밖으로 세계 사람들을 모두 속인 죄. 동양의 평화를 철저히 파괴한 천인공노의 죄 때문이다!"

그 음성이 점차 올라가며 폭발적인 힘을 내기 시작했다.

*   *   *

연습실은 이도원의 밀도 높은 목소리로 가득 찼다.

사이를 두고, 이도원이 대사를 쳤다.

"모두들 똑똑히 보시오!"

가슴속 웅크린 한이 폭발했다.

"조선의 국모 명성황후를 살해한 미우라는 무죄, 이토를 쏴 죽인 나는 사형, 대체 일본법은 왜 이리 엉망이란 말입니까!"

이도원이 큰 소리로 독백하며 직후 레시타티보(Recitative : 낭독하듯 노래하는 부분)로 전환했다.

"한 나라의 국민으로 태어나, 조국을 위해 죽는 것. 이것이 참된 영광이니 나 기꺼이 받아들이나, 여기 계신 모든 분, 저들의 거짓과 야욕에 속지 마시고 그들의 위선과 우리의 진실을 세계에 알려주시오!"

이도원은 조국의 한을 그대로 품고 음정에 실어 불렀다. 목소리는 낮게 읊조릴 때도, 우렁차게 부를 때도 시종일관 굵직하고 근엄했다.

무섭게 치솟던 소리가 그치는 순간.

쿵!

이도원이 발을 굴렀다.

〈영웅〉 대본상에는 없던 움직임이었다.

신용운이 코러스를 넣었다.

네 사람이 부르는 합창 부분을 이도원이 홀로 짊어지고 이어나갔다.

"나라를 위해 싸운 우리, 과연 누가 죄인인가? 우리를 벌할 자 누구인가? 우리들은 움직였다, 나라를 위해 싸운 우리, 누가 죄인인가? 우리를 벌할 자 누구인가? 우리는 용감했다!"

이도원의 목소리가 뚝 그쳤다.

정적이 감돌고, 이도원이 호흡을 감아 물었다.

"누가 죄인인가?"

소름이 돋았다.

MR과 AR에 의지하지 않고 노래를 불렀다.

비록 연습실 구조상 마이크를 댄 것처럼 울렸지만 놀라운 건 변함없었다. 노래를 탁월하게 잘해서가 아니었다. 호흡과 발성은 안정적이었지만 노래 자체는 미흡했다. 하지만 이도원은 배우이지 가수가 아니다.

뮤지컬은 노래로 하는 연기다.

연기가 추구하는 바가 무엇인가?

얼굴 표정과 목소리, 몸짓에 감정을 얼마나 실을 수 있는가, 얼마나 짙은 호소력과 전달력을 가졌는가.

이도원은 그런 점에서 최고의 노래를 들려주진 못했지만, 놀라운 연기를 보여준 것이다.

마침내 신용운이 입을 열었다.

"아직 많이 다듬어야겠지만 갖고 있는 잠재성은 좋군."

곁에 앉은 정태화 역시 고개를 끄덕였다.

"감정이 좋은데요. 관객을 홀리는 폭발력이 있습니다."

두 사람은 모두가 들리도록 평가를 했다.

일부는 고개를 끄덕이고, 또 일부는 마음에 들지 않는 표정을 짓고 있었다.

이도원은 내심 웃었다.

'그래도 반은 설득했군.'

단 한 번의 연기로 우려되던 부분의 절반은 극복했다. 나머지 반을 설득하는 건 앞으로 감당해야 될 몫이었다.

이도원은 허리를 숙여 인사했다.

"감사합니다."

신용운은 펜으로 책상을 톡톡 두드리다가 말했다.

"어차피 따로 활동을 하고 있는 졸업생끼리 모여서 이번 공연을 기획했다. 그러니 영화 스케줄을 소화하면서 준비하기에도 좋을 거야. 문제는 네가 중간에 들어왔다는 점이다. 다른 사람들은 공연을 올리기까지 넉넉한 준비 기간이 있었지만 넌 촉박하다는 뜻이지."

"예."

"다른 배우들과 호흡을 맞추는 것만도 쉽지 않은 일이 될 거야. 더블 캐스팅이기 때문에 공연 때 실수라도 하면 사람들의 입에 비교돼 오르내릴 수도 있지."

신용운이 주위를 한 번 쓸어본 뒤 이도원에게 물었다.

"누구도 네 영화 스케줄을 건드리진 않겠지만, 바쁘다고 해서 단원들에게 피해주면 안 돼. 약속할 수 있나?"

이도원은 욕심이 들불처럼 이는 걸 느꼈다.

처음에는 복잡한 심정으로 이곳에 들어왔다. 앞으로 스케줄에 대한 번잡스러운 고민이 이도원을 에워쌌었다. 하지만 〈영웅〉의 '안중근'을 연기하며, 그가 품은 민족의 한을 품고 가슴으로 노래하며 깨달았다.

이 기회를 거부할 수 없다는 것을, 관객들에게 호소하고 전달할 수 있는 무대가 그를 유혹하고 있다는 것을.

"약속할 수 있습니다."

이도원의 표정에는 한 점의 고민도 없었다.

'반드시 해내겠다.'

신용운은 그 확고한 얼굴을 마주 보며 그렇게 해석했다.

이도원을 빤히 바라보던 신용운이 고개를 끄덕이고 몸을 일
으켰다.

정태화 역시 이도원에게 시선을 떼며 신용운을 따라 쪽방으
로 들어갔다.

그제야 긴장이 풀린 이도원은 몸을 휘청거렸다.

'하고 싶다.'

어떤 상황들이 가로막든, 누가 뭐라고 하든, 하고 싶다.

이도원은 〈영웅〉의 '안중근' 배역에 대한 강렬한 욕망을 느꼈
다.

한편 방문을 닫은 정태화가 신용운에게 말했다.

"욕심이 과하면 전체를 망칠 수 있습니다. 선생님, 이도원에게
는 연습할 시간이 너무나 부족합니다. 차라리 뮤지컬 배우를 섭
외하시죠. 지금까지 여러 번 오디션을 봤고, 괜찮은 배우들도 있
었잖습니까?"

신용운은 고개를 저었다.

"이도원으로 간다."

"선생님!"

정태화가 목청을 높였다. 지금까지 쌓아온 것들을 이도원으
로 인해 망칠 수는 없었다. 하지만 신용운은 무섭게 눈을 치켜

뜨며 물었다.

"지금 〈영웅〉에서 빠진 권명섭은 오랫동안 나와 함께한 제자다. 누구보다 이번 배역에 대한 욕심이 있었고, 〈영웅〉에 집중했다. 우리 중 누가 그 녀석이 목 관리 하나도 못해 이런 상황이 초래될 줄 예측했나?"

정태화는 꿀 먹은 벙어리처럼 입을 닫았다. 가장 속이 상한 것은 그도, 단원들도 아닌 신용운임을 알았기 때문이다. 이번에 〈영웅〉에서 빠진 권명섭은 신용운이 가장 아끼는 제자였다.

신용운이 말했다.

"무려 칠 년이다. 그동안 군말 없이 내 밑에서 연기를 배웠다. 연극 판만 전전하며 이제야 큰 공연을 할 기회를 잡았는데 멍청한 새끼가 배우의 기본인 목 관리 하나 못 해서 그렇게 됐다."

신용운의 목소리에서 안타까움이 가득 배어났다. 비록 욕으로 치장했지만 권명섭을 각별히 여기는 마음이 뚝뚝 떨어졌다.

"그런 거다. 처한 여건이 어떻든 못 할 놈은 못하고, 할 놈은 해. 억울해도 이도원은 해낼 놈이다. 지금까지 괜찮은 배우들이 왔다고? 우리가 관객에게 말하고자 하는 게 '그럭저럭 괜찮은 무대'인가? 우리는 지금으로부터 백 년도 전에 겪었던 민족의 설움을 말해야 돼."

신용운이 배역을 확정지었다.

"공연은 배우가 아닌 관객을 위해 존재한다. 우리는 가장 능력 있고, 가장 인상 깊은 연기를 펼쳐줄 수 있는 배우로 간다."

그날 저녁 이도원은 오준식의 동네로 갔다.

경기도 부천 범박동의 달동네.

두 사람은 허름한 순대국밥 집에 마주 앉았다.

오준식은 굳은 표정이었다.

"내가 사는 곳을 별로 보여주고 싶지 않았는데."

목소리도 전에 없이 딱딱하게 나왔다.

오준식은 주인 아주머니에게 톤을 바꾸며 주문했다.

"어머니, 여기 순댓국 두 그릇이랑 소주 한 병만 주세요. 이슬이로요."

음식과 술이 나오자 이도원이 먼저 잔을 채웠다.

오준식을 빤히 보던 이도원이 물었다.

"할 말 있으면 해라."

오준식은 가타부타 대답하지 않았다.

이도원은 말없이 잔을 내밀었다.

오준식이 잔을 부딪쳤고 한입에 술을 털어 넣었다.

"크, 쓰다."

말한 오준식이 김치 하나를 주워 먹었다.

이도원이 피식 웃으며 말했다.

"난 단데."

"적당히 마셔."

오준식이 말하며 술잔을 채웠다.

아예 작정한 듯 잔을 채우기 무섭게 마셨다.

주거니 받거니 한 병이 모두 비워질 때쯤.

얼굴에 홍조가 낀 오준식이 마침내 입을 열었다.

"오늘 속에 있던 말 좀 하자."

이도원이 묵묵히 그를 보았다.

이내, 오준식이 운을 뗐다.

"혹시 돈이 없으면 어떤 삶을 살지 생각해본 적 있냐? 내가 더 어렸을 때, 난 판자촌에서 살았다. 눈 덮인 판자촌. 눈을 치우지를 않으니까 멀리서 보면 무척 예쁘지. 근데 가까이서 보면 어떤 줄 알아? 생지옥이 따로 없어. 길이 미끄러워 다치는 사람도 많은데다, 공용 수돗가가 꽁꽁 얼어서 물이 안 나오지. 근데 또 판자가 나무라 눈이 녹아서 물까지 새네? 눈이나 비라도 내리는 날에는, 안 그래도 추워 죽겠는데 존나게 물을 퍼내는 거야."

피식 웃은 오준식이 말했다.

"그래도 그때보다 지금은 좀 낫다. 판자촌에서 벗어났거든. 그래도 가난은 여전하더라. 난 연기 학원을 다닌 적이 없어. 연기 학원 대신 현장에서 돈 받고 일했지. 내가 왜 처음 연기를 했는지 알아? TV에 나오는 새끼들은 다 부자더라고. 부자가 되고 싶어서 시작했다. 남들은 예술이니 뭐니 이빨 까지만 난 돈 때문에 시작했다."

이도원은 잔을 채워주며 가만히 듣고 있었다.

오준식이 두서없이 지껄였다.

"어려서부터 내 밥값, 애들 용돈 버느라 학교 생활도 제대로 못했지. 그래도 복지 정책이라고 나오는 돈으로 할머니 약값은 해결했다. 근데 웬걸, 둘째 놈이 연년생이라 스무 살 넘으니까 군대 가라더라. 군대에서 야간 근무 서면서 존나게 추운데 머릿속에선 할머니 걱정이 그치질 않아. 이렇게 추운데 또 박스 줍는다고 쓸데없이 돈도 안 되는 거, 그거 줍는다고 밤거리를 헤매고 있진 않을까……."

눈물이 주르륵 떨어졌다.

오준식 본인은 의식하지 못하고 있었다.

그 순간 이도원은 오준식의 호흡을 관찰하는 자신을 발견했다.

'하.'

문득 스스로가 저주스럽게 느껴졌다.

무심결이라지만 말도 안 되는 일이다.

하지만 연기란, 배우란 그런 직업이었다.

한편 서럽게 울던 오준식이 말을 이었다.

"가난이란 놈이 질겨… 지긋지긋했다. 그래서 연기를 포기해야만 했지. 근데 이미 연기가 내 인생의 유일한 희망이 돼버렸더라고. 이 세상에서 행복할 게 없는 내가, 연기를 할 때만큼은 즐겁더라. 가난도 절망도 탈출구는 연기뿐이었지."

오준식은 흐흐 웃었다.

반쯤 울고 반쯤 웃는다.

"그래서 꿈 언저리라도 있으려고 로드 일을 하게 됐다. 우리 회사가 매니지먼트 월급이 많거든? 집도 못 들어가고 일하는데 다른 곳은 초봉 팔십 받고, 삼 개월 일한 뒤에 백이십 받아. 그리고 한 십 년 구르면 웬만한 직장인보단 많이 받는다. 대부분 다 떨어져 나가니까 남은 사람만 버는 거지. 일거리는 늘겠지만 뭐, 버티기만 하면 되는 거잖아? 버티는 건 자신 있는데 말이야. 게다가 우리 회사는 처음부터 기본은 주거든. 그 시간에 알바 하는 것보다 나을 정도?"

이도원은 고개를 끄덕였다.

오준식은 그간 쌓인 한이 깊었는지 한참 동안 하소연을 했다. 그리고 마침내 이도원이 궁금했던 부분을 말했다.

"처음에는 네가 잘되기만을 바랐다. 근데 나도 사람이다 보니 열등감이 생기더라. 부럽기도 하고, 질투도 하게 되고. 사촌이 땅을 사도 배가 아프다고 하지 않냐? 내가 꿈꾸던 인생을 사는 널 바로 옆에서 지켜보면서… 그냥 화가 나더라고. 일 미터도 떨어져 있지 않은데 넌 화려한 삶, 난 시궁창."

오준식이 창밖의 신축 아파트를 가리켰다.

"쟤들이랑 나랑 이렇게 가까이 사는데, 하늘과 땅 차이잖아? 지금도 네가 잘되길 바라는데, 자꾸 화가 난다. 내 신세가. 넌 바로 옆에서 몇십 억씩 버는데 난 간신히 할머니 약값 벌고, 애들 학비 벌면서 근근이 살고 있지."

그는 이어 물었다.

"불공평하지 않냐? 너나 나나, 누구나 인생은 치열하게 살고 있는데 말이야."

이도원은 대답을 미루고 술을 털어 넘겼다.

탁, 소주잔을 내려놓은 이도원이 입을 열었다.

"난 네 상황이 돼본 적 없다. 짐작은 해도 공감은 못 해. 근데 준식아."

잠시 고민하던 그는 말을 이었다.

"다 좋은데 포기하진 마라. 네 세상과 내 세상을 구분 짓지도 말고."

이도원의 말 속에는 경험과 진심이 담겨 있었다.

그 역시 타임 슬립하기 전 목소리를 잃고 헤맸다. 완전한 연기를 영영 할 수 없게 되었고 가난은 실과 바늘처럼 따라왔다. 말도 못하는 반쪽짜리 배우라는 멍울을 뒤집어썼다.

물론 그들은 서로의 속내까지 공감하진 못했다. 오준식도 이도원에게 해답을 바라지 않았다. 그저 털어놓을 곳이 필요했을 뿐이다. 이도원 역시 잘 알고 있었기에, 더 이상 다른 말을 하진 않았다.

이도원은 고개를 돌려 창문 틈으로 새어 들어오는 달빛을 바라봤다.

세상에 의지대로 되는 것은 없다.

그저 열심히 버티고, 희망을 놓지 않을 뿐.

'웃어라, 온 세상이 너와 함께 웃을 것이다.'

그리고.

'울어라, 너 혼자 울 것이다.'

*　　　　*　　　　*

이도원은 2020년 9월 25일 뮤지컬 〈영웅〉의 '안중근' 역할에 캐스팅됐다는 연락을 받았다. 그리고 10월 10일 대본 리딩 하루 전인 9일까지 하루도 빠짐없이 연습실에 나가 연습을 했다.

"오빠, 그새 몰라보게 늘었네요?"

"늘긴."

대수롭지 않게 대답한 이도원이 물었다.

"그래서, 부족한 점은?"

"여기서 소리가 끝까지 뻗지 않고 떨어지는 느낌이에요."

차지은이 대본의 한 부분을 콕 집었다.

이도원은 대본과 노래의 악보를 대조하며 고개를 끄덕였다.

"음역대가 너무 높은 건가?"

"아니, 아니에요."

차지은이 도리도리 고개를 저었다.

"음을 점점 올린다는 느낌이 아니라 더 위에서 아래로 떨어뜨 린다는 느낌으로 해보세요. 추상적이지만 소리는 상상의 영향을 아주 많이 받아요."

노래에 관해선 주로 이도원이 먼저 차지은에게 피드백을 부탁했다. 그녀는 그때마다 겸손하게 대답했지만 지적할 때만큼은 칼같이 날카로웠다.

'역시 노래 하나는 나보다 훨씬 잘해.'

이도원은 인정할 부분에선 깨끗이 인정하는 편이었다.

"다시 한 번 해볼게."

이도원이 다시 한 번 노래를 불렀다.

차지은은 고개를 저으며 말했다.

"오빠 진짜 독하네요, 대단해요."

"왜?"

"그동안 엄청 연습했죠? 계속 녹음하고 들으면서 했을 것 같아요. 잠꼬대로 부를 정도로."

"왜 그렇게 생각하는데?"

"오빠 약간 음치거든요. 핀트가 살짝 내려가거나 올라가요."

이도원은 치부를 들킨 사람처럼 얼굴이 빨개졌다.

풋 웃은 차지은이 말했다.

"걱정 말아요. 관객 중에 전문가가 없는 이상 그냥 속을 정도로 아주 미세한 차이니까. 하지만 전문가나 신용운 선생님이라면 바로 알아채실 거예요."

"근데 넌 어떻게 알아?"

"전 음감이 좋은 편이거든요."

이도원은 절로 고개를 끄덕였다. 그가 겪은 바로 차지은은 노래를 잘 불렀다. 그냥 잘 부르는 게 아니고, 이곳의 누구보다 잘 불렀다.

그때 곰곰이 생각에 잠겼던 차지은이 말했다.

"완벽하게 음감을 맞추려면……."

그녀는 벌떡 일어나더니 피아노로 가서 앉았다. 그리고는 널찍한 의자를 툭툭 쳤다.

"부끄러워하지 말고 여기 옆에 와서 앉아봐요."

이도원은 말 잘 듣는 강아지처럼 고분고분 차지은의 옆에 가서 앉았다.

이어서 차지은이 지시했다.

"제가 건반을 누르면 맞는 계이름을 쭉 끌면서 불러 봐요. 도ㅡ 레ㅡ 미ㅡ 파ㅡ 솔ㅡ 라ㅡ 시ㅡ 도. 이렇게."

그녀가 덧붙였다.

"음정이 어긋나지 않으면 잔음에 녹아들면서 오빠 목소리가 안 들릴 거예요. 건반으로 내는 소리만 들리겠죠."

음정을 교정하는 방법이었다.

이도원이 고개를 끄덕였다.

"준비됐어."

"그럼 시작."

차지은이 건반을 눌렀다.

이도원은 따라 불렀다.

그러길 여러 번.

음정 교정을 삼십 분쯤 했을 때 이도원이 물었다.

"이건 혼자서도 충분히 할 수 있겠다. 음정은 그렇다 치고…
아까 내 음역대에 벗어나는 노래는 없다고 했잖아? 음을 떨어뜨
리는 느낌으로 부르라고. 그건 특훈법 없어?"

"너무 날로 드시려고 하시네요, 오라버니."

이도원이 아쉬워하려던 찰나 그녀가 덧붙였다.

"없긴 왜 없어요? 당연히 있지."

씩 웃은 벌떡 차지은이 일어나서 말했다.

"일어나요."

"네."

이도원은 순순히 일어났다.

차지은은 넓은 공간에 서서 후우, 한숨을 내쉬었다. 그녀가 무
언가 큰 결심을 한 사람처럼 볼을 긁적이며 말했다.

"이게 좀 우스꽝스럽긴 한데. 효과는 직방이에요. 충분히 소
화할 수 있는 음역대의 고음을 잡지 못한다는 건 습관이 잘못
들었다는 증거죠."

차지은이 이도원에게 등을 돌렸다. 그녀는 허리를 숙여 가랑
이 사이로 얼굴을 내밀며 말했다.

"이렇게."

그녀가 원래대로 섰다.

"불필요한 힘이 들어가는 걸 방지할 수 있어요. 물론 단점은 있죠. 이 연습은 과하게 반복하면 안 된다는 거? 머리로 피가 몰려서 바보가 될 수도 있고⋯⋯."

이도원은 진지한 표정으로 고개를 끄덕였다.

"해볼게."

"하루에 다섯 번 이상은 하지 말고요."

차지은은 재밌다는 듯 웃으며 팔짱을 끼고 지켜봤다.

이도원이 허리를 숙여 가랑이 사이로 얼굴을 내밀었다.

"아. 도― 레― 미― 파― 솔― 라― 시― 도―"

확실히 소리가 잘 나오는 걸 확인한 이도원은 원상태로 일어나서 흡족한 미소를 지었다.

"좋네."

어깨를 으쓱인 차지은이 말했다.

"또 한 가지 팁을 더 주자면 미간으로 소리를 낸다고 생각해요. 소리는 척추를 타고 머리 위로 곡선을 그리며 떨어진다고 상상하면 편하죠. 소리를 오빠가 원하는 음으로 떨어뜨리는 거예요. 가사 한 글자에 한 음씩! 툭툭 떨어뜨리는 거죠."

차지은은 고운 소리를 냈다.

직접 시범을 보여주는 것이다.

확실히 그녀는 편하게 고음을 불렀다.

이도원은 감탄을 숨기지 않고 고개를 내저었다.

"허무하네. 난 그래도 내가 중간은 가는 줄 알았어. 다들 노래 잘한다고 했거든. 근데 너한테 배워보니 산 넘어 산이다."

"왜요? 걱정돼요?"

잠깐 딴 곳을 보며 물은 차지은이 피식 웃었다.

"그럴 리가 없지. 내가 걱정할 사람을 해야지."

그녀는 못 말린다는 듯 중얼거렸다.

이도원이 흥미진진한 표정으로 웃고 있었던 것이다.

네 시간 정도 노래를 부른 두 사람은 다음 단계로 넘어갔다. 실질적인 연기 연습을 해야 했기 때문이다.

둘밖에 없었기에 서로 배역인 '안중근'과 '링링'의 대사를 봐주기로 했다.

이제 이도원이 지휘봉을 잡을 차례였다. 연기는 차지은보다 이도원이 한 수 위였다.

"나부터 하지."

이도원이 대본을 들고 대사를 쳤다.

"앞으로 저와 여러분이 목숨이 위태로울 수도 있는 일입니다."

나직하고 군건한 어조였다.

이도원은 다른 배역들의 대사를 생략했다.

"지금까지 서로 살아온 길은 달랐지만… 앞으로 가야 할 길은 같습니다."

그는 조국을 향한 절절한 마음을 담아 손을 뻗었다. 그리고 힘찬 목소리로 말했다.

"저와 여러분이 힘을 합친다면 수백, 수만의 일본군에 맞서 싸울 수 있을 것입니다. 자, 다 함께 부딪쳐 봅시다!"

기다리고 있던 차지은이 '링링'이 될 차례였다. 그녀는 밝고 활기찬 목소리로 비장한 분위기를 환기시켰다.

"여기, 만두 더 있습니다. 싸우지 말고 드세요."

대본에서 시선을 돌린 차지은이 이도원을 불렀다.

"선생님?"

다음으로, 대본에는 (독립군들이 환호성을 지르면 그사이로 링링이 나타나 안중근의 팔짱을 끼는데…)라는 설명문이 있었다. 이도원이 뭐라 말하기도 전에 바짝 다가온 차지은이 팔짱을 꼈다.

"와… 그사이 더 잘생겨지셨네?"

얼굴을 바짝 들이밀며 장난스럽게 묻는 모습이 '링링'인지, 차지은인지 헷갈릴 정도로 자연스러웠다. 이도원 역시 '안중근'과 혼동될 만큼 당황한 표정으로 말했다.

"어느새 아가씨가 다 됐구나……."

'링링'의 오빠인 우덕순이 '안중근'을 놀리는 장면을 생략한 차지은은 허공을 보고 부끄러운 새소리를 냈다.

"오빠……."

그녀는 고개를 돌린 살짝 돌린 채 바구니를 내미는 시늉을 했다.

"선생님, 먼 길 오셨는데 만두부터 드세요."

이도원이 만두를 집는 시늉을 했다. 만두를 입안에 넣으려던 그는 주변을 돌아보았다.

굶주린 독립군들이 눈에 선했다.

"자, 다 같이 먹지."

'안중근'과 '링링'이 함께 등장하는 첫 장면은 거기까지였다.

이도원의 연기를 모두 본 차지은은 혀를 빼꼼 내밀며 고개를 흔들었다.

"오빠 연기는 뭐… 제가 뭐라고 지적하겠어요?"

엄살을 부리는 모습에 이도원이 피식 웃었다.

"너도 이제 딱히 연기적으로 지적할 건 없는 것 같은데? 내가 발견할 수준은 넘은 것 같다. 다만 아직 네가 가진 무기를 스스로 활용하지 못하고 있는 느낌이야. 지금 정도 호흡과 발성이면 충분히 대사가 전달되겠지만, 멀리 떨어진 관객에게도 '링링'이란 인물을 정확히 이해시키려면 움직임도 중요해. 나한테 다가올 때나 팔짱을 낄 때 좀 더 가벼운 몸짓과 사뿐사뿐한 걸음으로 해봐."

"역시 가차 없네요, 오빠. 말이 쉽죠……."

차지은은 투덜대면서도 진지한 표정이었다.

이도원은 그녀가 무언가 깨우쳤음을 눈치챘다.

'아마 금방 성장할 거야.'

이도원이 차지은을 보면서 느낀 점은 그녀가 영리하다는 사실이다. 차지은은 솜이 물을 빨아들이듯이 이도원의 지적을 소화했다. 조언을 반영해서 자신의 방식대로 표현하기도 했다.

'확실히 돕는 재미가 있어.'

그렇잖아도 '링링'은 차지은과 성격이나 이미지가 비슷한 배역이었다. 귀엽고 쾌활한 목소리 또한 '링링'과 잘 어울렸다. 더불어 그녀가 노래를 부를 때면 이도원조차 심장이 뛸 만큼 완벽했다. 그리고 머지않아 관객들도 반하게 될 것이다.

'정말 '링링'에 차지은은 완벽한 캐스팅이다.'

이도원은 흥미로운 표정으로 차지은을 지켜봤다.

이도원은 밤늦게까지 연습에 몰두했다.

차지은이 먼저 들어갈 때도 그는 멈추지 않았다. 그 결과 자정이 넘어서야 연습을 일단락 지었다.

이도원은 주차장으로 내려가 밴에 탑승했다.

"수고했어."

오준식의 말에 고개를 끄덕인 이도원이 물었다.

"뭐하고 있었어?"

"대본 연습."

오준식은 씩 웃으며 말을 이었다.

"네가 예전에 보던 대본으로 '최정우' 배역 연습하고 있었어."

"독백 부분?"

"응. 독백이랑 내레이션."

"준비되면 얘기해. 내가 했던 작품이니까 한번 봐줄게."

"큭, 감동이다."

오준식은 호들갑을 떨며 시동을 걸었다. 두 사람은 지난번 술자리 뒤로 어느 정도 응어리가 풀린 상태였다.

그날부로 오준식은 많이 바뀌었다. 지쳐가던 연기에 대해 긍정적인 마음을 먹기 시작했다. 그리고 조급했던 마음을 내려놨다.

'도원이의 매니저를 하게 돼서 다행이야.'

오준식은 이도원에게 진심으로 고마워하고 있었다.

그 속을 아는지 모르는지, 이도원은 집으로 가는 길 내내 〈투사〉의 대본을 들춰 봤다.

"맞다. 준식아, 박아현 오디션은 어떻게 됐대?"

"아주 갈 데까지 갔나 보더라."

"뭐가?"

"내일 리딩 때 박아현이랑 윤지민을 동시에 부른다고 하던데? 동료 배우들 앞에서 배역을 두고 경쟁하게 생긴 건데… 나 참, 이게 무슨 일인지."

"헐."

이도원은 저절로 헛바람을 뱉었다. 오준식의 말대로 그런 경우는 듣도 보도 못했던 것이다.

오준식이 그에 대한 설명을 부연했다.

"정윤욱 감독이 투자자들과 타협을 본 건지, 아니면 단순히 윤지민을 망신 주려는 건지… 당장 윤지민이 리딩장에 올지도 의문이야."

"윤지민 입장에선 열 좀 받았겠네."

"그렇지. 자존심이 팍 상할 거야. 근데 박아현이 더 대단하다? 그 대단한 톱스타 윤지민이랑, 그것도 십 년 가까이 차이 나는 선배랑 붙게 생겼는데도 꿋꿋이 내일 참석할 생각인가 봐."

"박아현 입장에선 놓칠 수 없는 기회니까."

이도원이 말을 이었다.

"정윤욱 감독의 블록버스터 주연이야. 한방에 배우로서의 인생을 다시 시작할 수 있는 기회지. 잘만 하면 화려한 복귀가 가능한 상황인데 예의 지킨답시고 놓을 수 있겠어?"

"그건 그렇지. 어쨌거나 확실한 건 내일 리딩장 분위기가 대박 살 떨릴 거라는 사실이야."

오준식의 말에 이도원은 고개를 끄덕였다.

"흥미롭겠군."

"윤지민과 박아현. 둘 다 너랑 호흡 맞출 텐데, 같은 대사 두 번씩 해야 되는 거 아니야?"

오준식의 우려에 이도원은 피식 웃었다.

"돌아가면서 대사를 치겠지. 초장부터 개판이군……. 점점 궁금해지는데?"

"뭐가?"

"정윤욱 감독과 윤지민 사이에 무슨 일이 있었는지."

"모르는 게 약일 수도 있어. 특히 감독과 여배우의 관계라면."

이도원은 어깨를 으쓱였다.

"그냥 궁금하다 이거지 뭐. 그나저나 〈투사〉에 어마어마한 선배가 왜 이리 많아? 기 눌려서 숨도 제대로 못 쉬겠네."

〈투사〉에 섭외된 조연 배우들은 웬만한 주연을 상회하는 개런티를 받고 있는 최고의 배우들이었다.

이도원은 새삼 입에 침이 말랐다. 그들의 연기를 보고, 함께 호흡을 맞출 생각에 심장이 쿵쾅거렸다.

'아낌없이 쏟아붓고 많이 배우자.'

이도원은 초심으로 돌아가 다짐했다.

*   *   *

10월 10일.

영화 〈투사〉의 배급사 〈청출어람〉 본사.

대본 리딩 현장에 도착한 이도원과 오준식은 화장실에 들렀다. 리딩에 들어가면 두 시간 이상을 꼼짝없이 리딩 룸에 틀어박혀야 하기 때문이다.

"여긴 무슨 화장실이 우리 집 두 배만 하네."

오준식이 두리번거리며 능청스레 감탄했다.

한편 손을 닦은 이도원은 거울을 통해 상태를 체크했다. 카메라 마사지의 효과인지 그간 분위기가 꽤 달라져 있었다. 그 점을 새삼스레 느낀 이도원이 씩 웃어보았다.

오준식이 손을 씻으며 그를 힐끔거렸다.

"그렇게 폼 안 재도 충분히 잘생겼어."

"고맙다."

이도원은 핸드 타월로 물기를 닦고 화장실에서 나갔다.

그때 우연히 여자화장실에서 나오는 박아현과 마주쳤다.

그녀가 활짝 웃으며 아는 체를 했다.

"우와, 오랜만이네?"

함께 〈악마의 재능〉 무대 인사를 다닌 지 두 달도 지나지 않았지만 이도원은 맞장구를 쳤다.

"그러게, 잘 지냈고?"

"그럼! 이번 영화에서도 또 만나게 될 줄은 몰랐는데 완전 반갑다야. 감독님이 〈악마의 재능〉 보고 섭외 명단을 올리셨나 봐."

박아현은 아직 캐스팅이 확정된 상황이 아니었지만 내색하지 않고 말했다.

모든 내막을 알고 박아현을 추천까지 한 이도원은 모른 척 맞장구를 쳐주었다.

"나도 네가 들어온다고 해서 꽤 놀랐다."

이도원은 그 순간 낯선 시선이 느껴져 고개를 돌렸다.

그곳에는 아름다운 미모의 한 여배우가 그들을 뚫어져라 직시하고 있었다. 그녀가 누군지는 모두가 짐작할 수 있었다.

'윤지민.'

섭외 문제로 떠들썩한 여배우, 윤지민은 금세 표정을 바꾸었다. 그녀는 당찬 미소를 짓고 성큼성큼 걸어왔다.

"반가워요. 〈투사〉 배우들이죠?"

살짝 고개를 숙여 인사를 건넨 윤지민은 고개를 돌려 박아현을 바라보았다.

"아, 그쪽은 아닌가?"

노골적인 언사에 박아현의 얼굴이 새빨개졌다.

단 한마디로 박아현에게 모욕감을 안겨준 윤지민은 이도원에게로 시선을 돌리며 말했다.

"아무튼 반가워요, 앞으로 잘 부탁하고요."

눈웃음을 친 윤지민이 먼저 리딩 룸으로 들어가 버렸다. 그녀가 문 앞에서 했던 말을 자리의 모두가 똑똑히 들을 수 있었다.

"발칙한 것."

이도원은 무심코 박아현의 표정을 보았다.

박아현은 수치심으로 굳은 얼굴을 하고 있었다.

그녀를 보며 나직이 한숨을 내쉰 이도원이 고개를 흔들었다.

'시작부터 일촉즉발이네.'

박아현이 무언가를 결심한 듯 말했다.

"나 먼저 들어갈게."

그녀는 성큼성큼 리딩 룸으로 들어갔다.

발걸음에 분노가 실려 있었다.

그 뒷모습을 보며 곁에 있던 오준식이 물었다.

"설마 싸우려는 건 아니겠지? 걸음걸이가 딱 한판 할 기세인데."

"설마."

고개를 저은 이도원은 실실 웃고 있는 오준식의 표정을 발견했다.

"재미있냐?"

"원래 싸움 구경이 제일 재미있다고 하잖아. 뭐, 좋은 일은 아니지만 어차피 오늘 내에는 여배우가 결정될 테니까 촬영에는 지장 없지 않을까?"

"그건 그렇지."

"그나저나 박아현, 괜히 윤지민한테 찍히면 골치 아플 텐데……."

이도원 역시 고개를 끄덕였다.

윤지민은 청순한 미모와 어울리는 천사 같은 행실로 잘 알려져 있었다.

반면 알 사람은 모두 안다. 그녀가 얼마나 독한 구석이 있는지, 여우 짓을 즐겨 하는지.

'함께 작업하긴 박아현이 편하겠지만.'

내심 바란 이도원은 실소했다.

박아현이 윤지민을 꺾고 캐스팅이 될 확률?

윤지민과 사이가 나쁜 정윤욱 감독의 절대적인 지지를 받는 길뿐이다. 경험이나 연기력 면에서는 애초에 비교가 안 될 만큼 윤지민은 뛰어난 연기자였다.

'그런 여배우가 대체 왜 〈투사〉에서만 유독 연기를 못했지?'

다시 생각해도 선뜻 이해가 가지 않았다.

이도원은 답 안 나오는 고민을 멈추고 리딩 룸으로 들어갔다.

"안녕하세요, 안녕하세요."

기라성 같은 선배 배우들에게 인사를 하며 지정석으로 가서 앉았다.

다행히 윤지민과 박아현은 직접 부딪히지 않았는지 서로에게 신경을 끈 채 대본을 보고 있었다.

머지않아, 정윤욱 감독을 비롯해 배급사 대표와 투자단 대표가 함께 들어섰다.

세 사람을 본 순간 이도원은 직감했다.

'박아현 섭외는 힘들어지겠군.'

그는 박아현을 보았다.

아니나 다를까 그녀는 어두운 표정을 짓고 있었다.

감독이 단독적으로 리딩을 주관하지 않는다면 결국 윤지민이 캐스팅될 확률이 높았다.

미묘한 기류가 오가는 사이 민머리가 인상적인 정윤욱 감독이 말문을 열었다.

"모두들 이 자리에 모여주셔서 감사합니다, 반갑고요. 여러 선배 배우, 또 능력 있는 신인들을 모시게 돼서 영광입니다. 저와 함께 이번 리딩을 주관하실 두 분은 각각 배급사 〈청출어람〉의 대표님과 우리 영화 〈투사〉 투자단의 대표님이십니다."

자연스럽게 〈청출어람〉 대표가 바톤을 넘겨받았다.

"저는 배급사 〈청출어람〉의 대표인 강재우 이삽니다. 〈투사〉가 프리프로덕션 단계부터 큰 자금과 노력이 들어간 기대작이니만큼 이 자리에 직접 오게 됐습니다."

투자단 대표 역시 짤막하게 말했다.

"모두 좋은 연기 보여주시기 바랍니다."

대본 리딩은 대부분 긴장감을 동반할 수밖에 없지만 그건 대본을 읽을 때뿐, 나머지 시간은 대개 화기애애한 분위기 속에서 진행된다.

그에 비해 〈투사〉의 분위기는 조금 어색했다. 그때 주위를 둘러보던 정윤욱 감독이 말했다.

"먼저 주인공 '조영선' 역의 도원 씨부터 소개하죠."

고개를 살짝 숙인 이도원이 일어나 말했다.

"'조영선' 역할을 연기하게 된 이도원입니다. 여기 계신 많은 선배님들의 지도편달 부탁드립니다."

정윤욱 감독은 고개를 끄덕이며 두 명의 여배우를 보았다.

윤지민과 박아현이다.

"두 분은 좀 특수한 상황으로 모시게 됐습니다. 두 분, 소개해 주시죠."

윤지민이 먼저 자리에서 일어났다

"선배님들 안녕하세요. 허구인물인 '민혜 공주' 역의 윤지민이에요. 잘 부탁드립니다."

모두 박수를 치는 가운데 다른 작품에서 안면이 있었던 선배들은 휘파람을 부르며 환영했다.

반면 박아현이 일어났을 땐 주변 분위기가 심드렁했다.

이도원은 그 이유를 어렵지 않게 짐작할 수 있었다.

'가수 활동 해서 인기 좀 얻었다고 선배 배역이나 탐내는 싸가지 없는 신인.'

모두들 그런 평을 하고 있을 터였다.

그럼에도 박아현은 꿋꿋이 말했다.

"안녕하세요, 선배님들. 얼마 전까지 가수 활동을 하다 이번에 연기 활동을 시작한 신인 박아현입니다. 원래 연기로 시작했고 계속 연기를 하고 싶었어요. 많은 지도 부탁드립니다."

누구도 입 밖으로 뱉진 않았지만 무시하는 눈치였다.

대충 박수를 치며 그들은 속으로 생각할 것이다.

'어차피 곧 안 보게 될 텐데.'

대부분이 윤지민의 승리를 확신하고 있었다.

한편 박아현은 울상을 애써 숨기며 도로 앉았다.

이어서 주조연 배우들이 배역과 이름, 소감 등을 말하며 한 사람씩 자기소개를 마쳤다. 서로를 파악하는 시간이 끝나자 정윤욱 감독이 진도를 나갔다.

"지민 씨와 아현 씨는 같은 캐릭터니까 번갈아가며 대본의 대사를 치면 됩니다. 나머지 분들은 알아서 잘해주시면 되고요. 그럼 시작하죠."

〈투사〉의 배경은 조선시대였다.

영화 전체가 픽션으로 이루어져 있으며 조선은 여진족을 몰아내고 두만강을 넘어 북벌에 성공한다. 이때의 총지휘관이 바로 이도원이 연기하는 '조영선'이다.

첫 장면은 몹 씬(Mob scene : 군중 장면)으로 조선군 진영에서 시작된다. 첫 신호탄은 이도원의 독백이었다.

그는 대본을 보며, 굵직한 톤으로 대사를 쳤다.

"이 주 뒤면 난… 남쪽으로 내려가 농사를 짓고 있을 것이다. 제군도 각자의 소망이 깊으면 이루어질 것이다."

깊은 호흡을 장착한 목소리가 장내를 가득 채웠다.

"철통같이 뭉쳐 나를 따르라. 혹시 말을 타고 가다가… 시원한 바람이 부는 들판에서 혼자 달리고 있는 자신을 발견하더라도, 결코 두려워하지 말라."

이도원은 주위를 둘러보며 씩 웃었다.

"그곳은 바로 극락이며 제군은 이미 죽은 것이다."

곳곳에서 웃음이 터져 나왔다.

대본상 (부관들, 웃는다)는 장면 설명을 다른 배우들이 대신 웃으며 센스 있게 대체한 것이다. 이도원은 자연스럽게 대사를 이어나갔다.

"살아생전 우리의 명예는 죽은 뒤에도 영원할 것이다!"

그 음성에는 울림이 있었다.

단 한 번의 독백만으로 자리의 모든 배우는 이도원이 여간내기가 아님을 직감했다.

리딩 전 일각에선 이도원을 활동 경력도 짧을뿐더러 근래 두각을 나타낸 풋내기라고 무시했으나, 직접 보니 호흡은 깊고 화술이 특출 났다. 마치 오랜 기간 무대 연기를 하다 넘어온 관록 있는 배우를 보는 느낌을 줄 정도였다.

어쨌거나 다음 장면은 악역인 왕세자의 등장이었다.

'왕세자' 역할의 배우 정성우는 톱스타 반열에 올라간 지 십

년 가까이 된 베테랑이었다. 그는 십 대 시절 데뷔 초반부터 화려한 외모로 주목받았고, 이십 대 중반에 들어서서 연기력이 폭발했다.

정성우는 이 자리에서도 연기 내공을 발휘했다.

"전군의 신망을 등에 업었으니 권력이 탐날 텐데?"

차가운 인상으로 분한 정성우가 입꼬리를 올리며 물었다. 그에 이도원이 살짝 고개를 숙이며 답했다.

"피아 식별이 분명한 무관의 길이 제게 맞습니다."

그 말에 정성우는 고개를 저었다.

"앞으로 어쩔 생각인가?"

"전쟁이 끝났으니 귀향하여 농사를 지을 생각입니다."

이도원이 조용하지만 확고한 음성으로 대답했다.

정성우가 눈을 짤막하게 빛냈다.

"자네같이 깨끗한 인물이 필요하네."

이도원이 잠시 사이를 두고 물었다.

"제게 뭘 바라십니까?"

문득 정성우의 얼굴에 탐욕이 떠올랐다.

눈빛과 표정 변화만으로 강렬한 감정을 드러내는 건 쉬운 일이 아니었다.

"자넨 지휘가 뭔지 잘 알아. 명령하면 누구나 복종하잖아?"

그는 열변을 토했다.

"신하들은 권모술수와 아첨에만 능해. 우리가 그들로부터 이 땅을 구원해야 하네. 때가 오면 자네의 충성을 기대해도 좋겠나?"

이도원은 이곳 리딩 룸 안의 가장 오랜 경력을 가진 백발의 선배 배우를 바라보고, 다시 정성우에게로 시선을 돌렸다.

"전하께서 허락하시면 관직을 버리고 고향에 돌아가겠습니다."

정성우는 살짝 눈꺼풀을 떨었다.

"고향? 그댄 누구보다 자격이 있지만……."

그는 이도원을 향해 비틀린 웃음을 짓더니 말을 이었다.

"안일한 생각 말아, 곧 부르겠다."

이도원은 왕세자 역할의 배우의 연기력에 감탄했다. 대사를 주고받으면서 물 흐르듯 전개되는 느낌을 받았다. 그건 지금까지 느껴보지 못한 종류의 희열이었다.

'지금까지 항상 혼자 수레를 끌었다면, 지금은 누군가가 뒤에 서서 밀어주는 기분이다.'

정성우 역시 놀람은 다르지 않았다.

'이번 촬영… 재밌어지겠어.'

그는 이도원이 단번에 마음에 들었다. 이십 대 초반의 나이에 성공가도를 달릴 정도로 충분한 욕심과 실력에 호감이 갔고, 많은 얼굴을 보여줄 수 있는 평범한 듯 잘생긴 얼굴도 호감형이란 생각이 들었다. 반대로 이 자리에 마음에 들지 않는 사람도 있었다. 바로 윤지민과 박아현이었다. 둘만의 기류로 이 자리의 분위기를 어색하게 만드는 것이 꽤씸했다. 많은 선배가 보는 자리였기에 성질을 부리진 않았지만 마음속은 부글부글 끓었다.

'싸가지 없는 년들. 여러 선배님과 감독님만 안 계셨어도 가만 안 뒀을 텐데.'

그때 윤지민이 이도원을 향해 '민혜 공주'의 대사를 쳤다.

＊　　　＊　　　＊

"아바마마는 장군을 총애해요. 지나칠 만큼!"

윤지민은 매혹적인 미소를 지었다.

이도원은 그녀의 등장에 놀란 낯빛을 지우며 담담하게 대답했다.

"많은 변화가 있었죠."

이번에는 박아현의 차례였다.

박아현은 뜨거운 눈빛을 보내며 물었다.

"하지만 당신의 감정까지, 모든 것이 변한 건 아니겠죠?"

이도원이 대답하지 않고 외면했다.

'민혜 공주' 역할을 두 여배우가 번갈아 대사를 쳤다. 그러나 이도원은 조금도 당황하지 않고 자연스럽게 호흡을 맞췄다.

다시 윤지민이 외쳤다.

"잠깐!"

그녀는 사이를 두고, 대사를 이어나갔다.

"얼굴을 보여줘요."

이도원에 대본에서 눈을 떼고 고개를 들었다.

윤지민은 설레는 마음을 내색하지 않으려 했다. 그 미묘한 감정을 눈빛과 표정만으로 잘 나타내고 있었다.

'아주 디테일한데. 작은 변화까지 놓치지 않고 있어.'

이도원은 내심 감탄했다.

잠시 바라보던 윤지민이 이어 말했다.

"심란해 보이는군요."

이도원은 담담한 척 군은 표정을 한 겹 둘렀다. 그는 내면의 참담한 얼굴을 살짝 드러낸 채 대답했다.

"병사를 잃었습니다."

다음으로 박아현이 물었다.

"아바마마께서 뭘 바라실까요?"

그녀의 목소리를 듣는 순간 이도원은 느낄 수 있었다.

'말렸군.'

승부는 끝난 것이나 다름없었다.

박아현의 음성에선 '민혜 공주'로서의 어떤 감정도 느낄 수 없었다. 그녀가 내포하고 있는 감정은 가슴 깊이 연모하는 남자를 향한 것이 아니었다. 경쟁자인 윤지민을 향한 당황스럽고 복잡한 심경이었다.

'캐릭터에 전혀 몰입하지 못하고 있어. 몸과 마음이 모두 현실에 머물러 있다.'

이도원은 내색하지 않고 자신이 할 몫을 다했다.

"소인이 귀향할 때까지 건강하길 바라주시겠지요."

이미 승기를 잡은 윤지민은 여유롭게 몰입하며 대답했다.

"거짓말, 장군은 거짓말과 어울리지 않아요."

이도원이 그녀에게서 시선을 떼지 않고 대답했다.

"마마께는 한 번도 거짓말이 먹히질 않는군요."

"장군은 제게 거짓말을 할 필요가 없어요. 장군과 어울리지도 않고요. 장군은 소녀가 전하의 뜻을 거스르고 세자의 편에 설

거라고 생각하나요?"

원래는 박아현이 대사를 칠 부분이었지만 윤지민이 가로챘다.

박아현은 입을 열다 말고 입술을 깨물었다.

딱히 제재하는 신호가 없었기에 이도원은 흔들리지 않고 다음 대사를 했다.

"마마께서는 살아남는 재능이 남다르십니다. 전하의 뜻을 거스르진 않겠지만 세자 저하 역시 지지하시겠지요."

그때였다.

정윤욱 감독이 리딩을 중단했다.

"다른 분들은 잠시 휴식하시고, 지민 씨와 아현 씨는 잠깐 남아서 이야기 좀 나누시죠."

그가 할 이야기는 자명했다. 윤지민이 지시를 따르지 않고 박아현의 순서를 빼앗은 부분에 대해 주의를 줄 터였다. 정윤욱 감독은 암묵적으로 박아현을 지지하고 있기 때문이다. 그러나 박아현의 표정을 본 이도원은 확신했다.

'이미 늦었어.'

그 전부터 불안정한 심리 상태로 연기에 임하던 박아현이었다. 최고의 컨디션을 발휘해도 상대가 될까 말까 한 판에 자신의 페이스를 완전히 잃고 상대에게 휘말렸다.

이도원은 고개를 저으며 자리에서 일어났다. 그를 비롯한 배우들이 줄줄이 리딩 룸을 빠져나가 자리를 피해주었다.

'왕세자' 역의 정성우가 뒤에서 이도원을 불렀다.

"도원 씨, 커피나 한잔할까?"

"아! 선배님."

이도원은 사양하지 않고 답했다.

"좋습니다."

"일 층에 커피숍이 있으니까 그리로 가지."

두 사람은 엘리베이터를 타고 내려가 커피숍으로 갔다.

정성우가 이도원의 것까지 계산한 뒤 마주 앉아 말했다.

"두 여자 때문에 몰입하는 데 불편하지? 상대역도 계속 바뀌고."

"아닙니다. 제 배역에만 집중하면 되는걸요."

이도원의 대답이 마음에 들었는지, 정성우는 흡족하게 웃으며 고개를 끄덕였다.

"하긴, 도원 씨 정도 되면 그런 상황에는 휘둘리지 않겠지."

그는 관자놀이를 검지를 구부려 톡톡 치며 말했다.

"연기란 게 이 멘탈 싸움이거든."

"그렇죠."

이도원이 순순히 수긍했다.

정성우가 피식 웃으며 말을 이었다.

"그나저나 박아현이 충격 좀 받았겠어. 윤지민 그 여우 같은 계집애, 기를 완전히 죽여놓던데."

"선배님."

이도원이 그를 부른 뒤 물었다.

"섭외가 진행되고 있을 때부터 지민 선배랑 정윤욱 감독님 사이에 트러블이 있었다고 소문이 자자하던데… 혹시 무슨 일인지 아세요?"

정성우는 말해야 하나 말아야 하나 난처한 표정으로 빤히 보다가 이내 고개를 끄덕이며 입을 열었다.

"하긴, 너도 작품에 들어가는 배우니까 알 권리가 있겠지."

"예."

"내가 알기로는 윤지민도 이 영화를 하고 싶어 하는 건 아니야. 스케줄이 되는 배우도 윤지민밖에 없을뿐더러, 윤지민 마케팅 효과가 확실하니까, 투자자들이 윤지민네 회사랑 얘기해서 밀어붙이는 거지. 윤지민도 회사에선 영향력이 있지만 투자사들이 줄줄이 껴 있으니 목소리를 내기가 곤란한 거고. 그럼 어째서 윤지민이 이 영화를 하고 싶어 하지 않느냐?"

정성우는 다리를 꼬며 미간을 찌푸렸다.

"이 바닥에서 알 만한 사람들은 모두 아는 사실이니까 숨길 것도 없다. 윤지민이 신인 때 뜬 영화가 바로 정윤욱 감독 작품이거든. 그 당시 둘 사이에 묘한 기류가 돌고 있었어. 뜨려고 성접대를 했다느니 말이 많았지만 표면적으로는 두 사람이 잠깐 만났다는 썰이 있지."

여기까진 이도원도 어느 정도 짐작했던 범위 안이었다. 하지만 이 정도로는 윤지민이 문제를 일으킬 사유가 안 된다.

"불편할 만도 하군요. 그래도 〈투사〉 같은 영화의 주연을 맡을 기회를 걷어찰 정도의 이유는 아니지 않나요?"

정성우가 고개를 끄덕였다.

"나도 그 이상 아는 건 없지만 확실한 건 두 사람 사이에 뭔가 있다는 거야. 참, 그리고 참고로 선배들 앞에선 지민이 까지 마라. 난 정윤욱 감독님을 좋아하고, 윤지민을 별로라고 생각하지만… 다른 선배들 생각은 정반대니까. 윤지민이 신인 때 정윤

욱 감독이 접대를 요구했다고 질질 짜면서 사발 좀 푼 것 같기
도 하고. 아무튼 좀 그래."

아무것도 확실한 건 없었다. 이 바닥 일이 대부분 아리송하긴
하다. 그렇지만 이도원은 영 찜찜했다. 미래에 일어날 일들을 알
고 있었기 때문이다.

'단순히 두 사람 사이에 그런 일이 있었다고 영화 하나를 그
냥 말아먹는다고?'

전혀 앞뒤가 맞지 않았다.

그럴 만한 사람들이면 정윤욱 감독이나 윤지민 모두 그 자리
까지 올라가지 못했을 터였다. 프로들이 일을 할 때만큼은 얼마
나 이성적인지 이도원은 잘 알고 있었다.

의심스럽다고 해서 더 파고들 수도 없는 입장이었다.

"복잡하네요."

그 말에 정성우가 빙긋 웃었다.

"원래 이쪽 일이 좀 그래. 신경 끄고 네 할 일에나 집중하는
게 답이다. 괜히 남 일에 신경 써봐야 너만 손해니까 명심해. 이
바닥에서 어중간한 오지랖은 금물이야."

이도원은 고개를 끄덕이며 대답했다.

"명심하겠습니다, 선배님. 그리고 커피 감사히 마셨습니다."

그는 센스 있게 테이블의 빨대 껍질을 치우고 먼저 엘리베이
터를 잡아두었다.

두 사람이 리딩 룸으로 돌아갔을 땐 대부분 배우가 다시 자리
를 채우고 있었다.

이도원에게 윙크를 한 정성우가 자리로 가서 앉았다.

이도원 역시 자리에 앉았다.

끝으로 정윤욱 감독이 입을 열었다.

"아현 씨는 스케줄이 있어 먼저 돌아갔습니다. '민혜 공주' 역은 지민 씨가 계속해 하겠습니다. 현재 더블 캐스팅 상태이기 때문에 '민혜 공주' 배역으로 결정된 배우에게는 차후 따로 통보가 갈 겁니다."

그러고 보니 박아현이 보이질 않았다.

'윗선들끼리 얘기가 끝났나 보군.'

말이 나중에 결과를 통보한다는 거지, 박아현은 떨어지고 윤지민이 발탁된 것이나 다름없었다.

어수선한 장내를 훑은 정윤욱 감독이 담담하게 말했다.

"다음 대사, 지민 씨부터 계속하겠습니다."

그 말에 따라 고개를 끄덕인 윤지민은 '민혜 공주' 역의 대사를 쳤다.

"멈춰요, 다시 만난 게 그렇게 거북해요?"

그녀는 미간을 찌푸리고 물었다.

이도원은 고개를 저었다.

"전투 때문에 지쳤을 뿐입니다."

윤지민은 나직이 한숨을 쉬며 화제를 돌렸다.

"아바마마가 약해지셔서 마음이 아프겠군요."

그녀는 이도원의 어깨를 어루만지듯 대본을 손으로 훑어 내리며 말했다.

"세자는 왕위를 물려받길 원해요. 전하께 그랬듯, 세자에게도 충성할 거죠?"

이도원은 살짝 고개를 숙이며 모호하게 답했다.

"…소인은 언제나 이 나라 조선을 섬깁니다."

정윤욱 감독은 두 사람의 호흡이 제법 잘 맞자 고개를 끄덕이며 다음으로 넘어갔다.

"다음, 도원 씨 독백. 전투에 지친 장군의 모습을 보여줍시다."

이도원은 대본을 넘겼다. 그곳에는 '조영선'이 홀로 막사에서 조상들께 약식으로 제를 올리며 하는 독백이 쓰여 있었다.

한편 지금 이도원은 여러 외부적인 요인으로 생각할 것이 많았다. 리딩이었으니 망정이지 현장이었다면 지금 상태로 훌륭한 연기를 보이지 못했을 것이다.

'집중하자.'

이도원은 눈을 스윽 감았다 떴다.

진지한 표정과 우수에 젖은 눈빛.

불현듯 이도원의 분위기가 달라졌다.

자연스레 자리에 앉은 모든 이의 시선이 집중됐다.

'느낌이 바뀌었어.'

가장 먼저 느낀 건 윤지민이었다.

정성우 역시 흥미로운 표정이 됐다.

'보여줄 게 남았다, 이거지?'

그 순간 이도원이 입을 열어 대사를 뱉었다.

"조상님, 저를 이끌어주소서."

고개가 살짝 들렸다.

"아버지, 가족을 지켜주세요."

이도원은 스르륵 눈을 감으며 가슴에 손을 올렸다.

미간에 주름이 잡혔고 표정은 완전히 몰입됐다.

"어머니께 곧 만나러 간다고 전해주십시오."

그는 다시 한 번 바랐다.

"조상님, 제게 가르치신 명예를 지키며 살게 해주소서."

절제돼 있지만 감성을 자극하는 묵직함이 있었다.

'사람 잘 봤어.'

정성우는 흡족하게 웃었다.

윤지민은 살짝 놀란 표정을 지었다.

한편 다른 배우들도 이채로운 눈빛으로 이도원을 주목하고 있었고, 그건 정윤욱 감독도 마찬가지였다.

'마침 잘됐군. 이제부터 감정이 깊게 들어가는 씬인데, 압도적인 대선배의 호흡을 따라갈 수 있을지… 실력 좀 볼까?'

대본을 넘긴 정윤욱 감독이 주문했다.

"다음은 왕과 장군의 대화입니다. 안유성 선생님과 도원 씨 호흡을 한번 맞춰보죠. 선생님, 잘 부탁드립니다."

존재만으로도 묵직한 카리스마를 풍기는 이 자리의 최고참. 안유성은 마치 원래 왕의 삶을 살아온 인물처럼 자연스럽게 대사를 말했다.

"곁에 오너라… 어서."

"전하."

이도원이 복잡한 감정을 담고 안유성을 불렀다.

노쇠한 왕에 대한 안타까움과 애정이 깃들었다.

안유성이 온화한 미소를 베어 물고 미력한 목소리로 말했다.

"너무 지쳤어… 과인은 그대를 아들처럼 여기지."

그는 사이를 두고 말을 이었다.

"그러니 뭐든 이야기해 보아라. 남자답게 터놓고."

이도원은 감정을 숨기며 본분에 충실한 말투로 답했다.

"장병 오천 명이 동사 직전이옵니다. 삼천 명은 부상이옵고 이 천여 명이 죽음을 앞두고 있사옵니다. 그들의 죽음이 헛되었다고 믿고 싶지 않사옵니다."

그가 고개를 들며 안유성을 직시했다.

"그들은 조선을 위해 싸웠고 전하를 위해 죽사옵니다. 부디 나약해지지 마옵소서."

이글이글 타오르는 뜨거운 눈빛이 안유성을 향했다.

안유성이 주름이 가득한 얼굴로 답했다.

"난 이제 곧 죽는다."

그는 이도원을 보며 고개를 내저었다.

"과인은 진정으로 부국강병한 나라를 만들고 싶었다. 하지만 출발부터 불가능했던 나약한 꿈일 뿐이었지. 모든 것이 한순간의 꿈이야. 밖으로 아무리 멀리까지 영토를 넓힌다고 해도, 지금도 내부에선 악취 나는 정치가 계속되고 있지 않나?"

안유성은 자신의 일평생 삶을 송두리째 내다 버리는 말을 하면서도 결코 괴로워 보이지 않았다.

이도원은 속으로 감탄했다.

'대부분 저같은 대본을 받으면 괴로운 마음을 표현하겠지. 하지만 삶의 끝에서 현명한 인간이 내릴 수 있는 최선의 선택은 모든 걸 내려놓는 것일까.'

오히려 홀가분하게 자신의 인생이 덧없음을 인정하며 노쇠한 왕의 모습을 설득한 안유성의 애드리브가 이어졌다.

"사람은 누구나 마지막을 앞두면 지난 삶을 돌아보게 되지. 후세에 난 어떻게 기억될까? 위대한 정복자? 피로 얼룩진 폭군? 용맹한 투사? 아니, 아니야."

고개를 흔든 안유성이 눈을 반짝 빛내며 이도원에게 물었다.

"그대 이야기를 해보라. 우리끼리니까 편하게 이야기를 해 봐. 그대의 고향은 어떻지? 그대가 사랑하는 것들은 무엇인가?"

은은한 미소를 지은 안유성은 마치 아이와 같은 표정이었다.

대본에는 없는 장면이고 대사다.

안유성은 지금, 이도원의 역량을 시험하고 있었다. 애드리브를 던지면서 얼마나 받아칠 수 있을지 궁금해 하며 지켜보고 있다. 하지만 이도원은 시험대 위에서도 긴장하지 않았다.

이곳은 리딩 룸이 아닌 왕의 처소로 지어진 군막이었다.

차디찬 전장에서도 유일하게 포근하고 따뜻한 곳이다.

이도원의 심상으로 주위의 세세한 풍경이 떠올랐다.

조금 더울 정도의 따스한 불빛, 눅눅한 노인의 냄새, 지친 피로감과 어깨를 누르는 갑옷의 무게, 비단 이불의 부드러운 촉감까지 고스란히 느끼며……

평생을 충성해 온 왕과 편안히 대화를 나누는 충신처럼.

아버지같이 모시고 따르는 왕을 대하는 아들과 같은 자세로.

이도원이 말했다.

"소신이 살던 곳은 바닷가가 보이는 산 위의 작은 초가집입니다. 수평선을 활활 태우는 듯한 일출(日出) 때쯤 일어나 지게를 짊어지죠. 바다 저 끝에서부터 붉은 빛이 차츰차츰 밀려옵니다. 아침바람에 실린 비린내가 정신을 깨우죠. 그때쯤이면 등허리에 지게를 멘 지게꾼들이 산을 들락입니다. 산을 오르락내리락하는 동안 산등성이를 어루만지던 따스한 태양이 밤이 되면 바다 속으로 소리 없이 떨어지고요. 일몰(日沒)이죠. 가족들이 한 상에 모여 서로의 노고를 위로하며 두런두런 이야길 나눕니다. 하루 종일 흘린 땀이 달콤한 양식으로 분해 밥상 위에 놓입니다. 멀리서 들려오는 늑대 울음을 정겨운 가락으로 삼아 노래를 부르고, 어린 동생들은 안뜰을 뛰어다니죠. 풀밭에 드러누워 별을 보며 밤이 새도록 이야기를 나누기도 하고요."

이도원의 눈동자가 상상 속에 아련히 잠겼다.

정윤욱 감독은 놀란 눈을 치켜떴다.

다른 배우들의 표정도 크게 다르지 않았다.

'자기가 작가야?'

이도원이 이런 세밀한 묘사가 섞인 대사를 지어낼 수 있었던 것은 배역에 대한 무한한 상상과 몰입이 만들어낸 결과였다.

이도원은 대본 분석을 할 때부터 〈투사〉에서 자신이 연기하게 될 '조영선'의 가족 관계는 물론, 영화에선 등장하지 않는 그들의 면면과 살던 곳의 모습까지 머릿속에 선명하게 그렸다.

상대역인 안유성은 놀란 마음을 가라앉히며 이도원에게 집중했다. 그리고 은은한 미소를 띠며 답했다.

"평화롭고 행복한 곳이로군. 그대에게 부탁할 일이 있다."

이도원이 꿈에서 깬 듯 고개를 숙이며 말했다.

"분부만 하시옵소서."

"그대가 봐온 삶을 이 조선의 모든 이가 누릴 수 있도록 해줬으면 좋겠다. 썩은 권신들을 몰아내고 그들의 권력을 빼앗아 백성들에게 돌려줘. 그대에게 그만한 권한을 주겠다. 이 영예로운 부탁을 거절하진 않겠지?"

"전하……!"

이도원은 눈을 부릅뜨며 말했다.

"소신에게 어찌 그런 분부를 내리시옵니까. 감당키 어렵사옵니다. 부디 물러주시옵소서. 소신이 무얼 할 수 있겠습니까? 무릇 정치는 권신들의 몫이 아니옵니까?"

"그래서 그대에게 부탁하는 것이다."

안유성의 눈빛은 흔들림 없이 확고했다.

이도원이 고개를 숙이며 물었다.

"세자 저하께서 계시지 않사옵니까?"

"세자는 도덕적인 인물이 못 돼. 탐욕스럽고 영악하지. 오랫동안 곁에서 보아왔던 그대도 알지 않나?"

이도원은 혼란스러운 표정이었다.

입술을 떨며, 그가 말했다.

"생각할 시간을 주옵소서."

"일몰 때까지 답을 내리도록."

안유성이 눈을 지그시 감으며 말했다.

"그대가 내 아들이면 좋았으련만… 아들처럼 손을 잡아주게."

대사가 그치자 정적이 흘렀다.

배우들이 박수를 치기 시작했다.

이내 박수갈채가 쏟아지자 안유성이 말했다.

"도원이라고 했지? 연기하는 게 예사롭지 않아."

"감사합니다, 선생님."

이도원이 대답했다.

정윤욱 감독은 미소를 숨기지 못하고 손뼉을 치며 말했다.

"훌륭한 연기였습니다. 여세를 몰아서 계속하죠."

두 시간이 다 돼서야 대본 리딩을 끝낸 이도원은 진이 빠지는 느낌이었다. 확실히 쟁쟁한 선배들 틈에서 연기를 하니 심력 소모가 전에 비해 컸다.

이도원은 선배들이 모두 엘리베이터를 탈 때까지 기다리며 인사했다. 그 결과 이도원과 정성우, 윤지민, 조연 배우 둘은 마지막에 탑승했다.

"지민 씨."

정성우가 윤지민을 불렀다.

그녀가 영문을 모르겠다는 듯 물었다.

"네?"

"정 감독님과 무슨 일이 있는지 모르겠지만 영화에까지 지장은 주지 않았으면 좋겠습니다."

"하."

윤지민은 어이없다는 듯 웃었다.

"선배가 걱정하는 게 어떤 상황인 줄은 알겠어요. 하지만 아직 벌어지지도 않은 일로 과한 조언인 것 같은데요."

성별이 다른 남녀배우 간에는 암묵적인 불문율이 있었다.

이도원은 정성우가 걱정됐다.

'앞으로 어떤 배역으로 마주할 지도 모르는데… 대개 남자 배우가 분량도 많고, 영향력도 세지만.'

간섭하기 시작하면 서로가 피곤해진다. 같은 연예계에서 활동을 하는 배우들이 괜히 남녀 간에 선을 두는 것이 아니었다.

이도원도 알고 있는 사실을 정성우가 모를 리 없었다. 그러나 정성우는 괘씸한 마음이 더 컸다.

"좀 뜨나 싶으니까 선배 말이 우습나?"

말투가 돌변했다.

그제야 윤지민은 꼬랑지를 내렸다.

"알겠어요. 죄송해요, 성우 선배. 민감한 부분이기도 하고, 요새 스트레스를 받던 부분이라 제가 도를 넘었네요."

정성우 역시 더는 다그치지 않았다.

"아무튼 내 말은 명심해요."

띵, 엘리베이터가 일 층에 도착했다.

정성우는 휙 나가 버렸다.

이도원은 내리기 전 윤지민의 표정을 똑똑히 봤다. 그녀는 입술을 깨물고 정성우의 등을 노려보고 있었다.

'단단히 뿔났군.'

이도원은 그런 생각이 들었지만 별 신경 쓰지 않고 정문으로 나갔다.

정성우의 밴과 이도원의 밴이 꼬리를 물고 서 있었다.

정성우가 차에 오르며 이도원에게 손을 흔들었다.

"조만간 보자."

"들어가십시오, 선배님."

이도원은 구십 도로 인사하고 제자리에 서서 정성우를 보냈다.

'이런 점은 죽었다 깨도 달라지지 않는군.'

타임 슬립 전 연극영화과를 졸업하고 연극물, 방송물을 모두 먹었던 이도원이었다. 이 바닥에서 허례허식이 얼마나 중요한지는 잘 알고 있었다. 만약 조금이라도 흐트러진 모습을 보이면 호의는 언제든 칼날이 되어 돌아올 것이다.

'다음 날 바로 소문이 돌겠지.'

한순간 기분 나쁜 티를 내도 그 시간부로 버릇없는 후배로 낙인찍히는 곳이었다.

선배들은 말한다. '배우가 기분 나쁘다고 표정 한 번 찌푸리면 팬들은 바로 손가락질을 하기 시작한다'고. 즉 그 모든 일련의 과정이 팬들의 반응에 적응할 수 있도록 돕는 선배 배우의 안배라는 의미였다.

'핑계 한번 좋다.'

이도원은 고개를 절레절레 저으며 밴에 올랐다.

오준식은 백미러로 그를 보고 피식 웃었다.

"완전히 얼굴이 맛이 갔네."

"말도 마라."

이도원은 시트 깊숙이 몸을 묻었다.

"한 일 년치 인사는 다 한 것 같다. 목 빠지는 줄 알았어."

"다 그런 거지 뭐. 박아현은 먼저 나가던데?"

"응, 아마도 윤지민으로 확정된 분위기야."

"울더라."

오준식은 뒷좌석에 두고 간 이도원의 휴대폰을 눈짓하며 말했다.

"문자 온 것 같던데 확인해 봐. 박아현이다에 내 팔 한 짝 걸지."

"그 팔, 간수 잘해라. 내 거니까."

이도원은 휴대폰 액정을 확인하고 입맛을 다셨다.

오준식의 추측대로 박아현이었던 것이다.

이도원은 은근슬쩍 주제를 돌렸다.

"성연이 누나는 어디 갔나?"

괜한 스타일리스트 찾기에 나섰다.

오준식이 고개를 절레절레 저으며 답했다.

"리딩이니까 시장조사 갔지. 그 누나, 요새 네가 촬영이 없어서 다른 쪽으로 바쁘다. 차라리 촬영이라도 있으면 대기하면서 쉬기라도 하지. 네가 까다롭게 구는 것도 아니고 편하다고 좋아했는데."

"전에는 누구 스타일리스트였다고?"

"글쎄… 별로 얘기하고 싶지 않다고 해서."

이도원은 고개를 끄덕였다.

구태여 알 필요 없는 것이다.

"오늘 따로 스케줄 없지?"

"응, 리딩이 언제 끝날지 몰라서 비워뒀지."

"연습실로 가자."

"연습실?"

"대학로."

대학로 연습실은 뮤지컬 〈영웅〉의 연습실을 가리켰다.

오준식은 고개를 절레절레 저었다.

"지금까지 대본 읽고 또 연습하러 가?"

"응."

이도원은 대수롭지 않게 대답하며 박아현의 문자 내용 전문을 확인했다.

오늘 저녁에 시간 있어?

아무래도 충격이 컸을 것이다.

이도원이 답장을 했다.

왜?

곧바로 문자가 왔다.

술 한잔 사줘.

몇 시?

여덟 시에 스케줄 끝나.

이도원은 잠깐 생각하다 답장을 보냈다.

아홉 시, 대학로.

그는 오준식에게 말했다.

"나 연습실에 내려주고 오늘은 퇴근해. 신용운아카데미 가서 연기 연습 하든지."

"얼씨구, 웬일?"

"저녁 약속 잡혀서."

"누구? 박아현?"

"응."

이도원은 어깨를 으쓱였다.

"충격이 큰가 보네."

"거봐. 내가 크다고 했잖아."

오준식이 피식 웃으며 덧붙였다.

"위로가 필요할 것 같더라고. 그래도 스캔들은 조심해라. 오픈 된 곳 가지 말고, 같이 움직이지 말고."

오준식은 엄마처럼 잔소리를 했다.

그사이 밴은 대학로로 갔다. 이도원이 도착해서 연습실 안으로 들어갔을 땐, '안중근' 역으로 더블 캐스팅 된 정태화와 '링링' 역의 차지은이 연습 중이었다.

"안녕하세요, 안녕."

이도원이 정태화와 차지은에게 인사했다.

"어? 오늘 리딩 있다더니, 오셨네요?"

차지은이 반갑게 말했다.

정태화도 고개를 끄덕였다.

"왔어?"

"예, 다른 선배들은 오늘도 안 보이네요."

"다들 연극 하나씩 하고 있어서 바빠. 그쪽 연습도 나가야 하니까."

이도원은 고개를 끄덕이며 스트레칭을 시작했다.

그를 빤히 바라보던 정태화가 물었다.

"노래 많이 늘었다고?"

"아직 턱 없이 부족합니다."

이도원이 겸손하게 대답했다.

정태화는 팔짱을 끼더니 진지하게 말했다.

"한번 해봐. 봐줄게."

"아직 목도 안 풀었지만… 봐주신다면 또 안 할 수가 없죠."

이도원은 스트레칭을 마무리 짓고 정태화 앞에 섰다.

제자리에서 뛰며 신체의 긴장을 한 번 털어낸 이도원은 호흡을 들이마셨다.

"스으으읍."

이도원이 눈을 반짝이며 말했다.

"갑니다."

정태화가 미소 지으며 답했다.

"들어와라."

이내 이도원이 〈영웅〉의 〈그날을 기약하며〉를 시작했다.

"이천만 동포에 깊은 한숨을 대신하듯 불어오는 이 바람."

굵직하되 감미로운 목소리가 흔들림 없이 이어졌다.

"잠자던 내 영혼. 지친 나에게 스쳐 가며 말하네. 이제는 떠나가야 할 시간. 그것은 너의 길."

정태화의 동공에 이채가 감돌았다.

'확 늘었어? 해낼 놈이라는 선생님 말씀이 이런 뜻이었나.'

그 속내를 아랑곳 않고 이도원이 불렀다.

"험난한 시련을 겪을 수밖에 없겠지. 머나먼 타국 땅에서."

다음은 다른 배역의 파트였고, 정태화가 입을 열었다.

그는 이도원과 비교도 할 수 없는 성량으로 압도하기 시작했다.

"하지만 그것은 내게 주어진 운명."

깊은 호흡에서 나오는 우렁우렁한 목소리가 계속됐다.

"잊을 수 없는 건 빼앗긴 조국, 신용하는 우리의 부모형제."

이도원은 팔에 소름이 우수수 돋았다.

'묻히면 안 돼.'

굳게 마음먹은 이도원은 호흡을 정리하고 노래를 시작했다.

동시에 정태화가 미성으로 바꾸며 목소리를 얹었다.

"우리가 가는 길 기약 없는 내일과 두려운 미래. 하지만 포기할 수는 없어. 우리 후손 위해."

처음에는 삐걱대던 이중창이 점점 본궤도로 올랐다.

'단번에……'

이도원은 한 번도 맞춰본 적 없는 자신과 완벽에 가까운 호흡을 보여주는 정태화를 보고 놀랐다. 그러나 금세 노래에 집중했다.

"시간이 흐르면 역사 속에서 사라져. 이름도 없겠지만. 나 오늘 이 순간, 후회 없이, 살고 싶어."

음이 올라가며 연습실을 꽉 채웠다.

"그날을 위하여! 우리 모두 어깨를 감싸며 말하네. 힘을 내자고."

클라이맥스였다.

두 사람의 목소리가 착착 감겼다.

"바람이여 도우소서. 우리에게 힘을 주오. 기억되어 있는 그날을 위해. 자, 우리들의 외침 세상이 들으리라. 민족의 울음, 뜨거운 열정!"

정태화는 발을 뺐다.

순간 이도원이 마지막 소절을 불렀다.

"사랑하는 조국을 위해!"

노랫소리가 뚝 멎자, 차지은이 박수를 쳤다.

"와! 오빠들 완전 멋있어요."

정태화는 감탄을 생략하고 이도원에게 말했다.

"이건 뮤지컬이야, 음원 녹음이 아니다. 중간중간 집중이 깨지더군. 표정에도 신경 쓰지 못하고."

"네."

이도원은 순순히 인정했다.

'선배가 너무 잘하니까 놀라서 그런 거라고요.'

일순 변명이라도 하고 싶었지만 말 그대로 변명일 뿐이다.

카메라 앞에서와는 달리 모든 무대는 단 한 번뿐이다.

즉, 무대에선 실수란 개념 자체가 없다.

이도원이 눈을 빛내며 말했다.

"다시 해보겠습니다."

어느덧 땀이 흐르고 있었다.

피식 웃은 정태화가 고개를 끄덕였다.

'미워할 수 없는 녀석이야.'

그는 큰 결심을 하고 말했다.

"몇 번이고 해봐라, 이대로 서서 시원하게 까주마."

말은 거칠었지만 그 속에 담긴 내용은 따뜻했다.

최고의 뮤지컬 배우인 정태화가 몇 번이고 봐준다는 말은 뮤지컬 초짜인 이도원에게는 더할 나위 없는 영광이었다.

이도원은 두 시간쯤 돼서 연습실을 나섰다.

'아쉽다. 태화 선배한테 코칭받을 기회가 많지 않은데.'

입맛을 다신 그는 대학로의 커피숍으로 갔다.

박아현은 미리 도착해 기다리고 있었다. 그녀는 선글라스와 모자로 완전무장을 한 상태였다. 휴대폰을 보고 있는 그녀의 앞에 앉은 이도원이 탁자를 툭툭 치며 말을 걸었다.

"저기요, 싸인 좀 해주세요. 너무 눈에 띄어서 배우신 줄 바로 알아봤네요."

"깜짝이야!"

박아현이 답하며 선글라스를 조금 내렸다.

이도원은 모자만 깊게 눌러썼지, 얼굴은 하나도 가리지 않고 있었다.

"나보다 더 유명하면서 그러고 다니면 어떻게 해? 주변에서 한 사람만 누구야! 말하면 우르르 몰려들어서… 한 발자국도 못 움직일걸?"

이도원은 항상 차만 타고 다녀서 그런 상황을 겪어본 적이 없었다. 그는 그럴 수도 있겠구나 싶어 말했다.

"그래도 너무 티 나지 않아?"

"요새는 이러고 다니면 성형한 줄 알고 사람 안 붙어. 게다가 연예인인가 의심해도, '선글라스 벗어봐요, 얼굴 좀 보게!' 이럴 수는 없잖아?"

박아현의 말은 꽤 합리적이었다.

이도원은 어깨를 으쓱이며 말했다.

"지나가다가 노점에 있는 선글라스 하나 사서 쓰지 뭐."

고개를 끄덕인 박아현은 휴대폰으로 검색한 곳을 보여주었다.

"여기서 해산하고, 이 술집에서 만나는 건 어때?"

"청담동?"

"여긴 누가 제보 사진 잘 안 찍거든. 이쪽 동네 사는 사람들이 다른 동네 사람들보다 확실히 스캔들도 적게 터지고."

"괜히 비싼 동네 사는 게 아니네."

이도원은 중얼거리더니 좋은 생각이 난 듯 씩 웃었다.

"내가 더 좋은 곳을 알고 있지."

박아현은 주위를 두리번거렸다.

"와, 이런 데가 진짜 있네!"

그녀는 활짝 웃으며 좋아했다.

이도원이 박아현을 데려온 곳은 연습실이 있는 건물의 옥상이었다. 연습 도중 바람 쐬러 몇 번 올라와 본 적이 있었다. 무엇보다 난로도 있고, 일회용 테이블도 있었다.

그때 박아현이 물었다.

"그나저나 또 무슨 뮤지컬이야? 지난번 영화, 드라마 동시에 할 때도 그렇고… 그렇게까지 하는 이유가 뭐야?"

이도원이 피식 웃었다.

"인생은 짧고 할 일은 많고."

그는 간단히 대답하며 말했다.

"연습실이라 판 벌리긴 좀 그래. 맥주나 마시자. 맥주는 뭐로?"

"아무거나!"

"그건 내가 제일 싫어하는 대답인데."

중얼거린 이도원은 고개를 끄덕였다.

"맥주 사 올 테니까 기다리고 있어."

이도원이 편의점에 가서 맥주 여섯 캔을 사 왔다.

박아현이 캔을 따자 치익, 김빠지는 소리가 났다.

그녀는 입맛을 다셨다.

"난 소주가 체질인데. 게다가 원래 슬플 땐 쓴 술 마시는 거랬다고."

"난 애 입맛이라 쓴 술은 싫다."

뻔뻔하게 웃으며 대답한 이도원이 이어 물었다.

"그래, 자네 고민이 뭔가?"

"오늘 봤잖아."

"뭐? 윤지민한테 발리는 거?"

박아현이 미간을 찌푸렸다.

"죽을래? 예전부터 느꼈는데, 너 진짜 띠꺼워."

이도원은 잔잔한 미소와 함께 그녀를 보고 말했다.

"신경 쓰지 마라."

"뭐?"

"윤지민이 활동만 몇 년 차냐. 그런 여자가 너 잡겠다고 눈에 불을 켜고 있는데 집중이 되겠어? 당연한 거야."

"지금 위로해 주는 거야? 위로해 주는 건지, 아님 놀리는 건지 구분이 안 가네."

구시렁거린 박아현이 투덜댔다.

"맥주는 음료수야, 역시."

"꼭 너 같이 말하는 애들이 제일 먼저 꽐라 된다던데."

이도원이 슬쩍 놀렸다.

그러나 박아현은 대답하지 않고 옥상 아래를 보며 숨을 들이마셨다.

"아오! 윤지민 그년, 찍소리도 못하게 해주고 싶었는데 결국 찍소리도 못 하는 건 나더라. 얼마나 억울했는지 알아? 분하고 열받아서 울었어."

이도원은 고개를 끄덕였다.

"그랬겠지."

박아현은 고개를 돌려 이도원을 빤히 바라봤다.

"널 처음 봤을 때 나랑 별 실력 차이가 없다고 생각했거든? 넌 우승, 난 준우승이었으니까. 〈우리의 심장〉 때도 영화나 방송은 편집을 잘해서 잘 나온 거겠지… 스스로 위안했지. 그러다 〈악마의 재능〉을 찍고 정신이 번쩍 들더라? 그래서 나도 죽어라고 노력했거든?"

그녀가 말을 이었다.

"근데 이번에 보고 또 놀랐어. 다들 내가 윤지민을 보고 제대로 못했다고 생각하겠지만… 그것도 틀린 말은 아니지만……. 내가 진짜 놀란 건 너야."

박아현은 눈물을 글썽이며 물었다.

"왜 똑같이 노력하는데 난 네 발끝도 따라가질 못하지? 분명 비슷한 수준이었는데. 넌 무슨 생각으로 연기하는 거야?"

이도원은 모두 비운 알루미늄 캔을 구기며 대답할 말을 찾았다. 그러나 무어라 할 말이 없었다.

'내가 가장 빠르게 성장하고 있을까?'

늘 위만 봤고, 딱히 생각해 본 적이 없었다.

한편 박아현은 뜨거운 시선을 보내며 대답을 촉구하고 있었다.

이윽고, 이도원이 입을 열었다.

"남 신경 쓸 시간에 네 자신한테 집중하는 게 좋을 것 같다."

박아현이 화를 내려는 순간.

이도원이 덧붙였다.

"내가 생각하는 연기는 누가 더 많은 걸 가지느냐가 아니라, 누가 내 안의 어떤 것들을 더 많이 끄집어내느냐, 그게 관건이니까."

그는 말을 이었다.

"내가 무슨 생각으로 연기를 하냐고? 난 남들 연기에 감탄하지만 질투하진 않아. 내게 연기의 성공 기준은 '남들이 뭐라든, 내 스스로 얼마나 즐겁게 연기를 했느냐'에 달렸으니까."

박아현은 머리를 망치로 한 대 맞은 느낌에 빠졌다. 그녀는 멍하니 이도원을 보았다.

'남을 아예 신경 쓰지 않는다고?'

그 말을 이해할 수 없었다. 머릿속으로 납득은 됐지만 마음으로 받아들일 순 없었다.

지금껏 박아현의 원동력은 남과의 비교였다. 많은 영화 배우를 보며 그들처럼 연기를 하고 싶었다. 주변 친구들을 보며 우월감에 젖었고 그들에게 따라잡히지 않으려고 더 열심히 했다. 자신보다 연기를 잘하는 상대를 봤을 때 느낀 열등감을 떠올리며 노력으로 승화시켰다.

그걸 무기 삼았던 박아현이었다.

이도원은 그녀에게 물었다.

"넌 연기가 즐거운 거야, 주목받는 게 즐거운 거야?"

박아현은 쉽사리 대답하지 못했다.

그에 이도원이 나직한 한숨을 내쉬며 말했다.

"셰익스피어를 향해 '슈퍼 작가'라고 하지 않고, 미켈란젤로를 보고 '슈퍼 화가'라고 하지 않아. 그런 용어들은 모조리 공치사일 뿐이야. 공치사를 바라면 연기를 잘하고 싶어지지."

그는 쐐기를 박았다.

"연기를 잘하려 하지 말고 정확하게 하려고 노력해. 그게 네가 가진 능력을 모두 쓸 수 있는 밑거름일 테니까."

박아현은 매니저를 불러서 들어갔다.

한편 이도원은 연습실에 남았다.

창밖으로 박아현의 뒷모습을 본 차지은이 눈을 게슴츠레 뜨고 물었다.

"여자 친구?"

"어디서 반말이야."

살짝 나무란 이도원이 대답했다.

"알 거 없다. 그나저나 연기나 맞춰보자."

"저 갈 거거든요. 전 집에도 안 가요?"

까칠했다.

이도원이 벙 찐 표정이 됐다.

차지은이 눈을 흘기며 말했다.

"오빠 필요할 때만 찾고, 참 이기적이시네요."

그녀는 가방을 매더니 휑하니 연습실을 나갔다.

반면 이도원은 곧바로 신경을 꺼버렸다.

"그럼 한번 시작해 볼까?"

그는 스트레칭을 시작했다.

평소라면 차지은의 태도에 신경을 썼겠지만 지금은 머릿속이 온통 뮤지컬에 대한 생각뿐이었다. 박아현에게 조언 아닌 조언을 해주면서 스스로 느낀 바가 있었기 때문이다.

'노래도 연기랑 똑같다.'

이도원은 피식피식 웃으며 제 머리통을 후려쳤다.

'연기는 잘하려고 하면 망한다면서, 왜 노래는 기를 쓰고 잘하려고 해?'

실실거리는 그를 누가 봤다면 단단히 미친놈이라고 오해했을 것이다. 그러나 정작 이도원은 아무렇지도 않게 몸을 풀고, 목을 풀고, 노래를 부르기 시작했다.

'연기처럼.'

완벽하다는 생각이 든다면 그건 미완성이란 뜻이다. 완벽해지려하지 말고 끊임없이 즐기고 연구해야 한다. 완벽이란 결과물이 아닌, 끊임없는 탐구 속에서 저절로 얻게 되는 티끌만 한 부산물일 뿐이다.

'편하게, 나를 비워라. 긴장과 함께하라.'

연기를 하지 않는 것, 어떤 규칙도 없이 배역에 몰입하는 것. 이도원은 자유 속에 몸을 녹였다. 그러자 굳어진 신체가 액체처럼 흩어졌다. 물처럼 퍼진 의식이 기체가 되어 공기 중에 떠다녔다.

노랫소리는 정해진 곳을 잃고 퍼져 나갔다.

'꽉 채운다.'

자유로운 소리가 공간을 조금씩 채워 나갔다. 그 소리가 연습실을 가득 메운 순간, 이도원의 호흡과 소리는 그가 노래하는 공간과 하나가 됐다. 또한 의식은 애국심과 염원 속으로 빨려 들어갔다.

'그날을 기약하며'를 부르며 눈물이 흘렀다.

이도원은 미처 느끼지 못한 현상이었다. 그리고 이런 모습을 바라보는 한 사람.

신용운이 문 앞에서 석상처럼 섰다.

'이 세상에 연기의 천재는 없다. 명연기가 있을 뿐.'

그는 이 장면을 기억 속에 하나도 빠짐없이 담았다. 숨을 죽이고, 시선을 떼지 못했다. 함께 느끼려 하지 않아도 저절로 감정에 동화된다.

노랫소리가 잦아들 때, 신용운은 호랑이 같은 눈시울이 붉어져 있었다.

그는 이도원에게 박수를 보냈다.

짝, 짝, 짝, 짝.

이도원은 미처 그 소리를 듣지 못하고 멍하니 서 있었다.

그런 이도원을 향해 신용운이 말했다.

"명연기였다."

그런 순간을 경험하면 연습할 때든 무대에서든 언제고 또다시 수면 위로 나온다.

매번 그 같은 연기를 할 수는 없지만 배우로서 한계가 넓어지는 것이다.

이도원이 천천히 고개를 돌렸다.

"아, 선생님."

그는 넋이 나간 사람처럼 멍한 표정으로 말했다.

"속이 시원합니다."

집에 도착한 이도원은 곯아떨어졌다.

이불 위에는 어머니가 관리하는 통장이 놓여 있었다.

광고비와 영화, 드라마 개런티로 번 돈은 어느새 십억을 넘겼다. 뿐만 아니라 백 프로덕션이 성장하면서 그 수혜로 불어난 재산은 두 배 가까이 됐다.

물론 이도원도, 가족들도 실감이 나지 않았다.

묶어둔 재산이 많았기에 경제 활동도 크게 달라지지 않았다.

달라진 점이 있다면 이다원이 강아지를 한 마리 입양해 왔다는 것 정도.

몰래 이도원의 방안에 잠입한 이다원은 그의 얼굴 위에 새로운 가족인 골든 리트리버 새끼를 올려놨다.

강아지가 이도원의 얼굴을 핥았다.

일어날 법도 한데, 이도원은 여전히 꿈나라였다.

"피곤하긴 피곤한가 보네."

짓궂은 장난을 치려던 이다원은 아쉬운 듯 입맛을 다시며 강아지를 품에 안았다.

그때 이도원이 잠꼬대를 했다..

'응?'

귀를 기울이던 이다원은 얼굴을 찡그리며 중얼거렸다.

"노래를 흥얼거리는 건지 대사를 하는 건지……. 연기가 그렇게 좋을까?"

그녀는 거실로 나와 어머니에게 말했다.

"엄마, 아무래도 아들은 미친 게 분명해요."

어머니가 눈을 동그랗게 뜨며 물었다.

"왜 그러니?"

한숨을 내쉰 이다원이 대답했다.

"글쎄, 자면서도 중얼중얼 연기를 하더라니까요?"

어머니가 포개던 빨래 감을 그녀에게 집어던졌다.

"이 계집애가! 동생이 얼마나 고생스러우면 그러겠어?"

"어어? 우리 아기 다쳐요, 우리 아기 다쳐!"

이다원이 강아지를 품에 안으며 방정을 떨었다.

실랑이를 하던 이다원은 어머니 앞에 앉으며 말했다.

"잠꼬대로 연기하면서 실실 웃더라니까요? 아주 징그러워 죽겠어."

어머니가 게슴츠레하게 눈을 치켜떴다.

"그러니까 성공하는 거지. 승승장구하잖아?"

이도원 편을 든 어머니는 방문을 바라보며 남모를 한숨을 내

쉬었다.

'말은 그래도, 과유불급이라고 했는데…….'

부모의 마음이란 그렇다.

놀아도 걱정, 열심히 해도 걱정.

어머니는 너무 이른 나이부터 큰돈을 버는 아들이 마음 한구석으로 적잖이 신경 쓰였다.

『연기의 신』 4권에 계속…

초대형 24시 만화방

신간 100%, 샤워실, 흡연실, 수면실(침대석), 커플석, 세탁기 완비

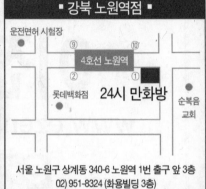
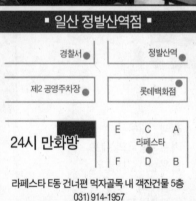
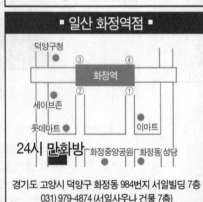
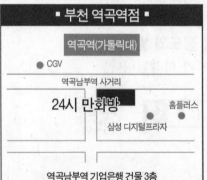
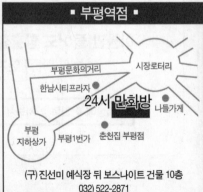

내일을 향해 쏴라

김형석 장편 소설

FUSION FANTASTIC STORY

1만 시간의 법칙!
'성공은 1만 시간의 노력이 만든다'는 뜻이다.

그러나…
사회복지학과 복학생 수.
전공 실습으로 나간 호스피스 병동에서
미지와 조우하다.

1만 시간의 법칙?
아니, 1분의 법칙!

전무후무한 능력이 수에게 강림하다!
맨주먹 하나로 시작한 수의
인생역전이 시작된다!

Book Publishing CHUNGEORAM

유행이 아닌 자유추구-
WWW.chungeoram.com

허담 新무협 판타지 소설
FANTASTIC ORIENTAL HEROES

십자성 전왕의 검

신력을 타고났으나 그것은 축복이 아닌 저주였다.

『십자성 - 전왕의 검』

남과 다르기에 계속된 도망자의 삶.
거듭된 도망의 끝은 북방 이민족의 땅이었다.
야만자의 땅에서 적풍은 마침내 검을 드는데……!

"다시는 숨어 살지 않겠다!"

쫓기지 않고 군림하리라!
절대마지 십자성을 거느린
적풍의 압도적인 무림행이 시작된다!

paráclito

빠라끌리또

FUSION FANTASTIC STORY

가프 장편 소설

막장 비리 검사가
최고의 검사로 거듭나기까지!
그에겐 비밀스러운 친구가 있었다.

『빠라끌리또』

운명의 동반자가 된 '빠라끌리또'가 던진 한마디.

-밍글라바(안녕하세요)!

그 한마디는 막장 비리 검사, 송승우의
모든 것을 통째로 리뉴얼시켜 버렸다.

빠라끌리또=Helper, 협력자, 성령.

Book Publishing CHUNGEORAM

유행이 아닌 자유추구 -
WWW.chungeoram.com

철백 新무협 판타지 소설
FANTASTIC ORIENTAL HEROES

大武

대무사

피와 비명으로 얼룩진 정마대전의 종결.
그리고…

"오늘부로 혈영대는 해산한다."

혈영대주 이신.
혈영사신(血影死神)이라고 불리는 그가
장장 십오 년 만에 귀향길에 올랐다.

더 이상 전쟁의 영웅도, 사신도 아니다!

무사 중의 무사, 대무사 이신.
전 무림이 그의 행보를 주목한다!

Book Publishing CHUNGEORAM

유행이 아닌 자유추구 -
WWW.chungeoram.com